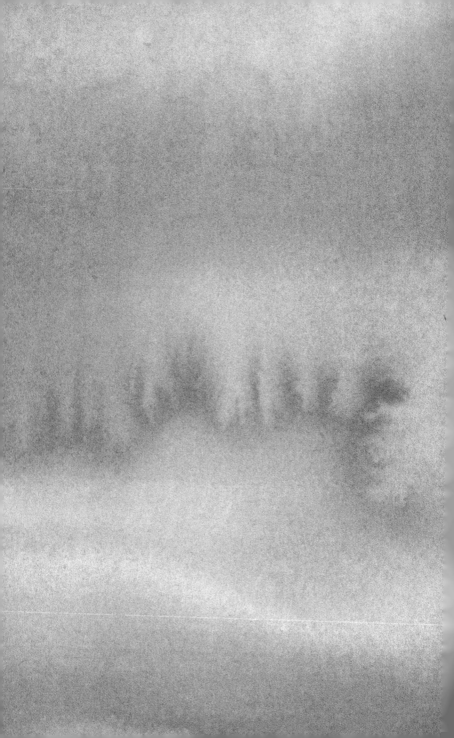

CALL ME BY YOUR NAME

CALL ME BY YOUR NAME

콜 미 바이 유어 네임

안드레 애치먼 지음
정지현 옮김

잔

내 삶의 영혼, 알비오에게 바칩니다.

차례

나중이 아니면 언제?

If Not Later, When?

"나중에!" 그 한마디, 그 목소리, 그 태도.

헤어질 때 '나중에'라고 말하는 사람은 지금껏 한 번도 보지 못했다. 굳이 다시 만나거나 연락하고 싶지 않다는 무심함을 가린 냉정하고 퉁명스러우며 어쩌면 상대방을 무시하는 듯한 말이라고 여겼다.

그를 생각하면 떠오르는 첫 번째 기억이 바로 이 한마디다. 그렇게 말하던 목소리가 아직도 귓가에 생생히 울려 퍼지는 듯하다. 나중에!

눈을 감고 따라 말하는 순간, 오래전의 이탈리아로 돌아간다. 아름드리나무가 늘어선 집 앞 차로를 걸으며 그가 택시에서 내리는 모습을 바라본다. 일렁이는 바다를 연상시키는 파란색 셔츠는 칼라를 풀어헤쳤고 선글라스와 밀짚모자를 썼으며 여기저기 맨살이 드러났다. 어느새 그는 나와 악수를 나누고 자신의 백팩을 건넨다. 택시 트렁크에서 여행가방을 꺼내며 아버지가 집에 있는지 묻는다.

어쩌면 그때부터인 것 같다. 그 펄럭거리는 파란색 셔츠와 걷어 올린 소매, 우리 집으로 이어진 뜨거운 자갈길을 빨리 걸어 보고 싶다는 듯 해진 에스파듀에서 나왔다 들어갔다 하는 볼록한 발꿈치. 벌써부터 "해변으로 가는 길이 어디지?"라고 물으며 내딛는 발걸음.

올여름 우리 집에 묵을 손님이다. 보나마나 또 따분한 사람이겠지.

바로 그때 그가 거의 자동으로, 이미 택시를 등지고 선 채 짐을 들지 않은 손을 흔들면서 택시에 탄 다른 승객에게 무심히 말한다. "나중에!" 아마도 기차역에서 합석한 사람이리라. 상대방의 이름을 부르지도 않고 작별의 어색함을 깨기 위해 시답잖은 농담을 건네지도 않는다. 딱 그 한 마디였다. 딱딱했다고 해도 대담했다고 해도 퉁명스러웠다고 해도 그는 개의치 않았을 것이다.

우리 집에서 떠날 때도 저렇게 작별 인사를 하겠지. 성급한 듯 퉁명스럽게 '나중에!'라고.

하지만 그와 작별하려면 6주라는 기나긴 시간을 견뎌야 한다.

주눅이 들었다. 접근하기 어려운 유형이다.

하지만 그가 좋아질지도 모른다. 동그란 턱에서 동그란 발꿈치까지. 그러다가 며칠이 지나면 또 싫어할 터다. 몇 달 전 숙박신청서에서 사진을 보자마자 놀랄 정도로 친밀감을 느낀 바로 그 남자를 말이다.

부모님은 책 출간 전에 원고를 손봐야 하는 젊은 학자들을 도와주기 위해 여름마다 그들을 손님으로 받았다. 덕분에 나는 여름만 되면 내 방을 내어 주고 할아버지가 쓰던 좁디좁은 옆방으로 쫓겨났다. 우리 가족이 도시에 머무는 겨울이면 임시 창고 겸 다락으로 전락하는 방이었다. 소문에는 아직도 그 방에서 나와 이름이 같은 돌아가신 할아버지의 이 가는 소리가 들린다고 했다. 여름 손님들은 무료로 숙박하면서 집 안을 자유롭게 사용할 수 있었다. 각자 원하는 대로 생활했다. 하루에 한 시간가량 아버지의 서신과 각종 서류 작업을 도와주면 되는 정도였다. 손님들은 한가족이 되었다. 15년 동안 해 온 일이다 보니 집에 묵었던 사람들이 보내는 엽서와 선물 꾸러미가 크리스마스 시즌뿐 아니라 1년 내내 끊이지 않았다. 그들은 가족과 유럽에 올 일이 있으면 어떻게든 우리 집에 들렀다. 하루 이틀 머무는 동안 가족들에게 여기저기 구경시켜 주면서 옛 추억에 젖곤 했다.

식사 자리에는 우리 가족과 여름 손님 말고 다른 손님 두세 명이 더 있는 일이 잦았다. 이웃이나 친척일 때도 있고 여름 별장으로 가는 길에 아버지를 보러 들른 동료나 변호사, 의사 등 돈 많고 유명한 사람들일 때도 있었다. 가끔은 관광객 커플에게도 다이닝 룸을 개방했다. 소문 듣고 우리 고택을 구경하러 온 사람들은 함께 식사하며 담소라도 나누자고 권하면 까무러치듯 좋아했다. 그들이 자신의 얘기를 쏟아 놓는 동안 뒤늦게 소식을 접한 마팔다는 그녀가 늘 즐겨 하는 요리를 내왔다. 평상시 과묵하고 내성적인 아버지는 뜨거운 태양이 내리쬐는 여름날 각 분야의 떠오르는 젊은 학자들과 로사텔로 와인 몇 잔을 곁들이며 몇 개 언어로 대화를 나누다 오후의 나른함에 빠져드는 것을 무엇보다 좋아했다. 우리끼리는 고역스러운 만찬이라고 불렀다. 6주 동안 머무는 손님들도 며칠만 지나면 생각이 같아졌다.

어쩌면 그때 시작되었는지도 모른다. 그가 도착하고 얼마 안 돼 평상시처럼 고역스러운 점심 식탁에서 내 옆에 앉았을 때, 그 해 여름 우리 집으로 오기 전 시칠리아에 잠깐 머무느라 살이 약 간 탔지만 손바닥은 부드러운 발바닥과 목, 팔 안쪽처럼 태양에 별로 노출되지 않아서 창백한 빛깔임을 깨달았을 때 말이다. 밝 은 분홍빛에 도마뱀의 배처럼 번들거리고 부드러웠다. 운동선수 의 얼굴에 떠오른 홍조처럼 혹은 폭풍우가 몰아치는 밤이 지나고 찾아온 새벽처럼 은밀하고 순수하고 영글지 않았다. 그 빛깔은 내가 모르는 그에 대한 것들을 대신 말해 주었다.

어쩌면 점심 식사 후 다들 수영복 차림으로 집 안팎에서 느긋 한 휴식을 취할 때 시작되었는지도 모른다. 다들 여기저기 널브 러져 시간을 죽이다가 수영하러 가자는 누군가의 말에 암초로 향 했다. 친척, 사촌, 이웃, 친구, 친구의 친구, 동료, 테니스장을 써도 되느냐고 물으러 온 사람 등 누구나 환대를 받으며 휴식을 취하 고 수영하고 음식을 먹을 수 있었다. 좀 오래 머무는 사람들에게 는 별채를 내주었다.

어쩌면 해변에서 시작되었는지도 모른다. 아니면 테니스장이 거나. 혹은 그가 도착한 날 집 안과 주변을 보여 주다가 어쩌다 철 제 단조 대문을 지나 인적이 드문 광활한 공터를 따라서 한때 B와 N을 이어 준 폐철로를 향해 둘이 걸었을 때인지도. "근처에 폐역도 있어?" 그가 이글거리는 태양 아래 나무를 훑으며 물었다. 집주인 아들에게 알맞은 질문을 하려고 애쓰는 건지도 모른다. "아뇨. 애초에 기차역이랄 것도 없었고 단순히 요청할 때만 기차가 섰어요." 그는 기차에 호기심을 보였다. 철로가 무척 좁아 보인다고 했다. 왕가 문장이 있는 두 량짜리 화차인데 지금은 집시들이 산다고 말해 주었다. 우리 어머니가 어린 시절 여름을 보내러 왔을 때부터 살고 있었는데, 먼 내륙 지역에서 탈선한 차량을 이곳까지 끌고 온 것이다. 기차를 보고 싶은지 물었다. "나중에. 아마도." 잘 보이려고 애쓰는 내 부적절한 노력을 알아차리고 그 자리에서 밀어내는 듯한 정중한 무관심이었다.

가슴이 쓰렸다.

대신 그는 B에 있는 은행에 통장을 개설하고 이탈리아 출판사가 책 작업을 위해 합류시킨 이탈리아인 번역가를 만나러 가고 싶다고 했다.

자전거를 타고 같이 가기로 했다.

자전거를 타고 가면서 대화를 나눴지만 걸을 때보다 나을 게 없었다. 도중에 음료수를 사려고 잠시 멈춰 섰다. 간이매점은 어둡고 텅 비어 있었다. 주인은 강력한 암모니아 용액으로 바닥을 닦고 있었다. 우리는 최대한 빨리 밖으로 나왔다. 외로운 검은 새 한 마리가 지중해산 소나무에 앉아 몇 곡조 뽑았지만 이내 시끄러운 매미 소리에 가려지고 말았다.

나는 큰 병에 든 미네랄워터를 꿀꺽꿀꺽 들이켰다. 그에게 건넸다가 또 마셨다. 손에 약간 쏟아서 얼굴을 문지르고 젖은 손가락으로 머리를 쓸었다. 물은 아주 차갑지도, 탄산이 강하지도 않아서 풀리지 않는 갈증을 남겼다.

여기서는 뭘 하고 지내지?

아무것도 안 해요. 여름이 끝나길 기다리죠.

그럼 겨울에는 뭘 하지?

대답을 떠올리며 미소 짓자 그가 눈치를 챘다. "말하지 마. 여름이 오길 기다리는 거지?"

마음을 읽힌 것이 좋았다. 그는 고역스러운 만찬도 누구보다 빨리 알아차릴 것이다.

"겨울엔 굉장히 흐리고 깜깜해요. 우리 가족은 크리스마스에 오죠. 그 외에는 유령 도시예요."

"크리스마스에 구운 땅콩 먹고 에그녹 마시는 것 말고 또 뭘 하지?"

그가 놀리는 거였다. 나는 방금 전과 똑같이 미소 지었다. 그는 이해하고 더 이상 아무 말도 하지 않았다. 우리는 둘 다 웃었다.

그는 뭘 하면서 지내느냐고 물었다. 테니스. 수영. 밤에 시내로 놀러 나가기. 조깅. 편곡. 독서.

그도 조깅을 한다고 했다. 아침 일찍. 여기는 어디에서 조깅을 하지? 주로 해변 산책로에서 해요. 원한다면 지금 보여 주겠다고 했다.

그가 좋아지기 시작한 순간 또 내 얼굴을 때리는 말이 있었다. "나중에. 아마도."

나는 독서를 맨 마지막에 말했는데 지금까지 그가 보인 고집스럽고 뻔뻔한 태도로 미루어 그에게 독서는 가장 중요한 우선순위가 아닐 터였다. 하지만 몇 시간 후 그가 막 헤라클레이토스에 관한 집필을 끝마쳤다는 사실을 알았을 때 '독서'가 그의 삶에서 중요하지 않은 부분이 아닐지도 모른다는 생각이 들었다. 내 진짜 관심사가 그와 일치한다는 사실을 알리려면 영리하게 말을 바꿔야 했다. 하지만 나를 불안하게 만든 것은 만회하기 위해 거창한 대응이 필요하다는 사실이 아니었다. 그때는 물론이고 철로 옆에서 나눈 가벼운 대화에서도 내가 겉으로는 그렇게 보이지 않고 스스로 인정하지도 않았지만, 이미 그의 환심을 사려고 애썼으며 실패했다는 사실로 인한 달갑지 않은 불안감이었다.

모든 손님이 좋아했던 사실이 떠올라 그에게도 산자코모로 가서 '죽여주는 전망대'라고 불리는 종탑 끝까지 올라가자고 제안했을 때, 나는 아무런 응수도 하지 않고 그냥 가만히 서 있지 말았어야 했다. 종탑 꼭대기로 데려가 마을과 바다, 영원을 보여 줄 생각이었다. 하지만 그는 그러고 싶어 하지 않았다. *나중에!*

하지만 그보다 훨씬 뒤에, 내가 전혀 눈치채지 못한 사이에 시작되었는지도 모른다. 누군가를 보고 있지만 정말로 그를 보는 것은 아니다. 그는 항상 주변에 있을 뿐이다. 상대방을 의식하지만 통하거나 '잡히는' 것도 없다. 존재감 혹은 괴로움을 알아차리기도 전에 6주의 시간이 지나간다. 그는 이미 떠났거나 곧 떠나야 한다. 그러면 수 주일 동안 자신도 모르게 눈앞에서 피어난, '갈망'이라고 부를 수밖에 없는 증상을 보이는 무언가를 받아들이고 체념하려 애쓴다. 어떻게 모를 수가 있지? 나는 내 욕망을 알아볼 수 있는데 이번에는 완전히 놓쳐 버렸다. 내가 원하는 것은 그의 살갗이었는데 마음을 읽힐 때마다 그의 얼굴에 피어오르는 기만적인 미소에 빠져들었다.

그와 세 번째 맞이하는 저녁 식탁에서 기타 편곡 중인 하이든의 〈마지막 일곱 말씀(Seven Last Words of Christ)〉에 대해 설명하는 나를 빤히 쳐다보는 시선을 느꼈다. 그해 나는 열일곱 살로 식사 자리에서 가장 어린 만큼 사람들이 내 말을 귀담아들어 줄 가능성도 가장 낮은 터라 최소한의 말에 최대한의 정보를 집어넣는 습관이 들었다. 그러다 보니 말하는 속도가 빨라서 항상 허둥지둥하고 발음이 정확하지 않은 듯 보였다. 편곡 작업에 대한 설명을 끝냈을 때 강렬한 시선이 왼쪽에서 느껴졌다. 그가 흥미를 보인다는 사실에 흥분되고 으쓱해졌다. 그도 나를 좋아하는 거야. 결국은 그렇게 어려운 일이 아니었던 거야. 하지만 잠시 후 그를 바라본 순간 얼음처럼 차가운 표정을 마주했다. 잔혹함에 가까울 정도로 적대적이고 유리같이 냉정한 시선이었다.

방금 전에 했던 생각이 와르르 무너졌다. 저런 시선을 받을 만큼 뭘 잘못한 거지? 난 그저 며칠 전 폐철로에서 그런 것처럼 혹은 그날 오후 내가 B 지역이 예수 그리스도를 실은 코리에라 버스조차 멈추지 않는 이탈리아 유일의 한가롭고 할 일 없는 지역이라고 설명했을 때처럼 그가 다시 친절하게 대해 주고 함께 웃기를 바란 것뿐이었다. 그때 그는 카를로 레비의 회고록 제목《예수 그리스도는 에볼리에서 멈추었다(Cristo si e fermato a Evoli)》를 은

근히 비유한 표현이라는 사실을 알아차리고 곧바로 웃음을 터뜨렸다. 나는 우리의 마음이 나란히 움직이고 서로의 말장난을 바로 알아채지만 마지막 순간에는 자제하면서 대화를 나눈다는 사실이 마음에 들었다.

그는 어려운 이웃이 될 터였다. 멀리하는 편이 좋겠다는 생각이 들었다. 그의 손과 가슴, 거친 바닥을 밟아 본 적 없는 발, 좀 더 친절한 시선으로 바라보는 눈빛에 빠져들 뻔했다고 생각하니 마치 부활의 기적처럼 느껴졌다. 절대로 오랫동안 바라볼 수 없지만, 왜 그럴 수 없는지 알아내려면 계속 바라봐야만 했다.

나 역시 그에게 짓궂은 시선을 보낸 게 분명했다. 우리의 대화는 갑자기 이틀 동안 멈춰 버렸다.

서로의 방으로 통하는 기다란 발코니로 나가는 일도 피했다. 그저 형식상의 안녕하세요, 좋은 아침이네요, 날씨 좋네요, 하고 얕은 인사를 나눌 뿐이었다.

그러다 아무런 해명도 없이 원래대로 돌아갔다.

그가 아침에 조깅을 하겠는지 물었다. 별로. 그럼 수영하러 가자고 했다.

오늘, 통증, 감정의 부추김, 새로운 사람에 대한 흥분감, 손끝 너머에 있을 게 분명한 커다란 행복, 속마음을 잘못 읽을 수도 있고 잃고 싶지 않으며 항상 예측이 필요한 사람들 주위에서 보이는 내 서투른 행동, 내가 원하고 또 간절히 나를 원하기 바라는 사람들에게 쓰는 절박한 간계, 세상과 나 사이에 자리하는 듯한 몇 겹의 얇은 미닫이문 같은 장막, 애초에 암호화되지도 않은 것을 변환하고 또 해독하려는 충동…… 이 모든 것이 올리버가 우리 집에 온 그 여름에 시작되었다. 그것들은 그해 여름에 유행한 곡과 그가 머무는 동안 그리고 떠난 후에 읽은 책들, 뜨거운 날의 로즈메리 냄새부터 오후의 요란한 매미 소리까지 모든 것에 새겨졌다. 여름마다 접해서 익숙해진 냄새와 소리들이 갑자기 나에게 달려들었고, 그 여름의 사건들로 영원히 다른 색조를 띠게 되었다.

어쩌면 그가 온 지 일주일이 지난 후부터 시작되었는지도 모른다. 그가 아직 나를 기억하고 무시하지 않았기 때문에 정원으로 나가는 길에 그를 지나치면서 모르는 척하지 않아도 되는 호사를 누릴 수 있었다. 우리는 첫날 아침 일찍 조깅을 했다. B까지 갔다가 돌아왔다. 다음 날 아침에는 일찍 수영을 했다. 그리고 다음 날은 또 조깅을 했다. 아직 배달이 많이 남은 우유배달차, 영업 준비를 하는 식품점이나 빵집 주인들을 지나치며 달리는 게 좋았다. 아직 사람이라곤 한 명도 눈에 띄지 않고 우리 집이 머나먼 신기루처럼 보일 때 해변과 산책로를 달리는 게 좋았다. 우리의 발이 똑같이 맞춰지는 게 기뻤다. 그의 왼발과 내 왼발이 동시에 땅을 디디며 해안에 발자국을 남겼다. 다시 돌아와서 그의 발자국에 내 발자국을 새기고 싶어졌다.

달리기와 수영을 번갈아 가며 반복하는 것은 대학원 시절 그의 '일과'였다. 안식년에도 달리기를 했나요? 내가 농담을 건넸다. 그는 하루도 운동을 거르지 않았다. 아플 때조차도. 해야만 한다면 누워서 운동하는 날도 있었다. 누군가와 첫날밤을 보낼 때도 다음 날 아침 일찍 조깅을 하러 나갔다고 했다. 그가 유일하게 운동을 쉰 것은 수술했을 때였다. 무슨 수술인지 물었다. 전혀 자극적인 질문이 아니라고 생각했는데 그의 대답은 악의적으로 웃으며 깜짝 상자에서 튀어나오는 인형처럼 튀어나왔다. "나중에."

숨이 차서 길게 말하고 싶지 않거나 수영이나 달리기에 집중하고 싶었는지도 모른다. 아니면 악의 없이 그저 내가 집중하도록 만들려는 그만의 방식이었는지도.

예기치 않은 순간에 갑자기 차갑고 당혹스러운 거리감이 우리 사이에 밀려왔다. 그가 일부러 그러는 것처럼 보일 정도였다. 비집고 들어갈 틈을 주고 좀 더 열었다가 갑자기 친근하게 느낄 만한 모든 것을 홱 잡아채 버렸다.

언제나 차가운 강철 같은 시선이 돌아왔다. 어느 날 수영장이 있는 뒷마당에 놓인, 어느새 '내 테이블'이 되어 버린 곳에 앉아 기타 연습을 하는데 그가 근처 잔디밭에 누워 있었다. 나는 그의 시선을 알아챘다. 그는 지판에 열중하는 나를 쳐다보았다. 내 연주를 마음에 들어 하는지 보려고 고개를 든 순간 역시나 날카롭고 잔인한 시선이 있었다. 찌르려던 상대방에게 들킨 순간 바로 집어넣어 버리는 번쩍이는 칼날을 연상시켰다. 그는 이제 숨겨도 소용없어, 하고 말하는 듯 건조한 미소를 지었다.

그를 멀리하자.

그는 내가 떨고 있는 것을 알아차린 듯 만회하려고 기타에 대해 묻기 시작했다. 지나친 경계 상태라서 솔직담백하게 대답할 수가 없었다. 허둥지둥 간신히 대답하는 내 모습에 그는 상황이 보기보다 훨씬 더 잘못되었음을 감지했다. "대답하지 않아도 돼. 그냥 다시 연주해 봐." 싫어하는 줄 알았는데요. 싫어해? 왜 그렇게 생각하지? 우리는 실랑이를 벌였다. "그냥 연주해 주겠어?" "같은 곡으로요?" "같은 곡으로."

자리에서 일어나 거실로 들어가서 피아노 연주가 그에게 들리도록 커다란 프렌치 창(정원이나 발코니로 통하는 쌍여닫이 창—옮긴이)을 열었다. 그는 절반 정도 따라 들어오다가 창문의 목재 부분에 기대어 잠시 귀를 기울였다.

"바꿨네. 아까랑 똑같지 않잖아. 왜 그랬지?"

"리스트가 편곡해서 연주했을 것 같은 느낌 그대로 했을 뿐이에요."

"그냥 다시 연주해 줄래!"

그가 분노한 척한다는 게 좋았다. 다시 연주하기 시작했다.

잠시 후 그가 입을 열었다. "또 바꾸다니 믿을 수 없군."

"그렇게 많이는 아니에요. 이건 부소니가 리스트의 버전을 바꿨을 경우예요."

"바흐가 쓴 그대로 연주해 줄 순 없어?"

"바흐는 기타 버전은 작곡하지 않았어요. 하프시코드 버전 역시 바흐가 쓰지 않았는지도 몰라요. 솔직히 이게 바흐 곡인지도 확실하지 않고요."

"그냥 없던 걸로 해."

"알았어요, 알았어요. 그렇게 흥분할 필요 없어요." 이번에는 내가 마지못해 받아들이는 척할 차례였다. "부소니, 리스트와 상관없이 내가 편곡한 바흐 곡이에요. 젊은 시절 바흐가 써서 형제에게 헌정한 곡이죠."

나는 곡의 어느 부분이 그를 동요시켰는지 처음으로 정확히 알았고, 매번 그에게 보내는 작은 선물이라고 생각하면서 그 곡을 연주했다. 정말로 그에게 헌정하는 곡이었으니까. 내 안에 자리한 아름다운 무언가의 표시였다. 헤아리기 어렵지 않은 그것은 나를 긴 카덴차(cadenza, 끝부분에서 연주자의 기교를 보여 주는 화려한 솔로 파트─옮긴이)로 내몰았다. 오직 그를 위해서.

우리는 서로 추파를 던지고 있었다. 그는 나보다 훨씬 전부터 신호를 알아차렸을 것이다.

그날 저녁 일기에 내 마음을 적었다.

당신이 그 곡을 싫어하는 줄 알았다고 한 말은 과장이었어요. 내가 진짜 하려는 말은 당신이 나를 싫어하는 줄 알았다는 거였어요. 당신이 반대로 나를 좋아한다고 납득할 만한 행동을 보여 주기를 바랐죠. 잠깐 동안 당신은 정말로 그랬어요. 하지만 내일 아침에는 내 생각이 또 바뀌겠지요.

얼음에서 햇살로 단번에 바뀌는 그를 보고 원래 그런 사람이라고 생각했다.

어쩌면 이런 생각을 떠올렸는지도 모른다. 나도 그처럼 왔다 갔다 했나?

추신: 인간은 하나의 악기만을 위한 곡으로 쓰이지 않았어요.

나도, 당신도.

나는 그동안 그를 다가가기 힘든 까다로운 사람이라고 기꺼이 단정 지었고 더 이상 볼일이 없다고 생각해 왔다. 하지만 그의 단 두 마디에 내 뾰로통한 무관심이 바뀌고 말았다.

당신을 위해서라면 뭐든지 연주할게요, 그만 하라고 할 때까지, 점심시간이 될 때까지, 내 손가락이 벗겨질 때까지. 난 당신을 위해 뭔가 해 주는 게 좋고 당신을 위해서라면 뭐든지 할 테니까 말만 해요. 처음 본 순간부터 좋았어요. 친근하게 다가가는 나에게 또다시 얼음처럼 차갑게 반응할 때조차. 우리 사이에 이런 대화가 이루어졌다는 것, 눈보라 속에서 찬란한 여름을 되찾아 오는 쉬운 방법이 있다는 사실을 나는 절대로 잊지 못할 거예요.

하지만 나는 평화로운 분위기에서 체결된 휴전과 해결안이 얼음과 무관심에 의해 곧바로 폐기될 수 있다는 사실을 간과했다.

7월의 어느 일요일 오후 갑자기 집 안이 텅 비고 우리 둘만 남는 일이 생겼다. 불이 내 뱃속을 헤집었다. '불'은 그날 저녁의 일을 일기장에 헤아려 보려고 했을 때 가장 먼저, 가장 쉽게 떠오른 낱말이었다. 침대에 꼼짝 않고 누워서 공포와 기대의 최면에 걸린 듯한 상태로 기다리고 또 기다렸다. 열정의 불이나 황폐하게 만드는 불이 아니라 주변의 산소를 모두 흡수해 버려 숨 막히게 만드는 집속탄 같은 불이었다. 복부를 발길질당해 숨을 헐떡이며 살아 있는 폐 조직이 전부 찢기고 입이 마른다. 말하는 사람이 아무도 없기를 바란다. 말할 수가 없으니까. 나에게 움직이라고 명령하는 사람도 없기를 바란다. 심장이 막힌 데다 너무 빨리 뛰어서 좁은 심실로 무언가가 흘러 들어가기도 전에 유리 조각처럼 산산이 부서지고 말 테니까. 두려움 같은 불. 이런 상태가 1분이라도 계속된다면, 그가 방문을 두드리지 않는다면 나는 죽을 것이다. 어차피 죽을 것이다. 그가 지금 내 방문을 두드릴 일은 절대로 없을 테니까. 내 방은 프렌치 창을 약간 열어 놓은 터였다. 수영복만 입고 침대에 누운 몸이 불처럼 뜨겁게 달아올랐다. 그 불이 애원하는 듯했다.

제발, 내가 잘못 짚었다고 말해 줘요. 전부 다 내 상상이라고. 당신도 나와 같을 리 없으니까. 만약 나와 같다면 당신은 세상에서 가장 잔인한 사람입니다. 그날 오후 내 간절한 기도에 부름 받은 듯 그가 노크도 없이 들어와 왜 다른 사람들과 같이 해변으로 나가지 않았느냐고 물었을 때, 감히 입 밖으로 낼 용기는 없었지만 머릿속에 떠오르는 생각은 오직 하나뿐이었다. 당신과 같이 있기 위해서요. 올리버, 당신과 같이 있기 위해서예요. 수영복을 입고서든 입지 않고서든, 당신과 내 침대에 같이 있기 위해서. 아니면 여름 한 달만 빼고는 내 침대가 되는 당신의 침대에서, 날 가져요. 내가 원하는지 물어보고 대답을 기다려 봐요. 내가 싫다고 말하지 않게 해 줘요.

그날 밤은 꿈이 아니었다고 말해 줘요. 문밖 층계참에서 무슨 소리가 들리더니 갑자기 누군가 내 방에 들어와 있었어요. 누군가 내 침대 발치에 앉아 한동안 생각에 잠기더니 마침내 내 쪽으로 움직였죠. 그리고 내 옆이 아니라 위에 누웠어요. 나는 무척 좋았지만 내가 깨어 있다는 사실이 드러나거나 그가 마음을 바꿔

나가 버릴 만한 행동을 하지 않도록 깊이 잠든 척을 했어요. 이건 꿈이 아니야, 꿈일 리 없고 꿈이 아니어야 해. 눈을 꼭 감고 있는데 마치 고향에 온 것처럼 아주 편안해졌기 때문이죠. 트로이와 라에스트리곤인들 사이에서 오랜 세월을 보내다 고향으로 돌아온 것처럼, 모두 나와 똑같고 서로를 잘 아는 사람들이 있는 곳으로 돌아온 것처럼, 모든 게 맞아떨어져서 17년 동안 잘못된 조합을 시도했다는 사실을 퍼뜩 깨달은 것처럼 말이에요. 당신이 밀어붙인다면 움직이지 않고, 몸의 근육 하나 움직이지 않고 기꺼이 항복할 뜻이 있음을 전하기로 결심했어요. 난 이미 항복했고 머리부터 발끝까지 당신의 것이라고. 하지만 당신은 갑자기 사라져 버렸어요. 꿈이라기에는 너무도 생생했지만 그날 이후 나는 당신이 꿈하고 똑같이 해 주기만 바라게 되었습니다.

　다음 날 우리는 테니스 복식 경기를 했다. 쉬는 시간에 그가 마팔다의 레모네이드를 마시면서 한 팔을 내 어깨에 걸치고는 친근하고 부드럽게 마사지하듯 엄지와 검지로 살짝 꼬집었다. 정말 다정한 느낌이었다. 하지만 나는 마법에 홀린 듯 완전히 정신을 빼앗겨 그의 손에서 빠져나오려고 몸을 비틀었다. 조금이라도 더 그대로 있다가는 큰 태엽을 만지는 순간 불구의 몸이 허물어져 버리는 작은 목각 인형처럼 속수무책일 것 같았다. 그는 깜짝 놀라 사과하면서 '신경 쪽'을 건드렸는지 물었다. 아프게 하려는 의도는 없었다고 했다. 그는 나를 아프게 했거나 이상한 신체 접촉을 했다는 생각에 엄청 당황스러웠을 것이다. 나는 결코 그를 막고 싶지 않았다. 그런데도 내 입에서는 "아프지 않았어요."라는 말이 튀어나왔다. 거기에서 멈추어야 했다. 하지만 아파서 그런 게 아니라면 친구들 앞에서 퉁명스럽게 떨쳐 낸 반응을 달리 어떻게 설명할 수 있나 싶었다. 결국 아픔을 참으려고 무던히 애쓰는 표정을 짓는 척했지만 실패하고 말았다.

그때는 몰랐지만 내가 그의 손길에 극도로 당황한 이유는 내가 보인 반응이 처녀가 욕망의 대상이 자신을 처음 만졌을 때 보이는 것과 같았기 때문이다. 그 손길이 존재하는지도 몰랐던 신경을 자극하기 때문에 자위가 주는 익숙한 쾌락보다 훨씬 더 충격적인 쾌락을 느끼는 것이다.

그는 여전히 내 반응에 놀란 듯했지만 어깨 통증을 숨기는 내 연기를 믿는 듯한 신호를 보냈다. 나를 구속하지 않고 내 미묘한 반응을 전혀 알아채지 못한 척하는 그만의 방식이었다. 모순된 신호를 구분하는 그의 예리한 능력을 아는 지금의 나로서는 그가 뭔가를 의심했으리라고 확신한다. "이리 와 봐. 내가 안 아프게 해 줄게." 그는 나를 시험하면서 내 어깨를 마사지했다. "긴장 풀어." 이번에는 다른 사람들을 의식하며 말했다. "긴장 풀고 있는데요." 내 대답에 그가 마르지아를 보며 말했다. "넌 이 벤치처럼 뻣뻣해. 여기 좀 만져 봐." 마르지아는 우리 가족과 친하게 지내는 소녀였다. "굉장히 뻣뻣하네." 뒤에서 그녀의 손길이 느껴졌다. "여기." 그가 그녀의 평평한 손바닥으로 내 등을 세게 눌렀다. "느껴져? 긴장을 좀 더 풀어야 해." 마르지아도 그를 따라 말했다. "넌 긴장을 좀 더 풀어야 해."

그때까지도 나는 암호로 말하는 법을 몰랐다. 아니, 말하는 방법 자체를 몰랐다. 수화조차 하지 못하는 귀머거리에 벙어리가 된 기분이었다. 속마음을 드러내지 않으려고 온갖 다양한 방법으로 더듬었다. 그게 내 암호의 범위였다. 입 밖으로 말을 내보낼 만큼의 숨만 있으면 그럭저럭 해낼 수 있었다. 그러지 않으면 우리 사이에 들어선 침묵에 속마음이 드러날 터였다. 아무리 당황해서 내뱉는 말도 안 되는 소리라도 침묵보다는 나았다. 침묵은 나를 노출시킬 테니까. 하지만 사람들 앞에서 감추려고 애쓰는 모습은 나를 노출시킬 확률이 더 높았다.

나 자신을 향한 절망은 조바심과 무언의 분노 비슷하게 보였을 것이다. 그가 자신을 향한 것이라고 오해할 줄은 미처 몰랐다.

어쩌면 그가 볼 때마다 시선을 돌린 것도 비슷한 이유였다. 소심함의 부담감을 숨기기 위해서. 그가 자신을 피하는 내 모습에 상처받고 적대적인 시선으로 앙갚음했을 수 있다는 사실도 미처 몰랐다.

그의 손길에 과민반응을 보이면서 드러나지 않기를 바란 것은 따로 있었다. 나는 그의 팔을 피하기 전에 그의 손에 굴복했고 그 쪽으로 몸을 기울일 뻔했다. 마치 계속해 달라고 말하는 듯이. 어른들이 누군가 지나다가 어깨 마사지를 해 주면 계속해 달라고 말하는 것을 자주 들었다. 그는 내가 항복할 준비가 되었을 뿐만 아니라 그의 몸으로 스며들 준비가 되었다는 사실을 알아차렸을까?

그날 밤 일기에도 그 감정에 대해 적었다. 나는 그 감정을 '까무너칠 성도의 황홀함'이라고 불렀다. 왜 까무러칠 정도의 황홀함을 느꼈을까? 그게 그토록 쉽게 일어날 수 있는 일인가? 그가 나를 만지기만 해도 의지를 잃고 허물어질까? 사르르 녹는다는 게 바로 이런 것일까? 나는 사르르 녹는 모습을 왜 그에게 보여 주지 못할까? 무슨 일이 일어날지 몰라서? 그가 나를 비웃고 사람들에게 말할까 봐? 내가 너무 어려서 잘 모르고 하는 행동이라며 없는 일로 할까 봐? 그가 내 마음을 눈치챘다면, 눈치챘을 정도라면 나와 같은 생각이라는 뜻이겠지, 그렇다면 행동으로 옮기고 싶은 유혹 때문일까? 나는 그가 행동하기를 바라는가, 아니면 우리 둘 사이의 이 탁구 같은 게임을 계속하면서 평생 그리워하기만 바라는가? 몰랐다가, 모르는 게 아니었다가, 모르는 게 아닌 게 아니었다가 하는 게임. 그냥 조용히 아무 말도 하지 말자. '예스'라고 할 수 없으면 '노'라고 하는 대신 '나중에'라고 한다. 그래서 사람들은 '예스'일 때 '어쩌면'이라고 대답하며 상대방은 '노'라고 받아들이기를 바라는 걸까? 진짜 속마음은 '제발 한 번만 더 물어봐 줘. 그다음에 한 번만 더 물어봐 줘'이면서?

그해 여름을 돌아보면 '불'과 '까무러칠 정도의 황홀함'을 감수하려고 무던히 애써야 했지만 여전히 삶은 행복한 순간을 가져다주었다. 이탈리아. 여름. 한낮의 매미 소리. 내 방. 그의 방. 온 세상을 차단해 버린 우리의 발코니. 정원에서 계단을 지나 내 방까지 부드럽게 나부끼며 올라오는 바람. 낚시가 좋아진 여름. 그가 좋아하니까. 조깅이 좋아진 여름. 그가 좋아하니까. 문어와 헤라클레이토스, 트리스탄이 좋아지고 새 울음소리를 듣고 식물의 향기를 맡고 화창한 날 발아래부터 올라오는 옅은 안개를 느낀 여름. 모든 감각이 항상 곤두선 채로 온통 그에게 쏠려 있던 여름.

나는 여러 가지를 부정할 수 있었다. 독특하게도 햇살을 받아 끈적이는 광택으로 빛나는 그의 무릎과 손목을 만지고 싶었다는 것. 그의 하얀 테니스 반바지에 항상 묻어 있는 것처럼 보이는 진흙색 얼룩이 시간이 지나면서 그의 피부색으로 바뀌고, 매일 더 진한 금색으로 변하는 그의 머리카락이 아침 해가 완전히 뜨기 전의 황금빛이었다는 것. 돌풍 부는 날 수영장 옆 파티오에 서 있을 때 그의 펄럭거리는 파란색 셔츠가 더욱 펄럭거리며 살과 땀 냄새를 풍기고, 이를 생각하는 것만으로도 나를 달아오르게 만들었다는 것. 이 모든 것을 나는 부정할 수 있었다. 그리고 부정을 사실로 믿었다.

하지만 황금색 메주자(mezuzah, 신명기의 일부를 기록한 양피지 조각—옮긴이)와 다윗의 별 장식이 달린 그의 금 목걸이는 내가 그에게서 원하는 것보다 더욱 흥미로운 게 있다는 사실을 말해 주었다. 그것은 우리를 하나로 묶어 주었다. 그 외의 것들이 우리를 서로 다른 사람으로 몰아간다고 해도 적어도 이것만큼은 모든 차이를 초월한다는 사실을 일깨워 주었다. 나는 그가 몸에 지니고 다니는 다윗의 별을 첫날부터 보았다. 그 순간부터 나를 혼란에 빠뜨리고 제발 내가 그를 싫어할 구실을 만들지 않기를 바라면서 그의 우정을 구하도록 만든 것이 우리가 서로에게 원하는 것보다 더욱 거대한 무언가라는 사실을 깨달았다. 그의 영혼이나 내 육체, 지구 자체를 넘어서는 것이었다. 별과 부적이 매달린 그의 목을 바라보는 일은 시간을 초월해 고대부터 내려온 내 안에, 그 안에, 우리 안에 있는 불멸의 무언가를 바라보는 것과 같았다. 다시 불붙기를 갈구하며 천년의 잠에서 깨어난 그 무언가를.

하지만 나도 똑같은 것을 목에 걸고 있다는 사실을 그가 개의치 않거나 알아차리지 못하는 듯하다는 사실이 당황스러웠다. 수영복만 걸친 그의 몸을 훑으며 우리 두 사람을 사막의 형제로 만들기 위한 큰 그림을 그리려 애쓰는 내 시선을 개의치 않거나 알아차리지 못하는 것처럼 보였다.

그는 우리 가족을 제외하고 B에 발을 들여놓은 유일한 유대인이었다. 우리와 다르게 그는 처음부터 유대인임을 드러냈다. 우리 가족은 눈에 띄는 유대인이 아니었다. 물론 우리도 전 세계 거의 모든 곳에서 그러듯 유대인이라는 사실을 셔츠 아래에, 숨기지는 않고 밀어 넣고 살았다. 어머니의 표현을 빌리자면 '신중한 유대인'이었다. 올리버가 목에서부터 유대인임을 드러내는 걸 봤을 때, 그가 셔츠를 풀어헤친 채 자전거를 타고 시내로 나갔을 때 우리는 큰 충격이었다. 하지만 우리도 아무렇지 않게 그럴 수 있다는 사실을 배웠다. 나는 몇 번인가 그를 흉내 내려고 했다. 하지만 로커룸에서 알몸으로 아무렇지 않게 돌아다니려고 하다가 자신이 알몸이라는 사실에 혼자 흥분해 버리는 사람처럼 스스로 의식하고 말았다.

시내에서는 자만심보다 억눌린 수치심에서 나오는 무언의 엄포로 내가 유대인이라는 사실을 과시하려고 했다. 그는 그러지 않았다. 자신이 유대인이라는 사실이나 가톨릭 국가에 사는 유대인의 삶을 생각해 보지 않은 건 아니었다. 그와 나는 다른 사람들이 휴식을 취하려고 방으로 흩어진 기나긴 오후에 담소를 나누면서 이 문제에 대해 이야기하기도 했다. 그는 미국 뉴잉글랜드의 소도시에 오래 살아서 특이한 유대인이 어떤 느낌인지 잘 알고 있었다. 하지만 자신이 유대인이라는 사실을 나만큼 곤혹스러워하지 않았다. 유대인이라는 사실이 자신과 세상에 대한 지속적이고 형이상학적인 불편함으로 작용하지도 않았다. 무언으로 구원의 형제애를 약속하는 신비로운 가능성을 띠는 것도 아니었다. 그가 유대인이라는 사실을 불편해하지 않는 것은 딱지가 사라지기를 바라며 자꾸 만져 대는 어린아이처럼 그 사실을 끊임없이 곱씹어야 할 필요조차 없었던 이유인지도 모른다.

그는 유대인이라는 사실에 만족했다. 자기 자신에게도 만족했다. 자신의 몸, 얼굴, 특이한 테니스 백핸드, 책과 음악, 영화, 친구를 고르는 취향에도 만족했다. 아끼는 몽블랑 만년필을 잃어버렸을 때도 대수롭지 않게 여겼다. "다시 사면 돼." 비판을 받아도 아무렇지 않았다. 언젠가 그 스스로 자랑스럽게 생각하는 원고 몇 장을 우리 아버지에게 보여 준 적이 있었다. 아버지는 헤라클레이토스에 대한 통찰은 훌륭하지만 강화할 필요가 있다고 지적했다. 헤라클레이토스라는 철학자의 사상을 그냥 설명하려 하지 말고 모순된 특징이 있음을 받아들여야 한다고. 그는 강화할 필요가 있다는 것도, 모순도 아무렇지 않아 했다. 방향을 처음부터 다시 잡아야 한다는 사실도 괜찮았다. 그는 우리 젊은 이모를 한밤중의 모터보트 드라이브에 초대했지만 거절당했다. 그래도 괜찮았다. 며칠 후 다시 청했다 또 거절당했지만 역시 대수롭게 여기지 않았다. 이모 또한 아무렇지 않아 했다. 우리 집에서 일주일만 더 머물렀다면 한밤중에 바다로 나가서 해가 뜰 때까지 이어지는 나들이에 응했으리라.

그가 우리 집에 온 지 며칠 되지 않았을 때 딱 한 번, 의지가 강하지만 호의적이고 느긋하고 흔들림 없으며 당황할 줄 모르는 데다 삶의 많은 것을 대수롭지 않게 여기는 이 스물넷의 남자가 사실은 사람과 상황을 판단할 때는 철저하게 경계하고 냉정하며 현명하다고 느낀 일이 있었다. 그의 말과 행동은 미리 계획되지 않은 게 하나도 없었다. 그는 모두를 꿰뚫어 보았다. 그가 사람을 정확하게 꿰뚫어 볼 수 있는 것은 타인을 바라볼 때 자신의 내면에서 남들이 보지 말았으면 하는 부분을 가장 먼저 보기 때문이었다. 어머니가 어느 날 알고 기겁한 사실인데, 그는 탁월한 포커 플레이어이며 '몇 판'의 게임을 위해 일주일에 두어 번 밤중에 시내로 나갔다. 그가 이곳에 도착하자마자 굳이 은행 계좌를 만들어 우리를 놀라게 한 것도 그 때문이었다. 우리 집에 머무는 손님 중에서 지역 은행에 계좌가 있는 사람은 한 명도 없었다. 대부분은 빈털터리였으니까.

아버지가 아는 언론인을 점심 식사에 초대했을 때였다. 젊은 시절에 철학 공부 좀 해 본 그 언론인은 헤라클레이토스에 대한 책을 쓴 적은 없어도 어떤 주제든 토론할 수 있다는 사실을 보여 주고 싶어 했다. 올리버와는 잘 맞지 않았다. 그가 돌아간 후 아버지가 "위트 넘치는 사람이야. 상당히 똑똑하고."라고 말했다. 그러자 올리버가 "정말 그렇게 생각하세요, 프로?"라고 되물었다. 올리버는 성격이 느긋한 아버지가 반론을 싫어할 때도 있다는 것과 프로라고 부르는 걸 싫어한다는 사실을 몰랐지만 어쨌든 둘 다 거슬린 셈이었다. "그렇다네." 아버지의 대답에 올리버의 반론이 이어졌다. "전 동의하지 못할 것 같네요. 제가 보기엔 오만하고 지루하고 어설프고 천박한 사람입니다. 유머하며 여러 가지 다양한 말투하며." 이쯤에서 남자의 진지한 말투를 흉내 내고 말을 이었다. "큰 제스처를 사용해서 사람들을 움직이려고 하죠. 자기 주장을 제대로 펼치는 법을 모르기 때문입니다. 그의 목소리는 정말 과장이 심했어요, 프로. 사람들이 그의 유머에 웃는 것은 재미있어서가 아니라 그가 재미있는 사람이 되고 싶은 의욕을 드러냈기 때문이죠. 그의 유머는 설득 불가능한 사람들의 환심을 사려는 방편에 지나지 않아요." 그는 냉정하게 말을 맺었다. "그는 다른 사람이 말할 때 항상 다른 곳을 봅니다. 듣지 않는 거죠. 상대방이 말하는 동안 자기가 할 말을 연습하다가 잊어버리기 전에 빨리 말하고 싶어 안달하죠."

그 자신에게도 익숙한 사고방식이 아니라면 어떻게 타인의 사고방식을 곧바로 직감할 수 있을까? 그 자신도 똑같이 행동해 보지 않았다면 어떻게 타인의 기만적인 행동을 의식할 수 있을까?

내가 그에게 감탄한 것은 사람을 읽고 내면을 뒤져서 성격 구성을 정확하게 파헤치는 놀라운 능력뿐만 아니라 나와 똑같이 직감하는 능력이었다. 그 능력은 내가 그에게 끌리는 데 욕망이나 우정, 종교의 유혹보다 더 중요한 충동으로 작용했다. "영화 보러 갈까?" 어느 날 저녁 다 같이 앉아 있는데 그가 불쑥 제안했다. 집 안에서 밤을 지루하게 보내지 않을 해결책이 갑자기 떠올랐다는 투였다. 그가 우리 집에 온 지 얼마 되지 않은 데다 시내에 아는 사람도 없는 때여서 내가 적당한 영화 관람 파트너로 보였을 것이다. 하지만 그렇게 묻는 말투가 너무도 쾌활하고 충동적이었다. 그가 영화관 나들이를 별로 중요하게 생각하지 않는다는 사실을 다들 알기 바라고, 그냥 집에서 원고를 살펴보는 것도 괜찮다는 듯. 하지만 지나가는 듯한 말투로 던진 이 제안은 우리 아버지를 겨냥한 신호이기도 했다. 그는 그냥 떠오른 생각인 척하고 있었다. 내가 눈치채지 못하도록 하면서 저녁 먹을 때 들은 아버지의 조언을 참고해 오로지 나를 위해 내놓은 제안인 척했다.

나를 미소 짓게 만든 것은 그의 제안이 아니라 교묘한 계략이었다. 그는 곧바로 내 웃음을 보고 미소로 화답했는데 자조적인 웃음에 가까웠다. 내가 그 계략을 꿰뚫어 봤다고 짐작할 만한 신호를 보냈다면 바로 자신의 죄를 인정했을 테지만, 내가 나서지 않으려는 의사를 확실히 보였기에 그것이 계략이었음을 실토하지 않는다면 혐의가 더욱 깊어진다는 사실을 감지한 듯했다. 그는 들켰다는 사실을 자백하며 미소 지었다. 하지만 자신이 사실을 인정할 만큼 유쾌한 사람이고 같이 영화 보러 가는 것도 좋다는 걸 보여 주기 위함이기도 했다. 이 모든 것이 나를 흥분시켰다.

어쩌면 그의 미소는 역시 그의 마음을 읽은 나에게 반박하는 그만의 방법인지도 모른다. 지극히 가벼운 제안처럼 보이려는 시도를 들키기는 했지만 그가 내 안에서 미소 지을 만한 무언가를 발견했다는 뜻이었다. 우리 사이에 미세하게 닮은 점이 너무도 많다는 사실에서 내가 예리하고도 기만적이고 죄책감을 수반하는 은밀한 쾌락을 느낀다는 사실 말이다. 그런 뜻까지는 없는데 전부 다 내가 지어낸 생각일지도 모른다. 하지만 우리는 상대방이 무엇을 보았는지 서로 알고 있었다. 그날 저녁 자전거를 타고 극장으로 향하면서 나는 기분이 둥둥 떴고 굳이 숨기려고 하지 않았다.

그토록 통찰력이 깊은 사람인데 자신의 손길을 피하는 내 갑작스런 반응이 무슨 의미인지 알아차리지 못했을까? 내가 그의 손길에 기댈 뻔한 것도 몰랐을까? 손을 떼지 않기를 바랐다는 것도? 그의 마사지가 시작되었을 때 긴장을 풀 수 없었던 것이 내 마지막 도피이자 마지막 방어이고 마지막 가식임을 몰랐을까? 내가 결코 저항하지 않았고 가짜 저항이었으며 저항할 수도 없었다는 것을, 그가 나에게 뭘 하든 뭘 시키든 절대 저항하고 싶지 않다는 것을 눈치채지 못했을까? 우리 둘만 집에 남은 일요일 오후 내 방으로 들어와 침대에 앉아서 사람들과 함께 바다에 가지 않은 이유를 물었을 때 대답 대신 그냥 어깨를 으쓱한 것은 그의 시선에 숨이 턱 막혀서 말할 수 없다는 사실을 들키지 않기 위해, 입을 열었다가는 절박한 고백이나 흐느낌이 될까 봐 그랬다는 사실을 몰랐을까? 나를 그 정도에 이르게 만든 사람은 아무도 없었다. 알레르기가 심해서라고 말하자 그는 자신도 그렇다며, 어쩌면 같은 종류인지도 모르겠다고 대답했다. 나는 또 어깨를 으쓱했다.

그가 한 손으로 낡은 곰 인형을 집어 얼굴을 자기 쪽으로 향하더니 귓가에 뭐라고 속삭였다. 그러고는 곰 인형의 얼굴을 내게 향하며 목소리를 바꿔서 물었다. "왜 그래? 기분 안 좋아 보여." 그는 내가 수영복 차림이라는 사실을 알아차렸을 것이다. 수영복이 심하게 아래로 내려가 있었던가? "수영하러 갈래?" 그가 물었다. "나중에요. 어쩌면." 그의 말을 흉내 내되 숨이 턱 막힌다는 사실을 들키지 않도록 짧게 말했다. "지금 가자." 그가 나를 일으키려고 한 손을 내밀었다. 나는 그 손을 잡고 그가 나를 보지 않게 하려고 벽으로 얼굴을 돌리며 물었다. "꼭 그래야 해요?" 정말 하고 싶은 말과 그나마 가장 가까운 표현이었다. 그냥 있어요. 그냥 나랑 같이 있어요. 원하는 대로 어디든지 마음껏 만져도 돼요. 내 옷을 벗기고 나를 가져요. 소리도 내지 않고 아무한테도 말하지 않을 거예요. 내가 지금 단단하게 섰다는 걸 당신도 알잖아요. 당신이 움직이지 않는다면 내가 지금 그 손을 잡아 내 옷 속에 넣고 당신이 원하는 만큼 손가락을 내 안에 넣을 수 있도록 할 거야.

이 모든 것을 그는 전혀 눈치채지 못했을까?

그는 옷을 갈아입는다면서 나갔다. "아래층에서 보자." 가랑이 사이를 내려다보니 경악스럽게도 축축하게 젖어 있었다. 그가 봤을까? 당연히 봤을 거야. 그래서 바다에 가자고 한 거야. 그래서 내 방을 나간 거야. 주먹으로 머리를 쳤다. 어떻게 이렇게 부주의하고 생각 없고 멍청할 수가 있어? 당연히 봤을 거야.

나도 그처럼 행동하는 법을 배웠어야 했다. 그냥 어깨를 으쓱하고 쿠퍼액이 나온 것쯤 대수롭지 않게 넘겨야 했다. 하지만 나는 그가 아니었다. '그가 봤으면 어때. 그럼 이제 내 마음을 확실히 알겠네.'라고 생각할 수가 없었다.

내가 생각하지 못한 게 또 있었다. 누군가, 다른 누구도 아닌 한 지붕 아래 살고 어머니와 카드놀이를 하고 한 식탁에서 아침과 저녁을 먹고 금요일이면 재미 삼아 히브루어로 쓴 축복의 기도를 낭송하고 우리 집 침대에서 자고 우리 집 수건을 사용하고 친구들을 공유하고 비 오는 날 거실에 둘러앉아 담요를 덮은 채 TV를 보면서 창문을 두드리는 빗소리에 아늑함을 느끼는, 바로 가까이 있는 사람이 나와 같은 것을 좋아하고 나와 같은 것을 원하고 나와 같은 사람일 수 있다는 사실이었다.

책에서 읽거나 소문으로 추측하거나 음담패설을 엿들은 걸 제외하고 내 또래의 그 누구도 남자는 물론이고 여자와도 함께 하면서 남자와 여자가 모두 되고 싶어 하는 경우는 없다는 착각에 빠져 있었기에 그런 생각을 결코 하지 못했다. 나는 예전에 또래의 남자를 원한 적도 있고 몇몇 여자와 자기도 했다. 하지만 그가 택시에서 내려 우리 집으로 걸어오기 전까지 그토록 젊고 자기 자신에 만족하는 사람이, 내가 그에게 내 몸을 맡기고 싶은 만큼이나 나에게 그의 몸을 주고 싶어 하는 일이 생길 거라는 상상은 해 보지 못했다.

그가 도착한 지 2주 후 나는 밤마다 그가 방문이 아니라 우리 두 사람의 방에 연결된 발코니를 통해 방에서 빠져나오기만 바랐다. 모두가 잠든 후 그의 창문이 열리고 발코니를 걷는 에스파듀 소리가 들리고 절대로 잠그는 일 없는 내 창문이 스르르 열리고 그가 방 안으로 들어와서 묻지도 않고 이불 속의 내 옷을 벗긴다. 누구도 그토록 강렬하게 원해 본 적 없을 만큼 원하게 만들어 놓고는 내가 며칠 동안 연습한 말을 들은 후에 그가 너무도 부드럽게, 유대인이 같은 유대인에게 보내는 친절함으로 내 안에 들어오는 상상을 했다. 제발 아프게 하지 말아요. 사실은 마음대로 날 아프게 하라는 의미였다.

내가 낮 동안 방 안에만 틀어박히는 일은 드물었다. 몇 해 전부터 여름이면 뒷마당의 수영장 옆에 놓인 동그란 파라솔 테이블을 독차지했다. 그보다 1년 먼저 우리 집에 묵은 파벨은 집 안에서 작업하다가 가끔 발코니로 나와 바다를 바라보거나 담배를 피웠다. 그 전에 찾아온 메이너드도 방 안에서 일했다. 하지만 올리버는 어울릴 사람을 원했다. 처음에는 내 테이블을 함께 쓰더니 나중에는 잔디밭에 커다란 담요를 깔고 누워 있는 걸 좋아했다. 옆에는 아무렇게나 펼쳐진 원고와 그가 '잡동사니'라고 부르는 것들이 놓여 있었다. 레모네이드, 선크림, 책, 에스파듀, 선글라스, 색연필. 그리고 헤드폰을 쓰고 음악을 들었기에 그가 먼저 말을 걸지 않는 이상 말을 걸 수가 없었다. 아침에 작곡 노트나 책을 들고 아래층으로 내려가면 빨간색이나 노란색 수영복 차림의 그가 벌써 태양 아래 땀을 흘리며 누워 있기도 했다. 함께 조깅이나 수영을 하고 돌아오면 아침 식사가 기다렸다.

그는 '잡동사니'를 잔디밭에 그대로 둔 채 수영장 바로 옆에 누워 있는 버릇이 생겼다. 그가 '여긴 천국이야'를 줄여서 '천국'이라고 부르는 자리였다. 점심을 먹고 나서 라틴어 학자들만의 농담으로 "전 이제 천국에 갑니다. 일광욕하러."라고 덧붙이곤 했다. 우리는 그가 수영장가 똑같은 자리에서 선탠오일을 듬뿍 바른 채 몇 시간이고 누워 있다며 놀렸다. 어머니는 "오늘 아침에는 천국에 얼마나 있었어요?"라고 물었다. "두 시간 연속이요. 오늘은 일찍 돌아와서 더 오랫동안 일광욕을 하려고요." 그에게 천국의 가장자리에 간다는 것은 수영장가에 누워서 한쪽 다리는 물에 담그고 헤드폰을 쓰고 얼굴은 밀짚모자로 가리고 있겠다는 뜻이기도 했다.

무엇 하나 부족할 게 없는 사람이었다. 나는 그 느낌을 이해할 수가 없었다. 그가 부러웠다.

수영장 주변의 공기가 숨 막힐 정도로 덥고 고요해졌을 때 물었다.

"올리버, 자요?"

아무런 대답이 없었다. 그리고 몸의 근육 하나 움직이지 않은 채 한숨에 가까운 대답이 들려왔다.

"방금 전까지는."

"미안해요."

물에 담근 그 발, 나는 그 발가락 하나하나에 입맞춤할 수 있었다. 그다음에는 발목과 무릎에도. 밀짚모자로 얼굴을 가리고 누운 그의 수영복을 몇 번이나 빤히 쳐다보았던가? 내가 무엇을 보는지 그는 알 리가 없었다.

아니면 이런 식이었다.

"올리버, 자요?"

긴 침묵이 흘렀다.

"아니. 생각 중이야."

"무슨 생각이요?"

그가 발가락으로 물을 튀겼다.

"헤라클레이토스가 쓴 단편에 관한 하이데거의 해석에 대해."

내가 기타를 치지 않을 때, 헤드폰은 쓰지 않았지만 밀짚모자를 얼굴에 얹어 놓은 그가 갑자기 침묵을 깰 때도 있었다.

"엘리오."

"네."

"뭐 해?"

"책 읽어요."

"아니잖아."

"그럼 생각해요."

"무슨?"

너무도 말하고 싶었다.

"사생활이에요."

"말 안 할 거야?"

"말 안 할 거예요."

"말 안 할 거군."

그는 사색에 잠긴 채 누군가에게 나에 대해 설명하듯 따라 말했다.

내가 방금 따라 한 말을 그가 또 따라 한다는 것이 아주 좋았다. 처음에는 순전히 우연으로 시작되었지만 두 번째는 의도적으로, 세 번째는 더더욱 그렇게 되는 애무나 몸짓이 떠올랐다. 마팔다가 매일 아침 내 이부자리를 정리해 주는 방식이 떠올랐다. 우선 매트리스 커버 위에 까는 홑겹 시트를 이불 위로 접은 뒤 그것을 다시 이불 위쪽에 놓인 베개를 가리도록 접고 나서 전부 다 침대보 위로 접는다. 그렇게 앞뒤로 접어 가며 정리된 침구로 들어가 몸을 넌다는 것은 열정에 대한 순응처럼 경건하고 관대한 무언가의 표시였다.

오후의 침묵은 언제나 무겁지도 야단스럽지도 않았다.

"말 안 할래요."

"그럼 난 다시 잔다."

또다시 깊은 침묵이 이어졌다.

"여긴 천국이야." 잠시 후 그가 말했다.

그리고 적어도 한 시간 동안 그는 말을 하지 않았다. 그가 배를 깔고 엎드려서 매일 아침 B에 사는 번역가 밀라니 부인에게 받아온 원고를 확인하는 동안 나는 내 전용 테이블에 앉아 편곡 작업에 열중했는데 내 인생에서 지금껏 이보다 더 좋은 일은 없었다.

"이것 좀 들어 봐." 가끔 그는 이어폰을 빼고 찌는 듯 더운 기나긴 여름 오전의 숨 막히는 침묵을 깼다. "이 헛소리를 한번 들어 보라고." 그는 자신이 몇 달 전에 쓴 믿을 수 없는 글을 큰 소리로 읽었다. "이게 말이 된다고 생각해? 난 아냐."

"쓸 당시에는 말이 됐나 보죠." 내가 덤덤하게 말했다.

그는 내 말을 따져 보는 것처럼 잠깐 생각에 잠겼다. "몇 달 만에 들어 본 가장 친절한 말이군."

갑자기 깨달음을 얻은 것처럼 내 말에 훨씬 더 큰 의미를 부여하는 듯한 진심이 담긴 말이었다. 나는 불편해져서 시선을 돌렸고, 잠시 후 가장 먼저 떠오르는 말을 내뱉었다. "친절하다고요?"

"그래. 친절해."

그게 친절과 무슨 상관인지 알 수 없었다. 상황이 어떻게 흘러가는지 정확히 알 수 없었기에 그냥 넘어가고 싶었다. 다시 침묵이 감돌았다. 그가 다시 말을 걸 때까지.

그가 무슨 말이든 하거나 X에 대해 어떻게 생각하느냐, Y는 들어 봤느냐 하는 질문으로 침묵을 깨는 게 좋았다. 우리 집에는 어떤 문제든 내 의견을 물어보는 사람이 없었다. 그가 그 이유를 아직 파악하지 못했다면 곧 알아챌 터였다. 집 안 사람들처럼 나를 어린애로 보는 것은 시간문제일 뿐이었다. 하지만 우리 집에 머문 지 벌써 3주째인데도 아타나시우스 키르허와 주세페 벨리, 파울 첼란을 아는지 물었다.

"들어 봤어요."

"난 너보다 열 살 가까이 많은데 며칠 전까지만 해도 세 사람 모두 전혀 알지 못했어. 이해가 안 되는군."

"뭐가 이해 안 돼요? 아버지는 대학 교수이고 어릴 때부터 집에 TV가 없었어요. 이제 이해돼요?"

"그냥 다시 기타나 뚱땅거려!" 수건을 구겨서 내 얼굴에 던지며 내뱉는 말투 같았다.

그가 나를 나무라는 모습마저도 마음에 들었다.

한번은 테이블에서 노트를 옮기다가 실수로 유리컵을 넘어뜨렸다. 컵은 잔디밭으로 떨어졌지만 깨지지는 않았다. 가까이 있던 올리버가 일어나 컵을 주워 제자리에 놓았다. 그것도 노트 바로 옆에 놓아 주었다.

무슨 말로 고마움을 표시해야 할지 알 수 없었다.

"안 그래도 되는데." 마침내 내가 입을 열었다.

그는 자신의 대답이 가볍거나 무심히 던지는 말이 아닐 수도 있음을 내가 알아채도록 충분한 시간을 주었다.

"그러고 싶었어."

그는 그러고 싶었구나, 하고 생각했다.

그러고 싶었어, 라고 다시 말하는 그를 상상했다. 갑자기 기분 내키면 그러듯이 친절하고 나긋나긋하고 과장된 말투였다.

내 노트를 다 가려 주지 못하는 파라솔이 달린 동그란 나무 테이블에서는 레모네이드에 든 얼음이 쨍그랑거리는 소리가 들리고, 그리 멀지 않은 저 아래에서는 거대한 바위를 부드럽게 때리는 파도 소리가 들리고, 뒤쪽의 이웃집에서는 반복되는 히트곡 메들리가 낮게 들려오는 그 오전에 나는 오로지 시간이 멈추기만을 기도했다. 제발 여름이 끝나지 않기를, 그가 가 버리지 않기를, 되풀이되는 히트곡이 계속 흘러나오기를. 그리 큰 소원도 아니고 앞으로 그 무엇도 더 바라지 않겠다고.

내가 무엇을 원했을까? 가차 없이 속마음을 인정할 준비가 되어 있는데도 왜 내가 뭘 원하는지 알 수 없었을까?

어쩌면 그에게 최소한으로 바란 건 내가 잘못되지 않았다고,

또래보다 못한 인간이 아니라고 내게 말해 주는 것이었으리라. 내가 그의 발밑에 너무도 쉽게 떨어뜨려 버린 존엄성을 그가 고개 숙여 주워 준다면 더 바랄 게 없을 터였다.

나는 글라우코스, 그는 디오메데스였다. 나는 인간 사이에서는 잘 알려지지 않은 의식으로서 그의 청동을 대가로 내 황금 갑옷을 주었다. 공평한 교환이다. 둘 다 흥정도 하지 않고 절약이나 사치에 대해 말하지도 않았다.

'우정'이라는 낱말이 떠올랐다. 하지만 사전에서 정의하는 우정은 생경하고 침잠 상태의 것이라 관심이 없었다. 그가 택시를 내린 순간부터 로마에서 작별 인사를 할 때까지 내가 원한 건 어쩌면 모든 인간이 서로에게 원하는 것, 삶을 살아갈 수 있게 만들어 주는 것이었다. 그것은 그에게서 먼저 나와야만 했다. 그래야 이어서 내게서도 나올 수 있었다.

내가 푹 빠지면 상대방도 푹 빠진다는 법칙이 어딘가에 있다. *Amor ch'a null'amato amar perdona*, *사랑은 사랑받는 사람을 사랑하게 만든다.* 〈지옥(La comedia di Dante Alighieri: Inferno)〉 편에서 프란체스카는 사랑받는 사람이 사랑하게 되는 것은 누구도 피할 수 없는 일, 그것이 사랑이라고 했다. 희망을 갖고 기다려 보자. 나는 희망을 가졌다. 어쩌면 내가 처음부터 하고 싶었던 일은 영원히 기다리는 것인지도 모르지만.

오전에 동그란 테이블에 앉아 편곡 작업을 할 때 나를 만족시키는 것은 그의 우정도 그 무엇도 아니었다. 그저 고개를 들었을 때 그가 거기 있는 것이었다. 선크림, 밀짚모자, 빨간색 수영복,

레모네이드. 고개 들었을 때 당신이 거기 있는 거예요, 올리버. 머지않아 고개를 들었을 때 당신이 더 이상 그 자리에 없는 날이 올 테니까.

　오전이 무르익으면 인근에 사는 친구와 이웃들이 들렀다. 다들 정원에 모였다가 바다로 내려갔다. 우리 집이 바다와 가장 가까웠다. 난간 옆의 작은 문을 열고 절벽 아래로 이어진 좁은 계단을 내려가면 바위에 다다랐다. 키아라는 3년 전만 해도 나보다 키가 작았고 작년 여름에는 나를 계속 귀찮게 했는데 이제는 숙녀가 되어 만남의 인사도 하지 않는 기술을 터득했다. 한번은 일행과 들른 키아라 자매가 잔디밭에 놓인 올리버의 셔츠를 집어 그에게 던지면서 말했다. "그만 해요. 우리 바다에 갈 건데 같이 가요."

　올리버는 기꺼이 그 말에 따랐다. "서류 좀 치우고. 안 그러면 쟤네 아버지가." 양손에 원고를 들고 있어서 턱으로 나를 가리키며 말을 맺었다. "산 채로 피부를 벗기려고 할 거야."

　"피부 얘기가 나와서 말인데 이리 와 봐요." 키아라가 손톱으로 햇볕에 부드럽게 그을린 그의 어깨를 벗기려고 했다. 그의 어깨는 6월 하순의 밀밭처럼 연한 황금빛이었다. 나도 그럴 수 있기를 소망했다.

　"엘리오 아버지한테 내가 서류를 구겼다고 하면 뭐라고 말씀하실지."

　올리버가 2층으로 올라가면서 다이닝룸의 커다란 테이블에 놓아둔 원고를 본 키아라는 번역이라면 자신이 훨씬 더 잘할 수 있다고 소리쳤다. 키아라는 국적이 다른 부모를 둔 나처럼 이탈리아인 어머니와 미국인 아버지 사이에서 태어나 영어와 이탈리아어를 할 줄 알았다.

"타이핑도 할 줄 아니?" 2층에서 그의 목소리가 들렸다. 방에서 다른 수영복을 찾아 뒤적이는 소리에 이어 샤워실에서 문이 쾅, 서랍이 쿵, 신발로 툭 차는 소리도 들려왔다.

"타이핑 잘해요." 키아라가 텅 빈 계단을 올려다보며 소리쳤다.

"말하는 수준처럼 잘해?"

"더 잘해요. 가격도 더 싸게 해 줄 수 있어요."

"매일 다섯 페이지씩 번역해서 내가 아침마다 가져갈 수 있게 해야 돼."

"그럼 안 할래요. 다른 사람 찾아봐요." 키아라가 쏘아붙였다.

"밀라니 여사는 돈이 필요해." 그가 계단을 내려오며 말했다. 펄럭거리는 파란색 티셔츠와 에스파듀, 빨간색 반바지, 선글라스 차림에 옆구리에는 항상 끼고 다니는 뢰브가 쓴 붉은 표지의 루크레티우스가 있었다. "난 밀라니로 만족해." 어깨에 로션을 바르며 말했다.

"난 밀라니로 만족해." 키아라가 따라 말하며 킥킥거렸다. "난 너로 만족해, 넌 나로 만족하고, 그녀는 그에게 만족하고……"

"실없는 짓 그만 하고 수영이나 하러 가자." 키아라의 여동생이 끼어들었다.

얼마간의 시간이 걸렸지만 그가 무슨 수영복을 입느냐에 따라 네 가지 성격으로 나뉜다는 사실을 깨달았다. 그 정보는 내가 약간 유리한 위치에 있다고 착각하게 만들었다. 빨간색 수영복을 입으면 대담하고 자기 주관이 확고하고 거칠고 성질이 고약하다 싶을 정도로 매우 어른스러워지기 때문에 가급적 멀리하는 게 좋다는 뜻이었다. 노란색 수영복은 활기 넘치고 자신만만하고 유쾌하지만 가시 돋친 말도 하니까 너무 쉽게 굴복하면 안 되었다. 언제 갑자기 빨간색 수영복으로 돌아갈지 모르니까. 좀처럼 입지 않지만 초록색 수영복을 입으면 온순하고 호기심 많고 말을 많이 하고 밝아졌다. 항상 그러면 안 되는 걸까? 그리고 파란색 수영복. 그가 발코니를 통해 내 방으로 들어온 오후, 내 어깨를 마사지해 준 날, 유리컵을 주워 내 옆에 놓아 준 날 파란색 수영복을 입고 있었다.

오늘은 빨간색이었다. 성급하고 단호하고 까칠했다.

그는 밖으로 나가며 커다란 과일 그릇에서 사과를 집어 들고 그늘 아래 두 친구와 앉아 있는 어머니에게 유쾌한 목소리로 말했다. "나중에요, P 부인." 세 사람은 모두 수영복 차림이었다. 그는 암벽으로 이어지는 좁은 계단 쪽 문을 열지 않고 뛰어넘었다. 그렇게 자유분방한 여름 손님은 처음이었다. 그래서 모두 그를 좋아했다. '나중에!'라는 그의 대사를 모두 좋아했다.

"알았어요, 올리버, 나중에요." P 부인이라는 새로운 호칭을 받아들인 어머니가 그의 말투를 흉내 내면서 대답했다. '나중에'라는 그의 말에는 항상 퉁명스러움이 있었다. '나중에 보자'나 '그럼 잘 있어'도 아니고 'Ciao(안녕)'는 더더욱 아니었다. 다정다감한 유럽식 응대를 전부 밀쳐 내는 차갑고 강력한 인사였다. 그 말은 따뜻하고 진심 어린 대화가 이루어지는 분위기에 언제나 날카로운 쓴맛을 남겼다. '*나중에!*'는 상황을 말끔하게 끝내지도, 여운을 남기지도 않았다. 그냥 갑자기 쾅 하고 닫아 버렸다.

하지만 '*나중에!*'는 작별 인사를 회피하는 방법이자 모든 작별을 가벼이 여기는 방법이기도 했다. '*나중에!*'는 작별이 아니라 곧 돌아오겠다는 뜻으로 하는 말이다. 언젠가 그가 접시에 놓인 생선 가시를 발라내느라 빵을 건네 달라는 어머니의 말에 '잠깐만요.'라고 말한 것과 똑같았다. "*잠깐만요.*" 어머니는 그런 행동을 '*미국식*'이라며 싫어했고 결국 그를 *카우보이*라고 불렀다. 처음에는 불쾌한 의미에서 시작했지만 어머니가 그에게 사용한 다른 별명과 함께 애정의 표시가 되었다. 다른 별명은 그가 우리 집에 온 첫 주에 생겼다. 샤워 후 물에 젖어 반짝이는 머리를 빗고 저녁을 먹으러 내려온 그를 보고 어머니는 *배우*라고 불렀다. 영*화배우*의 줄임말이었다. 가장 너그러우면서 가장 관찰력이 뛰어난 아버지는 이미 카우보이에 대한 파악을 끝냈다. 아버지는 올리버가 '*나중에!*'라고 거칠게 말하는 이유에 대해 "*É un timido*, 수줍어서 그래."라고 설명했다.

올리버가 수줍어한다고? 새로운 사실이었다. 그의 거친 미국식이 정말로 우아하게 자리를 떠나는 방법을 알지 못하거나 모른다는 사실에 대한 두려움을 감추기 위한 과장된 표현에 불과한 것일까? 그가 수일 동안 아침에 반숙 달걀을 +먹지 않겠다고 한 일이 떠올랐다. 넷째 날인가 다섯째 날 마팔다가 이 지역에 머무는 동안 달걀을 꼭 먹어 봐야 한다고 주장하자, 그는 마침내 동의

하면서 반숙 달걀을 어떻게 깨뜨려야 하는지 모른다는 사실을 인정했다. 굳이 숨기려고 하지 않았다는 순수한 당혹감이 살짝 드러났다. "Lasci fare a me, Signor Ulliva, 이리 주세요." 그날 아침 이후로 마팔다는 올리바에게 달걀 두 알을 전부 까 주고 나서야 다른 사람의 시중을 들었다.

"하나 더 드려요?" 그녀가 물었다. 간혹 달걀을 두 알 이상 먹고 싶어 하는 사람들도 있었다. 그는 "아뇨. 두 알이면 돼요." 하고는 우리 부모님 쪽을 보면서 "전 저를 잘 알거든요. 세 알을 먹으면 분명히 네 알 이상 먹고 싶어질 거예요."라고 덧붙였다. 나는 그 또래의 사람이 '난 나를 잘 안다.'라고 말하는 것을 본 적이 없었다. 그가 위협적으로 느껴졌다.

하지만 마팔다는 이미 올리버의 편이 되어 있었다. 그가 우리 집에 머문 지 사흘째 되는 날 아침 마팔다가 주스를 권하자 좋다고 했다. 그는 오렌지주스나 자몽주스인 줄 알았을 것이다. 하지만 그 앞에 놓인 것은 커다란 유리잔을 가득 채운 진한 살구주스였다. 그는 살구주스를 마셔 본 적이 한 번도 없었다. 마팔다는 은쟁반을 앞치마에 딱 붙이고 서서 살구주스를 들이켜는 그의 반응을 살피려고 했다. 그는 아무 말도 하지 않다가 갑자기 입맛을 쩝쩝 다시는 소리를 냈다. 아마 자기도 모르게 그랬을 것이다. 마팔다는 매우 흡족해했다. 어머니는 세계적인 명문 대학의 교수라는 사람이 살구주스를 마시고 쩝쩝 소리를 냈다는 사실을 믿을 수가 없었다. 그날 이후 아침마다 살구주스 한 잔이 그를 기다렸다.

그는 살구나무가 다른 곳도 아닌 우리 과수원에 있다는 사실을 알고 어리둥절해했다. 늦은 오후 마팔다는 집 안에 할 일이 없으면 그에게 바구니를 들려서 사다리를 타고 올라가 부끄러움에 낯이 붉어진 살구를 따 달라고 부탁했다. 그는 이탈리아어로 농담을 던진 뒤 살구 한 알을 따서 그녀에게 물었다. "부끄러움에 낯이 붉어진 게 맞나요?" 마팔다는 아니라고, 그건 너무 어리다고, 어릴 때는 부끄러움을 모른다고, 성숙하면서 느끼는 거라고 대답했다.

그가 빨간색 반바지를 입고 작은 사다리에 올라가 세월아 네월아 하면서 잘 익은 살구를 따는 모습을 내 방 책상 앞에 앉아 바라보던 일을 절대로 잊지 못할 것이다. 에스파듀와 펄럭이는 셔츠 차림에 선탠오일을 바른 그는 바구니를 들고 부엌으로 가면서 "네 거야."라며 가장 큰 살구를 나에게 던졌다. 테니스를 치다가 코트 건너편에서 "네 서브야."라고 말할 때와 똑같았다. 물론 그는 내가 방금 전까지 무슨 생각을 했는지 알 리 없는 터, 단단하고 둥근 뺨에 보조개가 들어간 살구가 살구나무에 걸친 그의 몸을 떠올리게 했다. 살구 빛깔과 모양을 닮은 탄탄하고 동그란 엉덩이. 살구를 만지면 꼭 그를 만지는 기분이었다. 그는 절대로 알지 못할 것이다. 가판대에서 신문을 파는 청년들의 얼굴과 악센트, 구릿빛 어깨를 떠올리며 우리가 혼자 있을 때 끝없는 즐거움을 만끽한다는 걸 그들이 절대로 알 수 없는 것처럼 말이다.

'네 거야. 여기, 받아'는 '나중에!'처럼 즉흥적이고 격식이 없어서 그에겐 모든 것이 광범위하고 자연스러운 반면 내 욕망은 얼마나 뒤틀리고 은밀한가를 알려 주었다. 그는 상상조차 못 했으리라. 자신이 준 살구를 내가 손에 쥐는 것이 그의 엉덩이를 쥐는

것이고, 살구를 깨물어 먹는 것이 태양에 노출된 적 없이 다른 곳
보다 하얀 그의 은밀한 신체 부위를 깨무는 것임을. 내가 감히 그
의 그곳을 깨물었다는 것을.

사실 그는 살구에 대해 우리보다 더 자세히 알았다. 살구의
접목과 어원, 기원, 지중해 살구 농사의 흥망성쇠 등. 그날 아
침을 먹을 때 아버지는 살구가 아랍어에서 비롯된 이름이라고
설명했다. 이탈리아어는 albicocca, 프랑스어는 apricot, 독일어는
aprikose이며, '대수학(algebra)' '연금술(alchemy)' '알코올(alocohol)'처
럼 아랍어 관사 al이 앞에 붙은 것이라고. albicocca의 어원은 al-
birquq였다. 아버지는 뭐 하나 그냥 지나가지 못하는 성격답게 최
근의 지식으로 한술 더 떴다. 정말로 놀라운 사실은 이스라엘과
다수의 아랍 국가에서 살구가 mishmish라는 전혀 다른 이름으로
불린다는 거였다.

어머니는 당혹스러워했다. 그 주에 우리 집을 찾은 사촌 둘을
비롯해 다들 박수 치고 싶은 충동을 느꼈다.

하지만 올리버는 어원에 대해 다르게 생각한다고 나섰다. 아버
지는 깜짝 놀라며 "어?"라고 했다.

"살구는 실제로 아랍어가 아닙니다."

"어째서 그렇지?"

아버지는 소크라테스의 모순을 흉내 내는 게 분명했다. 처음에
는 순수하게 '설마'로 시작하지만 결국 상대방을 사납게 요동치
는 파도 속으로 내몰 터였다.

"말하자면 기니까 우선 양해 부탁드립니다, 프로." 갑자기 올

리버가 진지해졌다. "다수의 라틴어가 그리스이에서 왔죠. 하지만 apricot의 경우는 정반대입니다. 라틴어에서 유래한 그리스어죠. 라틴어는 일찍 익는다는 뜻의 pre-cook, pre-coquere에서 온 praecoquum였습니다. 비잔틴에서는 praecox를 빌렸고 그게 pre-kokkia 또는 berikokki가 되었습니다. 아랍어는 al-birquq라고 이어받았고요."

어머니는 그의 매력을 거부할 수 없다는 듯이 머리카락을 헝클어뜨리며 "Che muvi star(역시 영화배우야)!"라고 감탄했다.

"맞는 얘기야. 부정할 수가 없군." 아버지가 작은 목소리로 말했다. 갈릴레이가 고개를 숙인 채 지구는 둥글다는 진실을 중얼거리는 듯한 모습이었다.

"문헌학 개론 덕분이죠." 올리버가 덧붙였다.

내 머릿속에는 온통 그의 은밀한 신체 부위를 뜻하는 단어만 떠오를 뿐이었다.

어느 날 올리버가 정원사 안키세스와 같은 사다리를 쓰면서 그의 접목 방법을 배우려고 하는 모습을 보았다. 우리 살구가 이 지역의 다른 살구보다 크고 과육과 과즙이 풍부한 이유에 대해서였다. 그는 우리 정원사가 궁금증을 해결하려고 찾아온 청년에게 자신이 아는 한 몇 시간이고 답해 줄 사람이라는 사실을 깨닫고는 접목에 푹 빠져들었다.

알고 보니 올리버는 음식과 치즈, 와인에 대해 우리 가족 모두를 합친 것보다 더 잘 알았다. 마팔다까지 감탄하면서 그의 견해를 물을 때도 있었다. 양파나 세이지를 넣고 페이스트를 살짝 튀겨야 할까요? 이제 레몬 맛이 너무 강해졌죠? 망친 거죠? 달걀을 하나 더 넣어야 해요. 끈기가 없어요! 새 믹서를 써야 할까요, 아니면 그냥 절구와 절굿공이를 쓸까요? 어머니는 꼭 한두 마디 참견을 했다. 역시 카우보이는 음식에 대해 잘 안다니까. 나이프와 포크를 제대로 쥐지 못하기 때문이야. 행동거지는 평민 같은 미식가 귀족이지. 부엌에서 먹으라고 해.

마팔다는 "당연히 그러고 말고요."라고 대답했다. 실제로 어느날 오전 번역가를 만나고 오느라 점심시간에 늦었을 때 시뇨르 울리바는 마팔다, 그녀의 남편이자 운전기사인 만프레디, 안키세스와 함께 부엌에서 스파게티를 먹고 다크 레드 와인을 마셨다. 다들 그에게 나폴리어 노래를 가르쳐 주고 있었다. 그들 조상의 애국가이기도 했지만, 왕족을 즐겁게 해 주고 싶을 때 그들이 제공할 수 있는 최고의 방법이기도 했다.

모두가 그를 좋아했다.

키아라 역시 푹 빠졌음을 알 수 있었다. 키아라의 여동생도 마찬가지였다. 테니스를 치러 오는 사람들은 수년 동안 오후 일찍 와서 테니스를 치다가 수영을 하러 갔는데 그와 한 게임 하고 싶어서 평상시보다 늦게까지 머물렀다.

상대가 다른 여름 손님이었다면 나는 화가 났을 것이다. 그런데 모두가 그를 좋아하는 모습을 보니 기묘하고 작은 평화의 샘을 발견한 기분이었다. 다들 좋아하는 사람을 좋아하는 게 문제 될 리 없잖아? 주말에 놀러 오거나 더 오래 머물기도 하는 두 사촌을 비롯해 모든 친척이 다 그를 좋아하잖아. 나는 타인의 결점을 잘 찾아내는 걸로 유명한 사람인 터, 그를 향한 감정을 평상시의 무관심과 적의 혹은 이 집에서 나보다 나은 위치에 있는 사람들에 대한 악의 뒤로 감추며 만족감을 느꼈다. 모두가 그를 좋아했기에 나 또한 그가 좋다고 말할 수 있었다. 나는 그 남자를 안고 싶은 욕망을 감추기 위해 그가 잘생겼다고 공공연히 말하는 남자인 셈이었다. 모두가 좋아하는 사람을 거부하는 건 그를 일부러 밀어내려 하는 속마음을 감추고 있음을 그들에게 내보이는 것이기에. 아, 전 그가 정말 좋아요. 그가 온 지 열흘째 되는 날 아버지의 물음에 대답했다. 일부러 남부끄러운 표현을 사용했다. 내가 그에 대해 하는 모든 말에는 미묘한 명암이 드리워진다는 사실을 알아차릴 사람이 없음을 아니까. 그는 내가 아는 사람 중에서 가장 멋져요. 낮에 안키세스와 작은 고깃배를 타고 나간 그가 밤까지 돌아오지 않자 혹시라도 미국에 비보를 전해야 하나 싶어서 그의 부모님 연락처를 찾으려고 다들 허둥거릴 때 내가 한 말이었다.

그날 나는 더 이상 억누르지 말고 남들처럼 슬픔을 드러내고 싶은 충동까지 느꼈다. 하지만 훨씬 더 비밀스럽고 절박한 슬픔을 품고 있다는 사실은 드러나지 않도록 했다. 그러나 한편으로는 그가 죽어도 상관없다고 생각하는 자신을 발견하고 수치심이 느껴졌다. 눈알도 없이 퉁퉁 부풀어 오른 그의 시신이 해안에 떠오르는 걸 상상하니 흥분되기도 했다.

하지만 나는 자신을 속이지 않았다. 세상에서 나만큼 저속하게 그를 원하는 사람은 없다고 확신했다. 나만큼 그를 위해 멀리 갈 준비가 되어 있는 사람도, 그의 모든 뼈와 발목, 무릎, 손목, 손가락, 발가락을 나처럼 샅샅이 살펴본 사람도, 꿈틀대는 근육을 갈구한 사람도, 매일 밤 침대에서 그를 생각하다 아침이면 수영장가 천국에 누워 있는 모습에 웃음 짓고 그의 입술에 떠오르는 미소를 보며 "내가 어젯밤 당신의 입 안에 사정한 거 알아요?" 하는 사람도 없을 거라고.

어쩌면 나 말고 다른 이들도 그에게 마음을 품어서 각자의 방식으로 감추거나 드러냈을지 모른다. 하지만 나는 다른 사람들과 다르게 그가 해변에 있다가 정원으로 들어오거나 오후의 안개 속에서 그의 희미한 자전거 실루엣이 우리 집으로 이어지는 소나무 골목에 나타나는 모습을 가장 먼저 발견했다. 다 같이 영화를 보러 간 날 영화관에 늦게 도착한 그가 우리를 찾느라 두리번거리는 발걸음을 가장 먼저 알아차린 것도 나였다. 내가 자신을 발견했다는 사실에 기뻐할 그를 떠올리면서 아무런 소리도 내지 않고 그 쪽으로 고개를 돌렸다. 발코니로 이어지는 계단을 오르거나 내 방문 앞 층계참에 닿는 발소리로도 그를 알아챘다. 그가 내 프렌치 창 밖에 멈춰 서서 노크할까 고민하다가 마음을 고쳐먹고 계속 걸어가는 것도 알 수 있었다. 자전거가 자갈이 수북한 길에서 짓궂게 미끄러지며 견인력을 잃어버리고도 계속 달리다 갑자기 대담하고 단호하게 멈춰서 짠! 하고 뛰어내리는 소리에서도 자전거를 타는 사람이 그라는 것을 확신했다.

나는 항상 그를 시야에 두려고 했다. 옆에 없을 때를 제외하고는 절대로 시야에서 놓치지 않았다. 옆에 없을 때도 그가 오랫동안 뭘 하는지 별로 신경 쓰지 않았다. 다른 사람들하고 있을 때도 나하고 있을 때와 똑같다는 사실을 알기 때문이었다. 내가 없을 때 다른 사람이 되게 하지 마소서. 내가 한 번도 본 적 없는 모습을 보여 주게 하지 마소서. 그가 우리 집에서 보내는 삶, 내가 아는 것 이외의 삶을 영위하게 하지 마소서.

내가 그를 잃게 하지 마소서.

그가 내 것도 아니고 옆에 잡아 둘 수도 없다는 사실을 알고 있었다.

나는 아무것도 아니었다.

그냥 어린애일 뿐이었다.

그는 상황이 맞을 때마다 내게 조금씩 관심을 나눠 주는 것뿐이었다. 내가 '그의' 집필 주제인 헤라클레이토스에 관해 읽기로 결심했을 때도 쉽게 이해할 수 있도록 설명해 주었다. 그때 떠오른 낱말은 '부드러움'이나 '너그러움'이 아니라 그보다 높은 '인내'와 '관용'이었다. 잠시 후 그가 내게 읽는 책이 마음이 드는지 물어본 것은 궁금해서라기보다는 가벼운 대화를 위해서였다. 모든 게 가벼웠다.

그는 그런 것에 만족해했다.

왜 사람들하고 같이 해변에 안 나갔지?

기타나 계속 쳐.

나중에!

네 거야!

그냥 이런저런 이야기.

가벼운 잡담.

아무런 의미도 없는 것.

올리버는 다른 집에서도 초대를 받곤 했다. 여름 손님들에게 전통으로 자리 잡은 일이었다. 아버지는 손님들이 그들의 책에 대해 자유롭게 '이야기'하고 전문 지식을 드러내기를 바랐다. 학자가 비전문가들에게 말하는 법을 배워야 한다고 생각해서 변호사와 의사, 사업가들을 식사에 초대하기도 했다. 이탈리아에 산다면 당연히 단테와 호메로스, 베르길리우스를 읽는다고 믿는 아버지는 그들에게 이야기 상대가 누구든 단테와 호메로스 이야기를 꺼내면 된다고 했다. 베르길리우스는 필수, 레오파르디는 그다음이다. 그리고 나서 첼란이건 셀러리건 살라미건 전문 지식으로 마음껏 매혹시키라고. 여름 손님들의 필수 조건인 이탈리아어가 능숙해지는 데도 도움이 되었다. 손님들이 집집마다 돌며 저녁 식사를 대접받는 데는 또 다른 장점이 있었다. 일주일 내내 우리 집에서 저녁을 먹지 않아도 된다는 점이었다.

올리버는 여기저기에서 초대하려고 난리였다. 키아라 자매는 적어도 일주일에 두 번은 초대하고 싶어 했다. 여름 내내 별장을 빌려서 생활하는 브뤼셀 출신의 만화가는 그 지역 출신의 작가와 학자들이 모이는 회원제 일요일 저녁 식사에 올리버를 초대하고 싶어 했다. 세 집 건너 별장에서 머무는 모레스키 가족, N에 사는 말라스피나 가족 그리고 작은 광장의 바나 레 단징(Le Danzing)에서 마주치는 지인들도 있었다. 식구들 모르게 밤중에 즐기는 포커와 브리지 게임을 통해 아는 사람들은 말할 것도 없었고.

그의 삶은 겉으로 보기에 혼란스러웠지만 원고와 마찬가지로 항상 꼼꼼하게 계획되어 있었다. 저녁을 아예 거르는 일도 있었는데, 그럴 때는 마팔다에게 *"Esco*, 저 나가요."라고 했다.

곧 깨달았는데 그에게 '*나가요!*'는 '*나중에!*'의 다른 표현이었다. 자리에서 일어나며 얘기하는 게 아니라 문밖으로 나간 후에 말하는 간략하고 무조건적인 작별 인사였다. 남겨 둔 사람들을 등지고 서서 하는 말이었다. 그 말을 듣고 항변하며 답변을 바라는 사람들을 생각하면 안타까운 마음이 들었다.

그가 저녁 식사에 참석할지 알 수 없다는 것은 고문이었다. 하지만 견딜 만했다. 진짜 시련은 집에서 저녁을 먹을 것인지 직접 물어볼 용기가 없다는 거였다. 오늘은 그가 저녁을 같이 먹을 거라는 희망을 거의 포기할 무렵, 갑자기 그의 목소리가 들려오거나 식탁에 앉은 모습을 보면 가슴이 마구 뛰었고 독을 품은 꽃처럼 희망이 피어났다. 반면 당연히 함께 서넉을 믹을 거라고 생각했을 때 들려오는 위압적인 '*나가요!*'는 자유로운 나비의 날개를 꺾듯 잘라 버려야 하는 희망도 있음을 내게 가르쳐 주었다.

나는 그가 우리 집을 빨리 떠나서 모든 게 끝났으면 했다.

차라리 그가 죽었으면 하기도 했다. 계속 그가 생각나고 언제나 볼지 알 수 없는데 적어도 그가 죽으면 모든 게 끝날 테니까. 내 손으로 그를 죽이고 싶기도 했다. 그의 존재가 얼마나 신경 쓰이는지, 누구든 무엇이든 대수롭지 않게 여기는 그 태평함을 견딜 수 없다는 것을 알려 주고 싶었다. 남들처럼 해안으로 이어진 문을 열지 않고 뛰어넘는 것도 거슬린다고. 수영복과 수영장가의 천국, 장난스러운 '나중에!', 소리 내어 입맛을 다실 정도로 좋아하는 살구주스도. 그를 죽이지 않으면 불구로 만들어 미국으로 돌아갈 필요 없이 휠체어를 타고 평생 우리 집에서 살도록 만들고 싶었다. 그가 휠체어에서 생활하면 항상 어디 있는지 알 수 있고 찾기도 쉬울 테니까. 그가 불구가 된다면 나는 그의 주인이 되어 우월함을 느낄 터였다.

그러다 문득 내가 죽으면 되겠다는 사실이 떠올랐다. 또는 심하게 몸을 다친 뒤 그에게 이유를 말해 주거나. 얼굴을 다쳐서 그가 내 다친 얼굴을 들여다보며 왜 저런 짓을 했을까 의아해하다가 나중에(그래, 나중에!) 마침내 퍼즐 조각이 맞춰지듯 모든 것을 깨닫고 벽에 얼굴을 박는 거다.

제거 대상이 키아라가 될 때도 있었다. 나는 그녀의 속셈을 알았다. 나와 동갑인 그녀의 몸은 당장이라도 그를 받아들일 준비가 되어 있었다. 나보다 더한지 궁금했다. 키아라는 그를 노렸다. 그 정도로 확실하게 표시가 났다. 내가 원하는 것은 그와의 단 하룻밤이었다. 아니, 한 시간이라도 좋았다. 하룻밤을 보내고 나면 또 하룻밤 그를 원할지 알 수 있을 테니까. 하지만 나는 몰랐다. 욕망을 시험하는 건 자신이 뭔가를 원한다는 사실을 인정하지 않고 손에 넣으려는 술수에 불과하다는 것을. 그가 얼마나 경험이 많을지 생각하기도 두려웠다. 이곳에 온 지 몇 주도 안 되어 사람을 잔뜩 사귈 정도라면 미국에서는 어땠을지 뻔했다. 그가 교수로 있는 컬럼비아 같은 도시의 캠퍼스에서 활개 치고 다니는 모습을 싱싱해 보라.

키아라와의 일은 내 예상을 벗어나 너무도 쉽게 일어났다. 그는 쌍둥이 선체로 이루어진 우리 집 배를 타고 그녀와 뱃놀이 가는 걸 좋아했다. 그가 노를 젓는 동안 키아라는 선체 한쪽에서 일광욕을 즐기다가 해안에서 멀리 떨어진 곳에 멈추면 브래지어를 벗었다.

나는 다 보고 있었다. 키아라에게 그를 뺏길까 봐 두려웠다. 그에게 그녀를 뺏기는 것도 두려웠다. 하지만 두 사람이 함께 있는 상상은 나를 경악시키지 않았다. 발기하게 만들었다. 나를 흥분시킨 것이 태양 아래 벌거벗은 그녀의 몸인지, 그의 몸인지, 아니면 둘 다인지 알 수 없었지만. 절벽이 내려다보이는 정원을 따라 세워 놓은 난간에 기대서서 눈에 힘을 꽉 주었고, 마침내 태양 아래 함께 누워 있는 두 사람이 보였다. 껴안고 애무하는 듯한 모습인데 그녀가 가끔씩 한쪽 허벅지를 그에게 올렸고 잠시 후 그도 똑같이 했다. 둘 다 수영복을 벗지는 않았다. 안심이 되었지만 어느 날 밤 그들이 춤추는 모습을 보고 애무로 끝낼 사람들의 동작이 아니라는 사실을 깨달았다.

사실 두 사람이 춤추는 모습을 보는 게 좋았다. 누군가와 밀착해 춤추는 그를 보면서 사귀는 사람이 있고 희망을 가질 이유가 없다는 사실을 깨달았는지도 모르겠다. 잘된 일이었다. 내가 회복하는 데 도움이 될 터였다. 어쩌면 그런 생각 자체가 이미 회복되어 간다는 신호일 수도 있었다. 나는 금지된 지역에서 풀을 뜯었고 당연히 벌을 받았다.

하지만 다음 날 정원의 으레 그 자리에서 그를 보고 심장이 화들짝 놀랐다. 아무리 두 사람이 잘되기를 바라고 나 자신의 회복을 소망하더라도 그를 향한 여전한 욕망은 어쩔 수 없었다.

걸어오는 나를 보고 그의 심장도 놀랐을까?

그러지 않을 것이다.

그날 아침의 나처럼 그도 나를 의도적으로 무시했을까? 나를 밀어내고 자신을 지키기 위해, 내가 아무것도 아님을 보여 주려고? 정말 의식하지 못하는 걸까? 평상시 예리한 사람도 주의를 기울이지 않거나 유혹당하지 않거나 관심이 없어서 불 보듯 뻔한 신호를 알아차리지 못하는 것처럼?

나는 두 사람이 춤출 때 키아라가 그의 다리 사이에 허벅지를 넣는 걸 보았다. 두 사람이 모래밭에서 레슬링하듯 뒹구는 모습도 보았다. 언제 시작된 것일까? 시작될 때 내가 그 자리에 없었다는 것이 어땠을까? 나는 왜 얘기를 듣지 못한 걸까? 나는 왜 그들이 x에서 y로 발전한 순간을 재구성할 수 없었을까? 분명히 신호가 주변에 널려 있었는데 왜 보지 못했을까?

어느새 그들이 함께 있을 때 뭘 할까만 생각하기 시작했다. 둘만 있는 기회를 망치는 일이라면 뭐든지 할 수 있었다. 두 사람을 이간질하고 싶었다. 그러면서도 두 사람이 관계 맺는 모습을 보고 싶었다. 둘 사이에 끼어들어 나에게 빚을 지도록 만들어서 꼭 필요한 공범, 중간자, 킹과 퀸에게 대단히 중요해져 체스판의 주인 노릇을 하는 폰이 되고 싶었다.

나는 그들의 관계를 전혀 눈치채지 못하는 척하면서 두 사람에게 각각 상대방을 좋게 말하기 시작했다. 그는 내가 내숭을 떤다고 생각했고 그녀는 자신이 알아서 하겠다고 말했다.

"우리를 이어 주려는 거야?" 키아라가 조롱이 섞인 목소리로 물었다.

"그게 너랑 무슨 상관인데?" 그는 냉정하게 되물었다.

나는 두 해 전에 본 그녀의 벗은 몸에 대해 이야기했다. 그를 달아오르게 만들고 싶었다. 그가 흥분한다면 욕망의 대상이 뭐라도 상관없었다. 키아라에게도 그에 대해 묘사했다. 그녀도 나와 같은 이유로 흥분한다면 내 욕망을 그녀의 욕망에 투영해서 누구의 욕망이 더 진짜인지 알 수 있으리라.

"내가 키아라를 좋아하게 만들려고 하는 건가?"

"해로울 거 없잖아요?"

"해로울 거 없지. 하지만 내가 알아서 하고 싶은데. 너만 괜찮다면 말이지."

내가 진정 원하는 게 뭔지 이해하기까지는 시간이 좀 걸렸다. 그를 내 앞에서 흥분시키거나 나를 원하게 만드는 것뿐만 아니라 그가 그녀 없는 곳에서 그녀에 대해 말하게 만들려는 것이었다. 키아라를 남자끼리 하는 뒷말의 대상으로 만드는 것이었다. 그녀를 이용해 우리의 대화가 활기를 띠고 같은 여자한테 관심 있다는 사실을 인정함으로써 거리를 메울 수 있을 테니까.

어쩌면 그냥 내가 여자를 좋아한다는 사실을 알리고 싶었는지도 모른다.

"생각해 줘서 고마운데 그럴 필요는 없어."

그의 단호함은 내 계략에 휘말리지 않을 것임을 일러 주었다. 내 처지를 자각하게 만들었다.

그는 고결한 부류야. 나처럼 사악하고 천하고 교활한 사람이 아니다. 그런 생각이 들자 괴로움과 수치심이 몇 배는 더 심해졌다. 이제 나는 키아라처럼 그를 원한다는 사실에 수치심과 함께 그를 존경하면서도 두려워했고 나 자신이 싫어지게 만드는 그가 증오스러웠다.

두 사람이 춤추는 모습을 본 다음 날 아침 나는 함께 조깅하러 가려는 움직임을 보이지 않았다. 그도 마찬가지였다. 하지만 결국 침묵을 견디지 못하고 내가 먼저 조깅 이야기를 꺼내자 그는 이미 하고 왔다고 말했다. "넌 요즘 늦게 일어나더라."

영리했다.

정말로 며칠간 그가 나를 기다리는 모습에 익숙해져서 대담하게도 일어나는 시간에 그리 신경 쓰지 않았다. 깨달음을 얻었다.

다음 날 함께 수영하러 가고 싶었지만 아래층으로 내려간다면 가벼운 질책에 대한 누그러진 반응처럼 보일 터였다. 그런 뜻을 전하고자 그냥 방 안에 있었다. 그가 까치발로 발소리를 죽인 채 발코니를 지나는 소리가 들렸다. 그는 나를 피하고 있었다.

내가 아래층으로 내려간 것은 훨씬 나중이었다. 그는 이미 밀라니에게 수정 사항을 전하고 최신 번역 원고를 받으러 나간 후였다.

우리 사이에 대화가 끊겼다.

아침에 같은 공간에 있을 때도 별말을 하지 않거나 의미 없는 말이 오고 갈 뿐이었다. 잡담이라고 할 수도 없었다.

그는 불쾌해하지 않았다. 어쩌면 별생각을 안 했는지도.

2주가 지나도록 한마디도 주고받지 않은 사실을 전혀 알아차리지 못하는 당신과 가까워지려 애쓰는 지옥 같은 삶을 그는 알기나 하는 걸까? 내가 알려 줘야 할까?

키아라와의 로맨스는 해변에서 시작되었다. 그는 테니스를 소홀히 했고 늦은 오후 그녀와 그녀의 친구들이랑 자전거를 타고 해변을 따라 서쪽으로 달려야 하는 언덕의 도시에 갔다. 하루는 자전거를 타러 가는 사람이 너무 많았다. 올리버는 나에게 지금 자전거를 쓰지 않으니 마리오에게 빌려 줄 수 있는지 물었다.

그 말에 나는 여섯 살 아이로 돌아가 버렸다.

그렇게 하라고, 상관없다는 의미로 어깨를 으쓱하고는 다들 떠나자 거칠게 2층으로 올라가 베개에 얼굴을 파묻고 흐느끼기 시작했다.

밤에 레 단징에서 마주칠 때도 있었다. 올리버는 아무런 말도 없이 다가왔다. 불쑥 나타났다가 또 불쑥 사라졌다. 혼자일 때도 있고 일행과 함께일 때도 있었다. 키아라는 어릴 때부터의 습관처럼 우리 집에 놀러 오면 정원에 앉아서 시선을 고정하고 있었다. 그가 나타나기를 기다리는 거였다. 몇 분이 지나도록 우리 사이에 침묵이 감돌면 마침내 그녀가 입을 열었다. "올리버는?" 나는 번역가를 만나러 갔다거나 아버지랑 서재에 있다거나 해변 어딘가로 나갔다고 대답해 주었다. "그럼 이만 갈게. 내가 다녀갔다고 전해 줘."

끝이라고 생각했다.

마팔다는 짐짓 꾸짖는 듯한 다정한 표정으로 고개를 젓곤 했다. "저 아인 아직 어리고 올리버는 대학 교수인데. 왜 또래 남자애를 만나지 않고?"

"아무도 안 물어봤거든요?" 키아라는 마팔다의 혼잣말을 듣고 가정부에게 잔소리 듣지 않겠다는 듯 쏘아붙였다.

"한 번만 더 그런 식으로 말해 봐. 얼굴을 두 동강 내 줄 테니까." 우리 집 나폴리 출신 요리사가 한 손을 들어 올리면서 말했다. "아직 열일곱도 안 됐는데 남자한테 반해서 가슴이나 훤히 드러내고. 내가 아무것도 못 본 줄 알아?"

나는 마팔다가 매일 아침 올리버의 침대 시트를 살피거나 키아라네 가정부와 이야기하는 모습이 그려졌다. 가정부들을 뚫고 나갈 수 있는 비밀이란 없었다.

키아라의 표정을 보니 고통스러워하는 걸 알 수 있었다.

다들 두 사람 사이가 심상치 않다는 것을 눈치챘다. 어느 날 오후 올리버가 차고 옆 창고에 세워 둔 자전거를 타고 시내에 다녀오겠다고 했다. 한 시간 반 정도 있다가 돌아왔다. 번역가를 만나고 왔다고 했다.

"번역가를 만나고 왔군." 저녁 식사 후 코냑을 마시던 아버지가 말했다.

"번역가라니, 그럴 리가." 마팔다가 읊조렸다.

시내에서 마주칠 때도 있었다.

몇 명이서 심야 영화를 보고 난 후나 디스코텍에 가기 전 카페에 앉아 있을 때 이야기를 나누며 옆 골목에서 걸어 나오는 키아라와 올리버를 보았다. 올리버는 아이스크림을 먹고 그녀는 두 손으로 그의 한쪽 팔을 붙잡고 있었다. 언제 저렇게 가까워졌지? 진지한 대화를 나누는 듯했다.

"다들 여기서 뭐 해?" 그가 나를 발견하고 물었다.

그는 은폐하기 위해, 우리 일행이 동시에 말을 멈추었다는 사실을 숨기기 위해 다정하게 말을 건네는 것이었다. 싸구려 전략이었다.

"그냥 놀아요."

"잠잘 시간 지난 거 아닌가?"

"아버지는 잠잘 시간을 정해 놓는 걸 중요하게 생각하지 않아요." 내가 받아넘겼다.

키아라는 여전히 깊은 생각에 잠겨 있었다. 내 눈을 피했다.

내가 그녀에 대해 좋게 말한 것을 올리버가 전한 걸까? 그녀는 속이 상한 표정이었다. 내가 갑작스럽게 둘만의 세계에 침입해서 언짢은 걸까? 아침에 마팔다한테 화내던 그녀의 말투가 떠올랐다. 얼굴에 기분 나쁜 웃음이 떠올랐다. 뭔가 잔인한 말을 하려는 것이었다.

"쟤네 집은 취침 시간도 없고 규칙도 없고 감독도 없어요. 그러니까 저렇게 행실이 올바르죠. 모르겠어요? 반항할 이유가 없으니까요."

"정말 그런가?"

"아마도요." 그들이 더 파고들기 전에 가볍게 넘겨 버렸다. "저마다 반항하는 방법이 있는 거죠."

"그런가?" 그가 되물었다.

"하나만 대 봐." 키아라가 끼어들었다.

"넌 이해 못 할 거야."

"엘리오는 파울 첼란의 작품을 읽지." 올리버가 화제를 바꾸려고, 어쩌면 날 도와주려고 불쑥 화제를 돌렸다. 그렇게 보이지는 않았지만 예전에 나눈 대화를 잊지 않았다는 증거이기도 했다. 밤늦게 외출했다고 살짝 펀치를 날리더니 이제는 치료해 주려는 것일까, 아니면 또 나를 놀리려는 걸까? 그의 얼굴에 감정이 자제된 차가운 표정이 서렸다.

"*E chi è*(그게 누구야)*?*" 키아라는 첼란을 알지 못했다.

나는 그에게 공범이라는 듯한 표정을 보냈다. 올리버는 내 표정을 해석했지만 나를 쳐다보는 눈빛에는 장난기가 전혀 없었다. 누구 편인 걸까?

"시인이야." 그가 작은 광장 중앙으로 천천히 걸으면서 그녀에게 말했다. 나에게는 가볍게 '*나중에!*'라는 말을 던졌다.

나는 근처 카페에서 빈 테이블을 찾는 두 사람을 바라보았다.

친구들이 그가 그녀에게 작업을 걸고 있는지 물었다.

모른다고 했다.

그럼 자는 사이냐고 물었다.

그것도 모른다고 했다.

남자가 부럽다고 했다.

누가 안 그렇겠어?

말은 그렇게 했지만 사실은 천국에 온 기분이었다. 그가 첼란에 대해 나눈 대화를 잊지 않았다는 사실에 아주 오랜만에 행복해졌다. 말 한 마디, 시선 하나, 내가 닿는 모든 곳에 행복감이 퍼졌다. 행복해지는 것은 결코 어려운 일이 아니었다. 내 안에서 행복의 근원을 찾으면 타인에게 의존할 필요 없이 다음에도 나 스스로 행복해질 수 있다.

야곱이 라헬에게 물을 달라고 한 뒤 그녀에게 예언이 된 말을 듣고 하늘을 향해 두 팔을 벌린 채 우물가 땅에 입 맞추는 장면이 떠올랐다. 나도 유대인, 첼란도 유대인, 올리버도 유대인이며, 우리는 잔인하고 무자비한 세상에서 절반은 유대인 거주지, 절반은 오아시스에 있었다. 이방인을 둘러싼 혼란도 갑자기 멈추고 마음을 잘못 읽는 일도, 남들에게 오해받는 일도 없으며 서로에 대해 아주 잘 알아서 그러한 친밀함이 히브리어로 망명과 분산을 뜻하는 *유배*(galut)가 되는 곳. 그렇다면 그는 내게 귀향을 의미하는 존재인가? 올리버, 당신은 내게 귀향이에요. 당신과 함께 있으면 더 이상 원할 게 없어요. 당신은 나를 있는 그대로의 나로 만들어요. 세상에 진실이 존재한다면 내가 당신과 함께 하는 순간에 존재할 거예요. 언젠가 용기를 내어 내 진실을 당신에게 전한다면 감사의 의미로 로마의 모든 제단에 촛불을 밝히라고 해 주세요.

그의 한마디에 행복해질 수 있다면 쉽게 절망에 빠질 수도 있다는 것을 그때는 몰랐다. 불행해지고 싶지 않으면 그런 작은 행복을 조심해야 한다는 것을.

하지만 그날 밤 나는 그 순간의 흥분된 기쁨을 마르지아에게 말하는 데 사용했다. 우리는 자정이 지나서까지 춤을 추었고 그녀를 집에 바래다주기 위해 해안을 거닐었다. 잠시 걸음을 멈추었을 때 잠깐 수영을 하고 싶다고 했다. 말려 주기를 바랐지만 그녀도 한밤중 수영이 좋다고 했다. 우리는 순식간에 옷을 벗었다.

"키아라한테 화나서 나랑 같이 있는 거 아니지?"

"내가 왜 키아라한테 화가 나는데?"

"그 때문에."

나는 고개를 저었다. 도대체 왜 그런 생각을 하는지 전혀 모르겠다는 듯 어리둥절한 표정을 지었다. 마르지아는 나더러 돌아서서 보지 말라고 한 뒤 스웨터로 젖은 몸을 닦았다. 나는 몰래 훔쳐보는 척했지만 순순히 그녀의 말에 따랐다. 내가 옷을 입을 때는 보지 말라고 말할 용기가 없었지만 어쨌든 그녀가 보지 않아서 다행이었다. 벌거벗은 몸을 벗어났을 때 나는 그녀의 손을 잡고 손바닥에 키스했다. 손가락 사이에 키스하고 입술로 옮겨 갔다. 그녀는 곧바로 키스를 받아들이지 않았지만 일단 응한 후에는 멈추려고 하지 않았다.

우리는 다음 날 저녁에도 같은 자리에서 만나기로 했다. 내가 먼저 나와 있겠다고 했다.

"아무한테도 말하지 마." 마르지아가 당부했다.

나는 입을 꽉 다물겠다는 몸짓을 해 보였다.

"마르지아랑 거의 할 뻔했어요." 다음 날 아침을 먹으면서 아버지와 올리버에게 말했다.

"왜 하지 않았어?" 아버지가 물었다.

"모르겠어요."

"해 보고 실패하는 쪽이 나은데……." 올리버가 틀에 박힌 말로 절반은 놀리고 절반은 위로를 건넸다.

"용기 내서 만졌다면 그녀도 허락했을 거예요." 두 사람의 계속된 놀림을 막으려고 한 말이지만 나도 할 수 있다는 것을 보여 주려고 한 말이기도 했다. 당신 덕분에, 고맙게도. 아무튼 나는 과시하는 중이었다.

"나중에 다시 해 봐." 올리버가 말했다. 무심한 사람들이 하는 말이었다. 하지만 그가 속마음이 따로 있으며 드러내지 않을 거라는 느낌도 들었다. '나중에 다시 해 봐'라는 바보 같지만 좋은 의도로 한 말 이면에서 약간의 동요가 느껴졌기 때문이다. 그는 나를 비난하고 있었다. 또는 놀리거나. 아니면 꿰뚫어 보거나.

그가 마침내 속마음을 드러내자 나는 감정이 상해 버렸다. 나를 완전히 간파한 사람만 할 수 있는 말이었다. "나중이 아니면 언제?"

아버지는 그 말을 마음에 들어 했다. "나중이 아니면 언제?" 랍비 힐렐(Hillel the Elder, 유대 역사에서 가장 영향력 있는 랍비 중 한 명—옮긴이)의 '지금이 아니면 언제?'를 흉내 낸 말이었다.

올리버는 말이 심했다고 생각했는지 곧바로 덧붙였다. "나라면 당연히 다시 해 볼 거야. 그리고 또다시 해 볼 거고." 좀 누그러진 표현이기는 했다. 하지만 그는 '나중에 다시 해 봐'라는 베일로 '나중이 아니면 언제?'를 가린 것뿐이었다.

나는 그 말이 그가 인생을 살아가는 방식이고 그렇기에 나 역시 시도해 보려는 방식을 뜻하는 예언의 주문이라도 되는 듯 똑같이 따라 말했다. 그의 입에서 나온 말을 그대로 따라 하면 그때까지 잡히지 않던 나에 대한, 삶에 대한, 타인에 대한, 타인과 함께 있을 때의 나에 대한 진실로 가는 비밀 통로와 마주칠 수 있을지도 모른다.

'*나중에 다시 해 봐*'는 내가 매일 밤 올리버와 가까워지기 위해 뭔가를 해야 한다고 다짐할 때마다 스스로 되뇌는 말이었다. 나중에 다시 시도한다는 것은 당장은 용기가 없다는 뜻이었다. 아직 준비되지 않은 것뿐이었다. 다시 시도해 볼 용기와 의지를 어디에서 찾아야 하는지 알 수 없었다. 하지만 가만히 앉아 있지 말고 뭔가 해야겠다고 결심하면 벌써부터 뭔가 하는 듯한 기분이었다. 있지도 않은 돈으로, 투자하지도 않은 돈으로 수익을 거두는 것처럼.

하지만 '*나중에 다시 해 봐야지*' 하는 방어적인 태도로 일관하며 살아왔다는 사실도 잘 알고 있었다. 매일 '*나중에 다시 해 봐야지*' 하면서 한 달, 한 계절, 한 해 혹은 평생을 보낼 수도 있었다. 나중에 다시 해 보는 것은 올리버 같은 사람한테나 맞았다. 나 같은 사람한테는 '*나중이 아니면 언제?*'가 더 어울렸다.

나중이 아니면 언제? 그가 이 말로 나를 간파했고 내 비밀을 하나씩 벗겼다면?

그에게 전혀 관심이 없다는 사실을 알려 줄 필요가 있었다.

며칠 후 아침에 정원에서 그와 나눈 이야기로 완전한 절망에 빠졌다. 그는 내가 키아라를 칭찬한 말에 전혀 귀 기울이지 않았을 뿐만 아니라 내가 완전히 잘못 짚은 것이었다.

"잘못 짚었다니 무슨 말이에요?"

"난 관심 없어."

키아라 이야기를 하고 싶지 않다는 것인지, 키아라한테 관심이 없다는 것인지 알 수 없었다.

"다들 관심 있는데."

"그럴지도. 하지만 난 아냐."

여전히 분명하지 않았다. 그의 목소리가 갑자기 건조하고 짜증스럽게 변했다.

"하지만 내가 두 사람을 봤는데요."

"네가 본 건 네가 상관할 일이 아니었어. 어쨌든 난 너나 그녀의 장단에 맞춰 줄 생각이 없어."

그는 담배를 한 모금 빨고 나서 평상시처럼 위협적이고 차가운 시선으로 나를 바라보았다. 관절경만큼이나 정확하게 내장을 찢고 들어갈 것 같았다.

"그래요, 미안해요." 나는 어깨를 으쓱한 뒤 책으로 시선을 되돌렸다. 또다시 주제넘은 짓을 했다. 경솔했음을 인정하는 것 말고는 꼴사납지 않게 넘길 방법이 없었다.

"네가 한번 해 봐." 그가 불쑥 말했다.

한 번도 들어 본 적 없는 부드럽고 점잖은 말투였다. 보통 위태롭기는 하지만 예의 바른 태도의 경계선을 지키는 쪽은 나였다.

"키아라는 나랑 엮이고 싶지 않을 거예요."

"엮었으면 좋겠어?"

이야기가 어떻게 진행되는 건지 알 수 없는 데다 몇 발자국 더 가면 덫이 놓여 있을 것 같았다.

"아뇨?" 나는 자신 없는 태도 때문에 대답이 질문처럼 들리고 말았다는 사실을 알아차리지 못했다.

"확실해?"

내가 그동안 혹시라도 그녀를 원한다는 확신을 드러낸 것은 아닐까?

반박에 맞받아치는 것처럼 그를 올려다보았다.

"뭘 안다고 그래요?"

"그 앨 좋아하는 거 알아."

"당신은 내가 뭘 좋아하는지 몰라요." 내가 냉정하게 쏘아붙였다. "전혀요."

나는 그 같은 사람은 전혀 알지 못하는 경험의 영역을 가리키는 것처럼 깔보는 듯하면서도 불가사의하게 들리도록 애썼다. 하지만 신경질적이고 히스테리를 부리는 것처럼 보일 뿐이었다.

인간의 영혼을 읽는 능력이 조금 덜 예리한 사람이라면 나의 끊임없는 부정에서 키아라를 방어막으로 사용하고 있음을 허둥지둥 시인한다는 끔찍한 신호를 발견했을 것이다.

하지만 그런 능력이 대단히 날카로운 사람은 내 행동에서 완전히 다른 진실로 이어지는 문을 발견했으리라. 그 문을 열려면 위험을 각오해요. 장담하건대 당신은 진실을 듣고 싶지 않을 거예요. 아직 시산이 있을 때 자리를 피하는 게 좋을 거예요.

나는 그가 진실을 알아차린 듯한 신호를 많이 보냈다면 당장 무슨 일이 있어도 그를 고립시켜야 한다는 사실도 알았다. 그가 눈치채지 못했다고 해도 허둥거리는 내 말에 고립되기는 마찬가지일 터였다. 결국 그가 더 깊이 파고들어 나를 당황시키는 것보다 내가 키아라를 좋아한다고 생각하게 놔두는 편이 나았다. 아무 말도 하지 않으면 계획하지 않은 일을 인정하거나 내 안에 있는 줄도 몰랐던 것을 인정하게 된다. 아무 말도 하지 않으면 몇 시간 동안 준비한 재치 있는 말보다 빠르게 내 몸이 나를 원하는 곳으로 데려갈 터였다. 나는 얼굴을 붉혀야 했다. 얼굴을 붉히고 횡설수설하다가 결국 무너져 내리면 나는 어디에 있게 될까? 그가 무슨 말을 할까?

나중에 다시 해 보자는 실행 불가능한 다짐을 하며 또 하루를 보내느니 차라리 지금 무너지는 게 낫다는 생각이 들었다.

아니, 그가 영원히 모르는 편이 더 낫다. 그래도 난 괜찮다. 언제까지나 괜찮을 것이다. 그렇게 받아들이기 쉽다는 사실이 놀랍지도 않았다.

하지만 갑작스럽게 우리 사이에 부드러운 순간이 찾아와서 그에게 너무나도 하고 싶었던 말이 입 밖으로 나올 뻔했다. 초록색 수영복을 입은 날. 나는 그렇게 불렀다. 수영복 색깔에 대한 내 이론이 완전히 틀렸다는 사실이 증명되어 '파란색' 수영복을 입은 그에게 친절을 기대하거나 '빨간색' 수영복을 조심해야 한다는 확신이 사라진 후에도 나는 계속 그런 명칭을 사용했다.

음악이 좋은 대화 주제가 되어 주었다. 특히 내가 피아노를 치고 있을 때 그랬다. 또는 그가 어떤 곡을 어떤 식으로 연주해 달라고 부탁하거나. 그는 곡 하나에 작곡가를 둘, 셋, 심지어 넷까지 합쳐서 끼워 넣은 내 편곡을 좋아했다. 어느 날 키아라가 유행가를 흥얼거리기 시작했다. 마침 바람 부는 날이라서 해변으로 나가거나 집 밖에 있는 사람도 없었다. 다들 거실의 피아노 주변에 모여들었고 내가 즉석에서 그 노래를 모차르트 연주에 브람스 변주곡으로 바꾸었다.

어느 날 아침 그가 천국에 누워서 물었다. "그게 어떻게 가능하지?"

"예술가를 이해하려면 그의 입장이 되어서 그의 내면으로 들어가야만 할 때가 있어요. 그러면 나머지는 자연스럽게 흘러가죠."

우리는 또다시 책에 대해 이야기했다. 내게는 아버지 외에는 책 이야기를 나눌 만한 사람이 별로 없었다.

음악, 소크라테스 이전의 철학자들, 미국 대학에 대한 이야기도 했다.

비미니도 있었다.

비미니가 처음으로 불쑥 나타나 우리의 아침을 방해한 것은 내가 브람스의 마지막 헨델 변주곡의 변주곡을 연주할 때였다.

비미니의 목소리가 뜨거운 오전의 열기를 깨뜨렸다. "뭐 해?"

"작업."

수영장가에 배를 깔고 엎드려 있던 올리버가 고개를 들자 어깨에서 등으로 땀이 흘러내렸다.

"나도." 똑같은 질문을 하는 비미니에게 그가 대답했다.

"얘기하고 있었잖아요. 작업이 아니라."

"똑같은 거야."

"나도 일하고 싶어요. 하지만 아무도 나한테 일을 주지 않는걸."

비미니를 처음 본 올리버는 대화의 규칙을 모르겠다는 듯이 속수무책으로 나를 올려다보았다.

"올리버, 이 앤 우리 옆집 사는 비미니예요."

올리버는 비미니가 내민 손을 잡고 악수했다.

"비미니하고 나는 생일이 같아요. 비미니는 열 살이지만. 그리고 앤 천재예요. 너 천재 맞지, 비미니?"

"사람들이 그렇게 말하던데. 하지만 내 생각엔 천재가 아닐 수도 있어."

"왜지?" 올리버가 잔소리처럼 들리지 않으려는 어조로 물었다.

"세상이 날 천재로 만들었다면 그건 악취미니까요."

올리버는 어느 때보다 놀란 표정이었다. "뭐라고 했니?"

"이분은 모르는구나?" 비미니가 올리버 앞에서 나에게 물었다. 나는 고개를 저었다.

"사람들이 그러는데 난 오래 살지 못할지도 모른대요."

"왜 그런 말을 하지? 그걸 어떻게 알아?" 올리버는 망연자실한 표정이었다.

"다들 아는걸요. 난 백혈병에 걸렸으니까."

"하지만 넌 이렇게 예쁘고 건강해 보이고 똑똑한데." 올리버가 항변했다.

"그래서 악취미라는 거예요."

어느새 잔디밭에 무릎 꿇고 앉은 올리버는 문자 그대로 책을 바닥에 떨어뜨렸다.

"나중에 우리 집에 와서 책 읽어 주세요. 난 상냥하거든요. 올리버도 상냥한 사람 같아요. 그럼 안녕."

비미니는 벽을 올라갔다. "놀랐다면 미안해요. 음……."

비미니가 방금 전에 잘못 선택한 비유를 취소하려는 모습을 당신은 눈에 그렸을 테죠.

그날 적어도 몇 시간 동안 나와 그를 가깝게 만들어 준 것이 음악이었는지 잘 모르겠지만 비미니의 유령 같은 등장은 확실히 그랬다.

우리는 오후 내내 비미니에 대해 이야기했다. 굳이 할 말을 찾으려고 애쓸 필요가 없었다. 주로 올리버가 말하고 질문했다. 그는 비미니의 존재에 매료되었다. 이번만큼은 내가 나 자신에 대해 이야기할 필요가 없었다.

두 사람은 이내 친구가 되었다. 비미니는 그가 아침 조깅이나 수영에서 돌아오면 항상 일어나 있었으므로 두 사람은 함께 우리 집 정원 문을 지나 매우 조심스럽게 계단을 내려가서 커다란 바위로 향했다. 그 바위에 앉아서 아침 먹을 시간이 될 때까지 이야기를 나누었다. 그렇게 아름답고 강렬한 우정은 처음 보았다. 나는 조금도 질투하지 않았고 나는 물론 그 누구도 감히 그들을 따라가 대화를 엿듣지 못했다. 바위로 향하는 계단으로 이어지는 문을 열면 으레 올리버에게 한 손을 내밀던 비미니의 모습을 절대 잊지 못할 것이다. 비미니는 나이 많은 사람이 함께 있지 않으면 그렇게 멀리까지 나가는 일이 드물었다.

그해 여름을 돌아보면 사건의 순서가 잘 정리되지 않는다. 중요한 장면이 몇 개 있다. 그 밖에 기억나는 것들은 순간의 '반복'이다. 아침 식사 전후의 일과. 잔디밭이나 수영장가에 누운 올리버. 전용 테이블에 앉은 나. 그 후에 이어지는 수영이나 조깅. 그러고 나면 올리버는 자전거를 타고 시내로 번역가를 만나러 간다. 차양이 달린 커다란 야외 테이블이나 집 안에서 손님 한둘과 함께 하는 *고역스러운 점심 식사*. 태양과 침묵이 있는 멋지고 푸른 오후 시간.

올리버가 오기 전의 여름이 남긴 장면들도 있다. 내가 뭘 하면서 지내는지, 왜 항상 혼자인지 의아해하는 아버지. 친구들이 시시하면 새 친구를 사귀라고, 집 안에서 책만 보거나 기타만 치는 대신 밖에 좀 나가라고 잔소리하는 어머니. 테니스도 더 자주 치고 밤에 춤도 추러 가고 사람도 사귀라고. 타인이 쭈뼛쭈뼛 다가가야만 하는 외국인이 아니라 삶에서 중요한 존재인 이유를 좀 찾아보라고.

부모님은 필요하다면 정신 나간 짓도 좀 해 보라고 했다. 그러면서도 두 분은 나에게서 비밀스러우면서도 확실한 비통함의 신호를 캐내려고 했다. 내가 심한 부상을 입고 정원으로 흘러 들어온 병사여서 빨리 지혈해 주지 않으면 죽기라도 할 것처럼 서투르고 직관적이고 헌신적으로 나에게 있을지 모를 아픔이 빨리 낫기를 바랐다. 아버지는 힘든 일이 있으면 언제든 이야기하라고 하며 자신이 나만 할 때 어땠는지 자주 들려주었다. 너만 그렇게 생각하고 느끼는 것 같겠지만 나도 그런 괴로움을 다 겪어 봤다. 끝까지 이겨 내지 못한 괴로움도 있고 나 역시 지금의 너처럼 무지하지만 인간의 심장에 관한 한 속속들이 다 알고 있지.

다른 장면도 있다. 식후의 침묵. 다들 낮잠을 자거나 일하거나 책을 읽거나 온 세상이 고요한 반음에 잠겨 있을 때. 우리 집을 초월한 세상에서 부드러운 목소리가 서서히 스며들어 나를 잠깐 잠들게 만든 천국 같은 시간들. 그리고 오후에 치는 테니스. 샤워와 칵테일. 저녁 시간까지의 기다림. 역시나 손님들과 함께 하는 저녁 식사. 두 번째로 번역가를 만나러 가는 그. 때로는 혼자 때로는 친구들과 시내로 나갔다가 밤늦게 들어오는 외출.

예외적인 장면들도 있다. 폭풍우 치는 오후 다 같이 거실에 앉아 음악을 듣고 온 집 안의 창문에 우박 떨어지는 소리를 듣는 것. 정전이 되고 음악도 꺼지면 서로의 얼굴밖에 보이지 않았다. 고모가 미주리주 세인트루이스(산루이라고 발음했다)에서 보낸 끔찍한 시절에 대해 이야기하고 어머니는 얼 그레이의 향을 따라갔다. 아래층 주방에서는 만프레디와 마팔다의 목소리가 들려왔다. 커다란 쉿쉿 소리로 둘이 속삭이듯 다투는 소리. 온몸을 가리고 후드를 쓴 마른 몸의 정원사는 잡초와 씨름하고 있었다. 빗속에서도 잡초를 뽑았다. 아버지는 거실 창가에서 두 팔로 '그만 들어가, 안키세스. 들어가'라는 신호를 보냈다.

"저 사람은 좀 오싹할 때가 있다니까." 고모가 한마디 했다.

"저 오싹할 때가 있는 사람은 사람 하나는 진국이지." 아버지가 말을 받았다.

하지만 이런 시간에는 두려움이 조여 왔다. 두려움은 음울한 망령 혹은 이 작은 도시에 갇혀 버린 길 잃은 낯선 새 같았다. 그 거무스름한 날개가 모든 생명체에 절대로 씻어지지 않는 그림자의 얼룩을 묻히는. 나는 무엇이 두려운지도, 왜 그렇게 걱정되는지도 몰랐다. 극심한 공포가 때로는 희망처럼 느껴지는 까닭도 알 수 없었다. 가장 어두운 순간에 현실 같지 않은 기쁨, 올가미로 뒤덮인 기쁨을 가져다주는 희망 말이다.

갑자기 나타난 그를 보고 심장이 쿵 내려앉으면 두려우면서도 흥분되었다. 그가 언제 나타날지 두려웠다. 나타나지 않아도 두려웠고 나를 쳐다봐도 두려웠다. 쳐다보지 않으면 더욱 두려워졌다. 결국 고뇌가 나를 완전히 지치게 했고 피부가 데일 정도로 뜨거운 오후면 그냥 거실 소파에 누워 잠이 들었다. 꿈을 꾸면서도 누가 거실에 있고 까치발로 오가는지, 누가 서서 나를 얼마나 쳐다보는지, 최대한 소리 내지 않고 오늘 자 신문을 보다 포기하는지, 누가 오늘 상영 영화를 확인하고 나를 깨워야 할까 고민하는지 다 알았다.

두려움은 절대로 가시지 않았다. 나는 두려움을 의식했고 아침에 그가 샤워하는 소리를 들으면 아래층으로 내려와 함께 아침을 먹을 거라는 생각에 두려움이 기쁨으로 바뀌는 것도 보았다. 하지만 그가 커피를 마시지 않고 곧장 정원으로 나가 버리면 기뺨이 얼어붙었다. 점심까지 기다리다가 그가 한마디도 말을 걸지 않으면 도저히 참을 수 없는 지경이 되었다. 한 시간 후면 나는 또 소파에 누워 잠들 터였다. 이토록 불행해하고 투명인간 같고 푹 빠져 버린 애송이에 불과한 내가 싫었다. 뭐라고 말 좀 해요, 날 그냥 만져요, 올리버. 내 눈에 눈물이 고일 때까지 나를 쳐다봐요. 밤중에 내 방문을 두드리고 내가 이미 당신을 위해 살짝 열어 놓았다는 걸 눈치채요. 방 안으로 들어와요. 내 침대에는 언제나 당신 자리가 있어요.

한동안 그가 보이지 않는 날이 가장 두려웠다. 그런 날은 오후 내내, 때로는 저녁까지도 그가 어디 갔는지 알 수 없었다. 가끔씩 그가 광장을 가로지르거나 처음 보는 사람들과 이야기하는 모습을 보았다. 하지만 그를 제대로 봤다고 할 수는 없었다. 문 닫을 시간에 사람들이 모이는 작은 광장에서 그가 나를 한 번 더 쳐다보는 일은 드물었기 때문이다. 그저 한 번 쳐다보고 고개만 끄덕일 뿐이었다. 나보다는 우리 아버지에게 보내는 인사일 가능성이 컸다.

부모님, 특히 아버지는 올리버를 무척 마음에 들어 했다. 올리버가 다른 여름 손님보다 열심히 일했기 때문이다. 아버지의 논문 정리를 돕고 해외 서신을 관리하면서 당연히 자신의 원고 작업도 게을리하지 않았다. 사적인 시간에 뭘 하는지는 당연히 그가 알아서 할 일이었다. 아버지는 '젊을 때 안 하면 언제 고생해 보나.'라는 어설픈 격언을 인용하곤 했다. 우리 집에서 올리버는 한마디로 완벽한 존재였다.

부모님은 그의 부재에 아무런 관심도 보이지 않았으므로 초조함을 드러내지 않는 편이 안전했다. 두 분 중 한 분이 그가 어디 갔는지 궁금해할 때만 그의 부재를 언급했다. 그러게요, 그러고 보니 나간 지 오래됐네요. 아뇨, 전 몰라요. 그리고 지나치게 놀란 표정을 짓지 않도록 신경 써야 했다. 의심을 사서 내가 괴로운 이유를 들킬 수도 있으니까. 거짓말하는 표정이 드러난다면 부모님은 단번에 알아볼 터였다. 아직까지 눈치채지 못한 사실이 놀라울 정도였다. 평상시 내가 사람들한테 쉽게 애착을 느낀다고 말하는 부모님인데. 하지만 이번 여름에는 정말로 너무 쉽게 애착을 느껴 버렸고 부모님 말이 맞는다는 사실을 깨달았다. 물론 전에도 있던 일이었다. 다만 내가 아직 어려서 스스로 깨닫지 못했다는 걸 부모님은 알아챘을 것이다.

나의 그런 면은 부모님의 삶에 경계 신호를 퍼뜨렸다. 부모님은 나를 걱정했다. 그럴 이유가 있음을 나도 알았다. 인상적인 걱정 수준을 넘어 버렸음을 눈치채지 못하기를 바랄 뿐이었다. 부모님이 아직 아무런 의심도 하지 않는다는 사실이 신경 쓰였다. 의심하기를 바라는 게 아닌데도. 내가 더 이상 투명하지 않고 많은 부분을 가장할 수 있다면 부모님에게서도 안전하고 그에게서도 안전하다는 뜻이었다. 하지만 어떤 대가를 치러야 하는가? 누군가로부터 안전해지는 게 과연 내가 바라는 일인가?

진실을 털어놓을 사람이 아무도 없었다. 누구한테 말한단 말인가? 마팔다? 그랬다가는 우리 집을 그만두고 나갈 것이다. 고모? 고모는 모두에게 말할 거다. 마르지아, 키아라, 내 친구들? 말하자마자 날 외면하겠지. 가끔 놀러 오는 사촌들? 절대 안 될 일이었다. 아버지는 사고방식이 매우 자유분방한 편이지만 과연 이 문제도 그럴까? 또 누가 있지? 선생님에게 편지를 쓸까? 의사를 찾아갈까? 정신 상담을 받아 봐야 할까? 아니면 올리버한테 말할까?

올리버한테 말하자. 올리버 말고는 말할 사람이 아무도 없다. 올리버, 정말로 당신 말고는 말할 사람이 아무도 없는 것 같아요…….

집이 완전히 텅 빈 어느 날 오후 그의 방으로 올라갔다. 그가 방에 없다는 걸 알고 있었다. 옷장을 열었다. 여름 손님들이 없을 때는 내가 사용하는 방이라 아래 서랍에서 뭘 찾는 척하면 될 터였다. 그의 서류를 뒤져 볼 생각이었는데 옷장을 열자마자 그것이 눈에 띄었다. 그가 아침에 입은 빨간색 수영복이 걸려 있었다. 수영을 하지 않아서 발코니가 아닌 옷장에 걸어 둔 것이다. 수영복을 집었다. 남의 물건을 몰래 뒤져 보기는 난생처음이었다. 수영복을 얼굴 가까이 가져와 안에 얼굴을 대고 문질렀다. 그 안으로 파고드는 듯이. 수영복 주름 사이에서 그만 이성을 잃었다. 선크림을 바르지 않은 그의 체취였다. 그의 냄새야. 이런 냄새가 나는 거야. 계속 속으로 중얼거렸다. 그의 체취 말고 좀 더 은밀한 것을 찾으려고 수영복 안을 들여다보고 구석구석에 입맞춤을 했다. 체모라도 뭐라도 좋으니 핥을 만한 게 있기를 바랐다. 수영복을 내 입 안에 넣을 수 있다면, 이걸 훔쳐 가서 영원히 가질 수 있다면,

마팔다가 절대로 빨지 못하게 하고 겨울에는 도시의 집으로 가져가 냄새 맡을 수 있다면. 지금 이 순간 나와 함께 벌거벗은 그를 언제든 살아 숨 쉬게 할 수 있다면.

나도 모르게 입고 있던 수영복을 벗고 그의 수영복을 입기 시작했다. 내가 뭘 원하는지 알고 있었다. 황홀감에 빠진 나머지 감히 술에 취해도 하지 않을 과감한 행동을 하고 싶었다. 그의 수영복 안에 사정하여 그가 나중에 발견하게 만들고 싶었다. 다음 순간 더욱 무모한 생각에 사로잡혔다. 그의 침대로 올라가 수영복을 벗은 뒤 이불과 겹쳐 놓고 껴안았다. 벌거벗은 채로. 그가 나를 봤으면 좋겠다. 어떻게든 대처할 거야. 침대의 익숙한 느낌이 다가왔다. 내 침대. 하지만 그의 향기로 가득했다. 욤 키푸르의 신전에서 옆에 서 있던 낯선 노인이 자신의 탈리스를 내 어깨에 올려놓았을 때의 낯선 향기처럼 온전하게 날 감싸는 듯했다. 내 존재는 완전히 사라지고 영원히 흩어졌지만, 하나의 전 소삭으로 서로를 감싸면서 떨어졌던 서로가 다시 하나가 되는 듯했다. 얼굴에 그의 베개를 대고 미친 듯 키스하면서 두 다리로 휘감았다. 그 누구에게도 말할 용기가 없다고 고백하며 무엇을 원하는지도 말했다. 다 말하기까지 1분도 채 걸리지 않았다.

비밀이 내 몸에서 빠져나갔다. 그가 보면 어때. 그에게 들키면 어때. 그러면 좀 어때.

내 방으로 돌아가면서 또 이렇게 정신 나간 상태로 똑같은 짓을 할 수 있을까 싶었다.

그날 저녁 사람들의 위치를 신중하게 확인하는 나 자신을 발견했다. 수치스러운 충동은 생각보다 일찍 찾아왔다. 다시 2층으로 몰래 올라가도 상관없을 것 같았다.

하루는 아버지 서재에서 책을 보다 잘생긴 기사가 공주와 사랑에 빠지는 이야기를 발견했다. 공주는 기사를 사랑했지만 그 사실을 깨닫지 못하는 듯했다. 두 사람 사이에는 우정이 싹트지만 어쩌면 그 우정 때문에 겸허해져서 기사는 고백할 수가 없었다. 솔직함을 금하는 그녀 앞에서 자신의 사랑을 털어놓을 수 없었다. 그러던 어느 날 기사는 공주에게 단도직입적으로 물었다. "말하는 것과 죽는 것 중에 뭐가 낫습니까?"

나는 절대로 그렇게 물을 용기를 내지 못할 것이다. 하지만 그의 베개에 대고 말해 버리니 알 수 있었다. 비록 순간이지만 나는 진실의 예행연습을 했고 완전히 밖으로 드러냈다. 말했다는 사실이 기분 좋았다. 거울에 비친 자신을 보고도 할 수 없었던 말을 쥐어 짜내던 바로 그 순간, 그가 들어왔더라도 개의치 않았을 것이다. 알라지, 보라지, 원하면 마음껏 재단하라지. 하지만 세상에 말하지는 말아요. 지금은 당신이 내 세상이지만. 비록 당신의 눈동자에는 경악과 혐오가 담긴 세상이 펼쳐져 있지만. 올리버, 당신에게 말하고 나서 그 차가운 강철 같은 표정을 마주해야 한다면 차라리 죽겠어요.

모네의 언덕

Monet's Bern

7월 말에 접어들면서 마침내 곪아 터질 지경이 되었다. 키아라 이후로 그에게는 연애, 짧은 연애, 하룻밤의 사랑, 섹스 파트너 등이 이어지는 게 분명했다. 뭐든 간에 그의 물건이 B 전체에 돌아다니는 것으로밖에 보이지 않았다. 도대체 얼마나 많은 질과 입 속으로 들어갔을지 모르는 일이었다. 그 상상은 나를 즐겁게 했다. 여자의 두 다리 사이에서 그의 넓은 구릿빛 어깨가 위아래로 움직이는 모습은 한 번도 나를 거슬리게 하지 않았다. 그날 오후 내가 그의 베개를 다리로 휘감았던 모습을 상상했다.

천국에서 원고를 읽는 그의 어깨를 보는 것만으로 지난밤에 어디 있었는지 궁금해졌다. 어깨는 그가 몸을 움직일 때마다 매끄럽고도 자유롭게 움직였으며 햇볕에 잘도 탔다. 지난밤 그에게 안겨서 등에 손자국을 낸 여자는 그 어깨에서 바다의 맛을 느꼈을까? 아니면 선탠로션? 내가 그의 이불로 들어갔을 때 맡은 냄새였을까?

저런 어깨를 가졌으면 좋겠다고 얼마나 간절하게 바랐는지. 그러면 저 어깨를 갈망하지 않을 수 있을까?

역시 *영화배우*답네요.

나는 그처럼 되고 싶은 걸까? 그가 되고 싶은가? 아니면 그저 그를 갖고 싶은 걸까? 꼬이고 꼬인 욕망 속에서 '되다'나 '가지다' 는 철저하게 부정확한 동사일까? 누군가의 몸을 만져서 가지고 싶은 욕망이나 만지고 싶은 사람이 됐으면 하는 욕망이나 똑같 다. 마치 양쪽 둑 사이를 오가는 강물처럼 나에게서 그에게로 또 그에게서 내게로 끊임없이 순환한다. 욕망으로 통하는 비밀 통로 같은 심실(心室), 시간의 웜홀, 이중 바닥을 댄 서랍 같은 정체성은 묘한 논리로 연결되어 있다. 진짜 삶과 살지 않은 삶 사이 그리고 나라는 사람과 내가 원하는 모습 사이의 간극에는 M.C.에서 판 화의 짓궂은 잔인함으로 설계된 꼬불꼬불한 계단이 존재하는 것 이다. 세상이 언제 당신과 나를 갈라 놨죠, 올리버? 왜 나는 그걸 알고 당신은 모르나요? 매일 밤 당신 옆에 누워 있는 상상을 할 때 내가 원하는 건 당신의 몸일까요, 아니면 안으로 들어가서 마 치 내 몸인 듯 소유하고 싶은 걸까요? 그날 오후 당신의 수영복을 입고 다시 벗으며 당신이 내 안에 들어오기를 간절히 원했던 것 처럼. 내 온몸이 당신의 수영복, 당신의 집이라도 되는 것처럼. 내 안의 당신, 당신 안의 나……

마침내 그날이 왔다. 우리는 정원에 있었고 나는 최근에 다 읽 은 단편 소설에 대해 이야기했다.

"말을 해야 할지 죽어야 할지 모르는 기사에 대한 책이군. 그 얘긴 벌써 들었어."

내가 그에게 말해 놓고 잊어버린 모양이었다.

"네."

"그래, 기사가 말을 하나?"

"공주는 말하는 게 낫다고 대답하지만 경계해요. 어딘가에 함정이 있다고 생각하죠."

"그래서 그가 말을 하나?"

"아뇨. 얼버무려요."

"그럴 줄 알았어."

아침을 먹은 직후였다. 그날은 우리 둘 다 작업할 기분이 나지 않았다.

"참, 시내에 볼일이 있어."

볼일이란 언제나 그렇듯 번역가를 만나서 최근 작업한 원고를 받아 오는 것이었다.

"원한다면 내가 다녀올게요."

그는 한동안 가만히 앉아 있었다.

"아니, 같이 가지."

"지금요?" 사실은 '정말이에요?' 하고 싶었을 것이다.

"다른 할 일이라도 있어?"

"아뇨."

"그럼 가지." 그가 낡은 초록색 백팩에 종이 몇 장을 넣고 어깨에 둘러멨다.

그는 지난번에 마지막으로 자전거를 타고 B에 간 이후 나더러 어딜 함께 가자고 한 적이 없었다.

만년필을 내려놓고 작곡 노트를 덮어 그 위에 반쯤 찬 레모네이드 잔을 올려놓았다. 이제 갈 준비가 되었다.

우리는 창고로 향하는 길에 차고를 지났다.

평상시와 다름없이 마팔다의 남편 만프레디가 정원사 안키세스와 실랑이를 벌이고 있었다.

만프레디는 토마토에 물을 많이 줘서 너무 빨리 자란다고 불평했다. "그럼 너무 물러진단 말이야."

"토마토는 내 소관, 당신은 운전. 그럼 만족하죠?"

"말귀를 못 알아듣는군. 내가 젊을 때는 토마토를 계속 다른 곳으로 옮겨 심고 옆에 바질을 심었어. 뭐 자네는 군대 출신이니까 어련히 알아서 하겠지."

"맞아요." 안키세스는 그냥 흘려들으려고 했다.

"당연히 내 말이 맞지. 군대에서 자네더러 나가라고 한 이유가 있군."

"네. 군대에서 나가라고 했죠."

두 사람 모두 우리에게 인사를 건넸다.

정원사 안키세스가 올리버에게 자전거를 내주었다. "어젯밤에 바퀴를 바로잡아 놨어요. 힘은 들었지만. 타이어에 바람도 넣었고요."

운전사 만프레디는 불만이 가득한 듯 짜증스럽게 말했다. "이제부터 자전거는 내가 고칠 테니까 자네는 토마토나 잘 키워."

안키세스는 쓸쓸하게 웃었다. 올리버도 미소를 보냈다.

시내로 향하는 도로로 이어지는 사이프러스나무 길에 이르러서 올리버에게 물었다. "좀 섬뜩하지 않아요?"

"누가?"

"안키세스요."

"아니, 왜? 어제 돌아오는 길에 넘어져서 심하게 까졌거든. 안키세스가 굳이 이것저것 섞은 연고를 발라 줬어. 자전거도 고쳐주고."

그가 한 손으로 핸들을 잡고 셔츠를 올려 왼쪽 옆구리의 멍과 크게 긁힌 자국을 보여 주었다.

"그래도 나는 좀 섬뜩해요." 나는 고모의 말을 되풀이했다.

"그냥 길 잃은 영혼일 뿐이야."

그의 긁힌 자국을 만지고 쓰다듬고 사랑해 주고 싶었다.

시내로 향하면서 올리버가 천천히 움직이는 걸 알 수 있었다. 평상시대로 속도를 내지도 않고 운동선수 같은 열정으로 오르막길을 힘껏 오르지도 않았다. 빨리 원고 작업으로 돌아가고 싶은 기색도, 친구들이 있는 해변으로 가거나 평상시처럼 나를 외면하려는 기색도 없어 보였다. 어쩌면 달리 할 일이 없는 걸 수도 있었다. 나에게는 이런 순간이 천국이었다. 아직 어렸지만 그런 순간은 영원하지 않으므로 있는 그대로 즐겨야 한다는 걸 알고 있었다. 그와의 우정을 단단히 하거나 다른 차원까지 끌어올리려는 어설픈 시도로 망치지 말고. 결코 우정 따위는 있을 수 없다고, 이건 아무것도 아니고 단지 아름다운 순간이라고 생각했다. 첼란의 표현처럼 *Zwischen Immer und Nie*, 항시와 전무 사이, 그뿐이다.

바다가 내려다보이는 작은 광장에 도착하자 올리버는 담배를 사기 위해 멈추었다. 그는 골루아즈를 피우기 시작한 터였다. 피워 본 적 없는 브랜드라 나도 한대 피워 봐도 되느냐고 물었다. 그가 성냥개비 하나를 꺼내 내 얼굴 가까이에서 양손을 동그랗게 모아 쥐고 담뱃불을 붙여 주었다.

"나쁘지 않지?"

"나쁘지 않네요."

그를, 오늘을 떠올리는 담배가 되리라고 생각했다. 앞으로 한 달도 되지 않아 그는 흔적도 없이 사라질 테니까. 그가 B에서 지낼 날이 얼마나 남았는지 세어 보기로 마음먹은 것은 그때가 처음이었다.

"이걸 좀 봐." 아래로 완만하게 경사진 언덕이 내려다보이는 광장 끄트머리를 향해 아침 햇살 속에서 자전거를 끌고 천천히 걸으며 그가 말했다.

저 아래 저 멀리 그림 같은 바다가 펼쳐져 있었다. 거대한 돌고래들이 파도를 부수는 듯 작은 만에 몇 가닥의 하얀 거품이 보였다. 작은 버스 한 대가 언덕길을 오르고 제복 차림의 남자 셋이 자전거를 타고 뒤따라 왔다. 분명히 버스에서 나오는 매연에 대해 불평하고 있으리라.

"이 근처에서 누가 익사했는지 알겠지?" 그가 물었다.

"시인 퍼시 셸리요."

"시신이 발견된 후 그의 아내 메리와 친구들이 어떻게 했는지도 알고?"

"*Cor cordium*, 마음 중의 마음이요." 부풀어 오른 시신을 해변에서 화장할 때, 불꽃이 시신을 완전히 집어삼키기 전에 친구가 셸리의 심장을 떼어 냈다는 이야기를 떠올리며 대답했다. 시험이라도 지듯 왜 저러는 걸까?

"넌 모르는 게 없지?"

나는 그를 바라보았다. 지금이 바로 나를 위한 순간이었다. 그 순간을, 나는 잡을 수도 놓칠 수도 있지만 어느 쪽이건 평생 잊지 못할 당혹스러운 순간으로 남을 것이다. 아니면 칭찬에 흡족해할 수도, 나머지 전부를 후회하면서 살 수도 있었다. 내가 할 말을 미리 계획하지 않고 어른에게 말하기는 그때가 처음이었을 것이다. 너무 떨려서 계획할 수도 없었다.

"난 아무것도 몰라요, 올리버. 아무것도. 아무것도요."

"넌 여기 그 누구보다 많이 아는데."

어째서 그는 비극에 가까운 내 말투에 저렇듯 단조롭게 칭찬처럼 답하는 거지?

"정말로 중요한 건 잘 모른다는 걸 당신이 몰라서 그래요."

나는 물을 향해 걸어가고 있었다. 익사하려 하지도, 안전하게 헤엄치려 하지도 않고 그냥 머물기 위해. 진실을 말하거나 암시조차 못 한다고 해도 진실은 항상 우리 주변에 놓여 있을 테니까. 마치 수영하다가 잃어버린 목걸이 이야기를 하듯이. 나는 그것이 어딘가에 있음을 안다. 뻔히 드러나 보이는 사실을 종합해서 무한대보다 큰 숫자를 떠올리도록 내가 기회를 주는 거라는 사실을 그가 알 수만 있다면. 하지만 그가 이해했다면 눈치를 챘다는 뜻이고, 만약 눈치를 챘다면 그동안 결코 만나지 않는 평행선 너머에서 적대적으로 강철처럼 차갑고 무표정하게 다 안다는 듯 허를 찌르는 눈빛으로 나를 쳐다보고 있었으리라.

그는 뭔가 떠오른 게 틀림없었다. 그게 뭔지는 아무도 알 수 없지만.

어쩌면 그는 놀라지 않은 척하는 건지도 모른다.

"중요한 게 뭐지?"

그는 지금 솔직하지 못한 것일까?

"뭔지 알잖아요. 지금쯤이면 다른 사람은 몰라도 당신은 알 거예요."

침묵이 흘렀다.

"왜 이런 말을 하는 거지?"

"당신이 알아야 한다고 생각했어요."

"내가 알아야 한다고 생각했……." 그는 깊은 생각에 잠긴 듯 내 말을 그대로 읊었다. 그 말에 담긴 의미를 파악하고 정리할 시간을 벌려는 듯이. 강철이 뜨겁게 달아오르고 있었다.

"당신이 알았으면 해요." 나도 모르게 튀어나왔다. "당신 말고는 말할 사람이 아무도 없으니까요."

말해 버렸다.

도대체 말이 되기나 하는 걸까?

나는 바다나 내일 날씨 혹은 아버지가 매년 이맘때면 꼭 약속하는 E 항해가 과연 좋은 생각인지에 대한 이야기로 화제를 돌리려고 했다.

하지만 역시나 그냥 넘길 그가 아니었다.

"지금 무슨 말을 하는지 알고 하는 얘기야?"

나는 바다를 쳐다보면서 모호하고 지친 어조로 대답했다. 내 마지막 방향 전환이자 위장막이자 최후의 도피였다. "네. 내가 무슨 말을 하는지 알고 당신도 제대로 받아들이고 있어요. 난 말을 잘 못해요. 다시는 나랑 말하지 않겠다고 해도 괜찮아요."

"잠깐. 내가 생각하는 그런 말이 맞는 거야?"

"네에." 이왕 말을 꺼낸 마당이라 약간 느긋하고 짜증 난 것처럼 굴 수 있었다. 경찰에 항복한 뒤 범행 방법을 몇 번이나 반복해서 진술해야 하는 절도범처럼 말이다.

"잠깐 여기서 기다려. 2층에 올라가서 원고를 받아 와야 하니까. 딴 데 가지 마."

나는 그에게 믿음직한 미소를 보냈다.

"내가 아무 데도 안 간다는 걸 당신도 잘 알잖아요."

이거야말로 내 속마음을 확실하게 인정하는 게 아니고 뭐란 말인가?

그를 기다리는 동안 우리 두 사람의 자전거를 전부 끌고 제1차 세계대전의 피아베 전투에서 사망한 이 지역 젊은이들을 기리는 전쟁기념비 쪽으로 걸어갔다. 이탈리아 소도시 어디에나 비슷한 전쟁기념비가 있다. 근처에서 막 멈춘 작은 버스 두 대에서 승객들이 내리고 있었다. 시내로 물건을 사러 나온 인근 마을의 아주머니들이었다. 작은 광장 주변에는 나이 든 사람들, 주로 남자들이 밀짚 등받이가 달린 곧 허물어질 듯한 작은 의자에 앉거나 칙칙하고 낡은 회갈색 정장 차림으로 공원 벤치에 앉아 있었다. 그들 가운데 피아베강에서 싸우다 죽은 젊은 병사들을 기억할 사람이 얼마나 될까 싶었다. 그들을 기억하려면 적어도 여든 살은 되어야 한다. 생전의 병사들보다 나이가 많았다면 적어도 백 살은 되어야 하고. 백 살이라면 분명히 상실이나 슬픔을 극복하는 법도 깨우쳤을 것이다. 아니면 그런 것들은 영영 사라지지 않을까? 형제자매도, 아들도, 사랑하는 사람은 물론이고 그 누구나 백 살이 되면 아무런 기억도 하지 못한다. 가장 큰 충격을 받은 사람이라도 백 살에는 기억을 잃는다. 그들의 아버지와 어머니는 오래전 세상을 떠났을 텐데 과연 기억하는 사람이 있을까?

갑자기 떠오르는 생각이 있었다. 나의 후손들은 오늘 이 광장에서 오고 간 말을 알게 될까? 후손이 아닌 다른 누구라도? 그저 공기 중으로 사라질까? 나 역시 한편으로 그러기를 바라는 것처럼? 그들은 오늘 이 광장에서 자신의 운명이 벼랑 끝에 놓여 있었음을 알게 될까? 이런 생각은 내게 남은 하루를 마주할 수 있는 적당한 거리와 즐거움을 주었다. 나는 30년, 40년 후 이 자리에 돌아와 절대로 잊지 못하겠지만 언젠가는 잊고 싶어질 대화를 떠올릴 것이다. 아내와 자식들을 데려와 주변을 구경시키고 저 만과 카페, 레 단징, 그랜드 호텔을 가리키겠지. 그러고는 이 자리에 서서 저 동상과 밀짚 등받이 의자와 덜걱거리는 나무 테이블을 보며 올리버라는 사람을 떠올려 보라고 하겠지.

그때 그가 돌아왔다. "바보 같은 밀라니가 페이지를 뒤죽박죽 섞어 놔서 전부 다시 타이핑해야 한대. 그래서 오늘 작업할 게 없어. 하루가 통째로 날아가 버렸군." 그의 입에서 가장 먼저 튀어나온 말이었다.

이번에는 그 쪽에서 화제를 바꿀 만한 핑곗거리를 찾을 차례였다. 나는 그가 원한다면 얼마든지 곤란한 대화를 나눌 필요가 없도록 만들어 줄 수 있었다. 바다나 피아베 전투 혹은 '자연은 숨는 걸 좋아한다'나 '나는 나를 찾으러 갔다'처럼 헤라클레이토스와 관련된 이야기를 꺼낼 수 있었다. 아니면 며칠째 말이 나오는 중인 E 항해도 괜찮았다. 곧 이곳에서 열릴 예정인 실내악 앙상블 공연에 대한 이야기도 좋고.

우리는 돌아가는 길에 어머니가 항상 꽃을 주문하는 가게에 들렀다. 어릴 때는 물 커튼이 가게의 커다란 창문을 뒤덮은 모습을 신기하게 바라보곤 했다. 물 커튼이 부드럽게 미끄러지면서 가게가 신비로운 느낌을 풍겼는데, 영화에서 과거 회상 장면이 나오기 직전에 화면이 흐려지는 모습이 떠올랐다.

"말하지 말걸 그랬어요." 마침내 내가 말문을 열었다.

그렇게 말하는 순간 우리 사이의 미약한 마법의 주문이 깨지리라는 것을 알고 있었다.

"못 들은 걸로 할게."

전혀 예상하지 못한 대답이었다. 뭐든 괜찮다고 말하는 사람이니까. 우리 집에서는 단 한 번도 들어 본 적 없는 말이었다.

"그럼 서로 말은 하고 지내는 거예요, 아니면 아닌 거예요?"

그가 생각에 잠겼다.

"우린 그런 얘기를 해서는 안 돼. 정말로 안 돼."

그가 가방을 둘러멨고 우리는 내리막길을 향해 출발했다. 15분 전 나는 완전한 고뇌에 잠겨 있었다. 모든 신경의 말단과 감정이 멍들고 짓밟히고 으스러졌다. 마팔다의 막자사발처럼 두려움과 분노, 단순한 욕망이 전혀 구분되지 않을 정도로 짓이겨졌다. 하지만 고대할 만한 것도 있었다. 이제 솔직하게 밝혔으니까 비밀도 수치심도 사라졌다는 것이다. 그를 만난 이후의 내 시간에 생기를 불어넣은 무언의 희망이 사라졌다는 뜻이기도 했다.

이제 내 기분이 들뜰 수 있는 건 경치와 날씨뿐이었다. 텅 빈 시골길을 자전거로 함께 달리는 온전히 우리만의 이 시간도 마찬가지였다. 군데군데 드러난 밭에 햇볕이 내리쬐기 시작했다. 나는 그에게 따라오라고 했다. 관광객과 이방인은 찾아내지 못하는 장소를 보여 주겠다고.

"시간이 있다면 말이에요." 강요하는 것처럼 들리지 않기를 바라며 덧붙였다.

"시간 있어." 말투가 약간 아리송했다. 내 말에 담긴 과도한 전략이 재미있다는 투였다. 하지만 내가 털어놓은 말에 대해 당장 더 깊이 이야기하지 않기로 했으니까 양보하는 셈 치고 동행하는 것인지도 모른다. 우리는 큰길에서 벗어나 벼랑 끝으로 향했다.

"여기가 바로⋯⋯." 그의 흥미를 붙잡아 두기 위한 서막으로 운을 뗐다. "모네가 그림을 그리러 온 장소예요."

성장을 저해당한 작은 나무와 울퉁불퉁한 올리브나무가 잡목림에 흩어져 있었다. 나무들을 쭉 따라가면 벼랑 끝으로 이어지는 경사면에 아름드리 소나무에 일부 가려진 언덕이 나왔다. 내가 나무에 자전거를 대자 그도 똑같이 했다. 언덕으로 이어지는 길을 안내했다.

"이제 구경해요." 나는 그 어떤 말보다 나 자신에게 유리한 부분을 드러내 줄 무언가를 공개하는 것처럼 잔뜩 흡족해하면서 말했다.

바로 아래에는 아무런 소리도 없이 고요한 작은 만이 있었다. 주변에는 집도, 부두도, 고깃배도, 문명의 흔적을 나타내는 그 무엇도 없었다. 저 멀리로 어디에서나 보이는 산자코모의 종탑이 보였다. 눈을 가늘게 뜨면 N의 윤곽, 우리 집과 이웃집처럼 보이는 것들이 시야에 들어왔다. 비미니가 사는 집, 올리버와 잤을 두 딸이 있는 모레스키네 집. 둘이 따로 잤을 수도 있고 셋이 같이 잤는지도 모르지만 지금은 아무 상관 없었다.

"여기는 내 공간이에요. 나만의 공간. 책을 읽으러 와요. 여기서 몇 권이나 읽었는지는 나도 몰라요."

"넌 혼자 있는 게 좋아?"

"아뇨. 혼자 있는 걸 좋아하는 사람은 없어요. 난 그걸 견디는 법을 배웠죠."

"넌 항상 그렇게 지혜로우니?"

그도 다른 사람들처럼 밖에 나가서 친구 좀 사귀라고, 사귄 친구들한테 이기적으로 굴지 말라고 거들먹거리는 말투로 설교를 시작하려는 것일까? 아니면 정신과 의사 겸 가족 친구의 역할을 수행하겠다는 신호일까? 아니면 내가 또 그를 완전히 잘못 읽은 걸까?

"난 전혀 지혜롭지 않아요. 말했잖아요. 난 아무것도 몰라요. 책은 알죠. 말을 결합할 줄은 알지만 나한테 가장 중요한 얘기를 할 줄 안다는 뜻은 아니에요."

"하지만 지금 그러고 있는데. 어떤 면에서는 말이야."

"그래요. 어떤 면에서는 그렇죠. 난 항상 그런 식으로 말해요."

그를 바라보지 않으려고 앞바다로 시선을 향하면서 풀밭에 앉았다. 그가 몇 미터 떨어진 곳에 쭈그려 앉는 모습이 보였다. 언제든 자전거가 있는 곳으로 뛰어가려는 듯 발끝이 들려 있었다.

그때는 몰랐다. 그를 이곳에 데려온 이유는 단지 그에게 내 작은 세상을 보여 주려는 게 아니라 내 작은 세상이 그를 받아들여 주길 바라서라는 것을. 내가 여름날 오후면 홀로 찾던 장소가 그를 보고 괜찮은 사람인지 판단하여 받아들일 수 있도록. 그래야 훗날 다시 왔을 때도 내가 기존의 세상을 피해 스스로 만든 세상을 찾으러 이곳에 온다는 사실을 기억할 테니 말이다. 그에게 다른 세상으로 출발하는 내 발사대를 소개해 준 셈이었다. 이곳에서 읽은 책을 나열하면 그는 내가 어디를 여행했는지 알 터였다.

"난 네가 말하는 방식이 마음에 드는데, 왜 넌 항상 너를 깎아내리지?"

나는 어깨를 으쓱했다. 지금 나를 비판하는 건가?

"모르겠어요. 그러니까 당신도 알 수 없겠죠."

"남들이 어떻게 생각할지 두려워?"

고개를 저었다. 하지만 답을 알지 못했다. 어쩌면 너무 뻔해서 대답할 필요가 없는지도 모른다. 이럴 때면 벌거벗은 것처럼 한없이 연약해지는 기분이었다. 자신을 몰아세우고 초조하게 만들어서 상대방을 몰아세우지 않는 한 다 들켜 버린다. 아뇨. 뭐라고 답할 말이 없었다. 하지만 나는 움직이지도 않았다. 그더러 혼자 집으로 돌아가라 말하고 싶은 충동이 일었다. 나는 점심시간에 맞춰서 가겠다고.

그는 내 입에서 무슨 말이 나오기를 기다리고 있었다. 나를 빤히 쳐다보았다.

나를 쳐다보는 그를 똑바로 쳐다볼 용기가 생긴 건 이번이 처음인 것 같았다. 평상시라면 그가 나를 보는 순간 시선을 돌렸으리라. 초대받지도 않았는데 맑은 호수 같은 그의 사랑스러운 눈동자에서 헤엄치고 싶지 않아서였다. 그가 내 시선이 머무는 걸 원하는지 확인할 만큼 오래 쳐다볼 수도 없었다. 상대방을 똑같이 빤히 쳐다보는 게 두려워서 시선을 돌렸다. 들키고 싶지 않아서 시선을 돌렸다. 그가 그토록 중요한 존재라는 사실을 인정하기 싫어서 시선을 돌렸다. 강철처럼 차가운 그의 눈빛이 우뚝 서 있는 그에 비해 한없이 낮기만 한 나 자신을 상기시켜 주었기 때문에. 하지만 지금은 침묵 속에서 나도 그를 똑바로 쳐다보았다. 반항하기 위해서도, 더 이상 수줍어하지 않는다는 것을 보여 주기 위해서도 아니었다. 굴복하기 위해서, 이게 바로 나이고 이게 바로 당신이며 이게 내가 원하는 것이고 지금 우리 사이에는 오로지 진실만이 자리하고 진실이 있는 곳에는 장벽도 급하게 돌리는 시선도 없다는 것을 알려 주기 위해서. 설령 아무 일이 일어나지 않는다 해도 우리 사이에 놓인 가능성을 알아차리지 못했다는 말은 하지 말자고. 내게는 아무런 희망도 남지 않았다. 어쩌면 더 이상 잃을 게 없어서 그를 똑바로 쳐다보았는지도 모른다. 하나의 몸짓을 통해 도전과 도피를 동시에 표현하는 사람의 다 안다는 듯한, 감히 키스해 보라는 듯한 눈빛으로 그를 바라보았다.

"넌 상황을 어렵게 만들고 있어."

우리가 서로를 쳐다보는 상황을 뜻하는 건가?

나는 물러서지 않았다. 그도 마찬가지였다. 우리가 서로를 쳐다보는 상황을 의미하는 게 맞았다.

"내가 왜 상황을 어렵게 만드는데요?"

심장이 너무 빠르게 뛰어서 조리 있게 말하기가 힘들었다. 붉어진 얼굴을 보이는 것도 창피하지 않았다. 다 알아차리라지 뭐.

"그렇게 되면 잘못된 일이니까."

"*그렇게 되면?*" 내가 물었다.

그러면 한 줄기 희망이 있다는 뜻인가?

그는 풀밭에 앉더니 등을 대고 누웠다. 하늘을 쳐다보듯 두 팔로 머리를 받쳤다.

"그래, *그렇게 되면*. 솔직히 나도 생각을 안 해 본 건 아니야."

"그래도 난 몰랐겠죠."

"그래. 하지만 이제 알았잖아! 그럼 대체 뭐라고 생각했어?"

"뭐라니요?" 나는 질문하는 식으로 더듬거렸다. "아무것도." 좀 더 생각해 보았다. "아무것도요." 내가 모호하게 알아차리기 시작한 게 아무런 형태도 없어서 '아무것도요'라는 말을 반복하며 손쉽게 밀어내 버리면 견디기 힘든 침묵의 틈이 메워지기라도 할 것처럼 말했다. "아무것도요."

"그렇군." 그가 마침내 입을 열었다. "그럼 넌 잘못 안 거야, 친구." 꾸짖는 듯한 말투였다. "네 기분이 조금이라도 좋아질지 모르겠는데 이젠 나도 참아야 해. 넌 지금쯤이면 참는 법을 배웠겠지만."

"내가 할 수 있는 최선은 신경 쓰지 않는 척하는 거예요."

"그건 이미 서로 알고 있는 거잖아." 그가 곧바로 쏘아붙였다.

산산이 부서진 기분이었다. 내가 정원과 발코니, 해변에서 그를 얼마나 쉽게 무시할 수 있는지 보여 줄 때마다 그는 나를 다 꿰뚫어 보았고 짜증이 섞인 지극히 전형적인 수라고 생각한 것이다. 우리 사이의 수로를 다 열어 준 듯한 그의 고백은 오히려 새롭게 솟아나는 내 희망을 삼켜 버렸다. 이제 우리는 어떻게 하지? 여기서 더 할 게 뭐가 있는가? 서로 말하지 않는 척하지만 서로의 사이에 긴 서리가 가짜라는 것을 더 이상 확인할 수 없어지면 어떻게 되는 거지? 우리는 잠시 더 이야기를 나누었지만 대화는 점차 사라졌다. 서로의 마음을 털어놓은 후라 그냥 잡담을 나누는 것처럼 느껴졌다.

"그래, 모네가 그림을 그린 곳이라고……."

"집에 가서 보여 줄게요. 여기 풍경을 그린 모네 그림이 실린 책이 있어요."

"그래, 꼭 보여 줘."

그는 잔소리하기 좋아하는 대역 배우를 연기하고 있었다. 나는 그게 싫었다.

우리는 각자 한 팔로 기대고 누워서 멀리 보이는 경치를 감상했다.

"넌 세상에서 가장 운 좋은 녀석이야."

"다 모르고 하는 소리죠." 나는 그가 내 말에 대해 곰곰이 생각하게 만들었다. 하지만 침묵이 견디기 힘든 수준에 이르자 나도 모르게 말이 튀어나왔다. "지나친 건 잘못된 거예요."

"뭐가? 네 가족?"

"그것도 그렇죠."

"여름 내내 여기 살면서 혼자 책 읽고 아버지가 고역스럽게 준비한 저녁 식탁을 매번 견뎌야 하는 거 말이야?"

그는 또 나를 놀리고 있었다.

나는 피식 웃었다. 하지만 그걸 뜻하는 것도 아니었다.

그가 잠시 말을 멈추었다.

"우리를 말하는 거겠지."

나는 대답하지 않았다.

"그럼 어디 보자." 그가 갑자기 옆걸음으로 나에게 다가왔다. 너무 가깝다는 생각이 들었다. 꿈에서나 그가 담뱃불을 붙여 줬을 때를 빼고 이렇게 가까운 건 처음이었다. 그가 귀를 조금 가까이 대면 내 심장 뛰는 소리가 들릴 터였다. 소설에서 그런 표현을 보면 믿지 않았는데 지금은 달랐다. 그는 내 얼굴을 똑바로 쳐다보았다. 내 얼굴이 마음에 들어서 살펴보고 싶은 듯, 시선을 오래 머물고 싶은 듯. 그러더니 한 손가락을 내 아랫입술에 대고 왼쪽에서 오른쪽으로, 오른쪽에서 왼쪽으로 만지작거렸다. 몸을 뉘면서 본 그의 미소는 지금 이 순간 돌이킬 수 없는 일이 일어날 거라는 두려움을 일으켰다. 지금 입술을 어루만지는 행동은 허락을 구하는 그만의 방식인 것 같았다. 거절하거나 무슨 말로든 시간을 끌어서 일이 이렇게까지 진전된 것에 대해 생각해 볼 필요가 있었다. 하지만 그럴 시간이 없었다. 그가 내 입술에 입술을 가져왔기 때문이다. 따뜻하고 달래는 듯한 입술. 타협은 하겠지만 내 입술이 얼마나 굶주렸는지 알기 전까지는 더 진하게 키스하지 않겠다는 듯했다. 나도 그처럼 정확히 측정해 가면서 키스할 수 있다면. 하지만 열정은 우리가 계속 숨기도록 내버려 두지 않았다. 모네 언덕의 그 순간, 그 키스 안에서 내 모든 것을 감추고 싶은 만큼 나 자신을 잃어버리고 싶은 마음도 간절했다.

"좀 나아졌어?" 그가 키스 후에 물었다.

대답하지 않고 얼굴을 들어 맹렬하게 키스했다. 열정이 넘쳐서도, 그의 키스가 내 기대에 못 미쳐서도 아니었다. 우리의 키스가 나 자신에 대한 어떤 사실을 확정해 주는지 확신할 수 없어서였다. 생각만큼 키스가 좋았는지조차 확신이 없어서 다시 시험할 필요가 있었다. 너무도 따분한 것들이 내 정신을 흐트러뜨렸다. *너무 심한 부정인가?* 프로이트 추종자라면 그렇게 판단했을지도 모르겠다. 더욱 맹렬한 키스로 의구심을 억눌렀다. 내가 원하는 것은 열정도 쾌락도 아니었다. 어쩌면 증거를 원하지 않는지도 모른다. 말도 필요 없었다. 잡담, 진지한 토론, 자전거 타면서 나누는 대화, 책 이야기 전부 다 필요 없었다. 그저 태양과 풀밭, 때때로 부는 해풍, 그의 가슴과 목과 겨드랑이에서 풍기는 체취만 있으면 된다. 그저 나를 데려가 허물을 벗겨서 오비디우스의 작품에 나오는 인물처럼 완전히 바꿔 주기를 바랐다. 올리버, 당신의 욕망을 담은 사람이 되고 싶어요. 눈가리개를 해 주고 내 손을 잡고서 생각하지 말라고 말해 줄 수 있어요?

어디로 이어질지 몰랐지만 조금씩 그에게 항복했다. 그도 알았으리라. 그가 여전히 거리를 유지한다는 걸 감지할 수 있었다. 얼굴을 맞대고 몸을 포갠 지금조차 내 어떤 행동과 움직임이 순간의 균형을 깨뜨릴지 모른다는 사실을 알고 있었다. 나는 우리의 키스에 속편 따위는 없으리라는 사실을 감지하고 우리의 입술을 떨어뜨리는 시험을 시작해 보았다. 하지만 키스를 끝내려는 단순한 행동은 내가 이 키스가 끝나지 않기를, 그의 혀가 내 입 안에, 내 혀가 그의 입 안에 머물기를 얼마나 간절히 원하는지 깨닫게 만들 뿐이었다. 매번 찬바람으로 안내할 뿐이던 고뇌에 찬 파란만장한 수 주일의 시간 이후 우리는 그저 서로의 입 안에서 마구 움직이는 두 개의 혀가 되었다. 두 개의 혀를 제외하고 나머지는 그저 말에 불과했다. 마침내 한쪽 무릎을 들어 올려 그에게로 움직여서 얼굴을 마주했을 때, 나는 마법의 주문이 깨졌음을 알았다.

"그만 가야겠어."

"아직은 안 돼요."

"우린 이러면 안 돼. 난 나를 알아. 지금까지 우린 처신을 잘해 왔어. 둘 다 수치심을 느낄 만한 행동은 하지 않았다고. 앞으로도 계속 그렇게 하자. 난 좋은 사람이고 싶어."

"그러지 말아요. 난 신경 안 써요. 누가 안다고?"

그가 거절한다면 씻기지 않는 상처가 되리라는 것을 알면서 절박한 심정으로 한 손을 그의 사타구니에 가져갔다. 그는 움직이지 않았다. 곧장 반바지 안으로 손을 집어넣을걸 싶었다. 내 의도를 읽은 게 틀림없는 그가 지극히 침착한 태도로 부드러우면서도 무척 차갑게 자신의 손을 내 손으로 가져갔다. 잠시 그대로 있다가 손가락을 깍지 껴서 내 손을 들어 올렸다.

참을 수 없는 침묵이 내려앉았다.

"기분 나빴어요?"

"그냥 하지 마."

마치 '나중에!'라는 말처럼 들렸다. 몇 주 전 처음 들었을 때처럼 얼얼하고 뭉툭했다. 우리가 방금 나눈 즐거움이나 열정은 조금도 들어 있지 않았다. 그가 손을 내밀어 나를 일으켜 주었다. 그리고 갑자기 얼굴을 찡그렸다.

옆구리에 찰과상을 입었다는 사실이 기억났다.

"감염되지 않게 조심해야겠어."

"이따 약국에 들렀다 가요."

그는 대답하지 않았다. 하지만 그것은 우리가 할 수 있는 가장 정신이 번쩍 드는 말이었다. 침입자 같은 진짜 세상이 우리 삶으로 훅 들어왔다. 안키세스, 자전거 수리, 토마토를 두고 벌이는 실랑이, 레모네이드 잔 아래 아무렇게나 놓아둔 악보 같은 것들. 너무나 멀게만 느껴졌다.

우리는 내 언덕에서 출발해 자전거를 타고 달리며 N을 향해 남쪽으로 가는 관광객용 밴 두 대를 보았다. 정오가 가까워진 게 틀림없었다.

"우리 이제 말하지 말아요." 내가 영원히 끝나지 않는 내리막길을 달리며 말했다. 그와 나의 머리카락이 바람에 날렸다.

"그런 말 하지 마."

"난 알 수 있어요. 그냥 잡담이나 하겠죠. 시시콜콜한 잡담이나. 그게 전부겠죠. 웃긴 건 그래도 난 살 수 있겠죠."

"방금 운율이 딱딱 맞았어."

두 시간 후 점심때 내가 견딜 수 없는 증거를 전부 떠올려 보았다. 디저트를 먹기 전 마팔다가 접시를 치우고 모두의 관심이 야코포네 다 토디에 관한 대화에 쏠려 있을 때 따뜻한 맨발이 내 발을 스쳤다. 아까 언덕에서 그의 발이 상상처럼 부드러운지 확인할 기회를 잡지 못했다는 사실이 떠올랐다. 이제 내게 기회가 주어졌다.

내 발이 어쩌다 그의 발에 닿은 것인지도 모른다. 그 발은 곧바로는 아니지만 이내 물러났다. 흠칫 놀랐다는 인상을 주지 않으려고 일부러 적절한 시간 간격을 기다린 것처럼. 나도 몇 초간 기다렸다가 움직임을 따로 계획하지 않고 그저 발로 다른 발을 찾기 시작했다. 얼마 되지 않았을 때 갑자기 그의 발에 닿았다. 그의 발은 꼼짝도 하지 않았다. 몇 킬로미터나 달아난 것처럼 위장했지만 사실은 불과 몇 십 미터 떨어진 안개 속에 숨어서 기회를 엿보는 해적선처럼. 그의 발을 더듬거리거나 또다시 안전한 거리에 발을 내려놓거나 할 틈도 없이 갑자기 그의 발이 부드럽게 다가오더니 멈추지 않고 계속 문지르기 시작했다. 부드러운 발꿈치로 내 발을 한곳에 잡아 놓은 채 가끔씩 자신의 무게를 얹어 두었다가 재빨리 발가락을 애무하고 달아났다. 그렇게 스릴 넘치는 재미로 하는 행동임을 일러 주었다. 고역 같은 점심시간에 저항하는 그만의 방법이기도 했지만, 지금 이 행동은 다른 사람과 상관 없으며 우리 둘만 알아야 한다는 뜻이기도 했다. 우리 두 사람의 일이지만 지나친 의미를 부여해서는 안 되기 때문이었다. 은밀하고 단호한 애무에 전율이 일었다. 갑자기 현기증이 핑 돌았다. 아니, 난 비명을 지르지 않을 거야. 이건 공황 발작이 아니라 '황홀함'일 뿐이야. 아주 기분 좋고, 특히 그의 아치 모양 발이 내 발에 올라온 게 좋지만 반바지 안에 사정하지는 않을 거야.

디저트 접시를 보니 라즈베리 소스를 흩뿌린 초콜릿 케이크가 놓여 있었다. 누군가 붉은색 소스를 평상시보다 많이 뿌리는가 싶었는데 그 소스가 내 머리 위쪽 천장에서 내려오는 것 같더니 사실은 내 코에서 뿜어져 나온다는 사실을 깨달았다. 나는 기겁하면서 냅킨으로 코를 막고 머리를 최대한 뒤로 젖혔다.

"*Ghiaccio*(얼음), 얼음 좀 주세요, 마팔다. *Per favore, Presto*(제발, 얼른이요)." 전혀 당황하지 않았음을 보여 주기 위해 차분하게 말했다. "오늘 아침 언덕에 올라갔다 왔거든요. 자주 있는 일이에요." 손님들에게도 사과의 말을 전했다.

사람들이 다이닝룸을 급하게 왔다 갔다 하는 소리가 들렸다. 눈을 감았다. 정신 차리자. 속으로 계속 생각했다. 정신 차리자. 몸이 전부 다 드러내게 하지 말자.

"내 잘못이야?" 점심이 끝나고 그가 내 방으로 들어오면서 물었다.

대답하지 않았다. "나 정말 엉망진창이죠?"

그는 아무 대답 없이 미소만 지었다.

"잠깐만 앉아요."

그가 침대 구석 끄트머리에 앉았다. 그는 사냥하다 다친 친구의 병문안을 가기로 되어 있었다.

"괜찮겠어?"

"괜찮을 줄 알았는데. 이겨 낼 거예요." 소설에서 같은 말을 하는 사람을 너무 많이 봤다. 떠나간 연인을 잊어버리고 체면도 살려 주는 말이었다. 속마음이 완전히 드러난 사람에게 존엄성과 용기를 되찾아 주는 말이었다.

"그럼 그만 자." 마치 다정한 간호사 같았다.

그는 나가면서 "어디 안 갈게."라고 했다. 사람들이 '널 위해 불을 켜 둘게.'라고 말하는 식이었다. "잘 있어."

잠들려고 할 때 광장에서 일어난 일, 피아베 전쟁기념비에서 언덕까지 자전거를 타고 올라가기 전 두려움과 수치심으로 잊어버렸던 일들이 되살아났다. 마치 어린 내가 제1차 세계대전이 일어나기 전 자전거를 타고 광장에 올라갔다가 아흔 살의 절름발이 노병으로 돌아와 이 방에 갇힌 듯했다. 내 방은 내 눈의 빛 같은 젊은이에게 주었기에 더 이상 내 것도 아닌 이곳에.

내 눈의 빛, 내 눈의 빛, 당신은 세상의 빛, 내 인생의 빛 같은 사람이에요. 내 눈의 빛 같은 사람이라는 말의 의미를 몰랐고 대체 어디서 튀어나왔는지 의아했지만 말도 안 되는 그런 표현에도 눈물이 나왔다. 그의 베개와 수영복에 눈물을 흘리고 싶었다. 그가 혀끝으로 닦아서 슬픔이 사라지게 만들어 줬으면 했다.

그가 내 발을 만진 이유가 이해되지 않았다. 추파를 던진 걸까? 아니면 다정하고 부드러운 마사지처럼 좋은 의도로 보내는 연대 감이나 동지애의 표시일까? 더 이상 성관계를 맺지는 않지만 친 구로 지내면서 가끔 영화를 보러 가는 연인 사이의 가벼운 쿡 찌르기 같은 걸까? 아니면 아직도 기억나는 그 말, 아무런 결과로 이어지지 않더라도 언제나 우리 사이에 감정이 남아 있을 거라 는 뜻인가?

집을 떠나고 싶었다. 빨리 가을이 되어 먼 곳에 있고 싶었다. 바 보 같은 레 단징과 정신이 멀쩡히 박혀 있다면 아무도 친해지고 싶어 하지 않을 바보 같은 청년이 있는 이곳을 떠나고 싶었다. 항 상 나와 경쟁하는 부모님과 사촌들, 조카들 그리고 불가사의한 학문 프로젝트를 추진하고 내가 사용하는 화장실을 전세 내는 끔 찍한 여름 손님들을 떠나고 싶었다.

그를 다시 보면 어떻게 될까? 또 피를 흘리고 울고 반바지에 사 정할까? 자주 그러듯 한밤중에 레 단징 근처에서 누군가와 한가 로이 걷는 그의 모습을 본다면? 그게 여자가 아니라 남자라면?

그를 피하고 모든 연결점을 하나씩 끊어 내는 법을 배워야 한 다. 신경외과의가 뉴런을 분리하듯 괴로운 희망 사항을 잘라 내 야 한다. 정원에 나가는 것도 염탐하는 짓도 한밤중의 시내 외출 도 그만두고, 중독자가 그러하듯 하루마다 한 시간마다 1분마다 조금씩 끊어야 한다. 할 수 있다. 그와는 미래가 없음을 알고 있었 다. 오늘 밤 그가 정말 내 방을 찾아온다고 해 보자. 아니, 내가 술 몇 잔 마신 뒤 그의 방으로 가서 툭 터놓고 말한다 하자. 올리버,

날 가져요. 누군가 날 가져야만 한다면 차라리 당신인 게 나아요. 아니, 난 당신이길 바라요. 당신 삶의 최악이 되지 않으려고 노력할게요. 다시는 마주치고 싶지 않은 사람과 하듯 그냥 나랑 해 주기만 해요. 낭만과는 거리가 멀지만 난 너무 복잡한 매듭으로 묶여 있어서 고르디우스의 매듭을 끊듯이 단번에 끊어 낼 필요가 있어요. 그러니까 어서요.

그와 관계를 맺고 방으로 돌아가 씻는다. 그리고 이따금씩 그의 발을 건드려 반응을 본다.

내 계획이었다. 그를 내 마음에서 지워 버리는 나만의 방법이 될 터였다. 다들 잘 때까지 기다렸다가 그의 방에 불이 꺼졌는지 살피고 발코니를 통해 들어갈 것이다.

똑똑. 아니, 노크는 하지 말자. 그는 분명히 벌거벗고 잘 테니까. 만약 그가 혼자가 아니라면? 들어가기 전에 발코니에서 귀 기울여 볼 것이다. 방에 누가 있다면 서둘러 물러나기에는 너무 늦을 테니 "이런, 번지수가 틀렸네."라고 할 것이다. 이런, 번지수가 틀렸네. 약간의 경솔한 행동으로 체면을 살리는 거다. 만약 그가 혼자 있다면? 방 안으로 들어갈 것이다. 잠옷 차림으로. 아니, 잠옷 바지만 입고. "나예요."라고 말하면 그가 "여긴 웬일이야?"라고 묻는다. "잠이 안 와서요." "술 한잔 줄까?" "마실 게 필요한 건 아니에요. 여기 들어올 용기를 내려고 이미 충분히 마셨으니까." "그래." "상황을 어렵게 만들지 말아요. 말도 하지 말고 이유도 대지 말고 여차하면 사람을 부르러 갈 것처럼 굴지도 말아요. 난 당신보다 훨씬 어리지만 화재 경보를 울리거나 어머니한테 이른다고 협박한다면 당신만 바보처럼 보일 뿐이에요." 다음 순간 잠옷 바지를 벗고 그의 침대로 들어갈 것이다. 그가 날 만지지 않으면 내가 그를 만지리라. 반응이 없다면 내 입이 그동안 가 보지 못한 곳을 대담하게 가 보도록 만들 것이다. 이 말에 담긴 유머가 재미있었다. 은하계 사이의 감상적 언어. 내 다윗의 별, 그의 다윗의 별, 하나같은 우리의 목, 태곳적부터 함께 한 유대인 남자 둘. 전부 다 통하지 않으면 그냥 덮칠 것이다. 저항하는 그와 엎치락뒤치락하다가 그가 나를 꼼짝 못 하게 눕히면 여자처럼 두 다리로 그를 감싸서 흥분시킬 것이다. 자전거를 타다 넘어져서 다친 옆구리 상처를 아프게 할 수도 있고, 그래도 소용없으면 가장 치욕스러운 행동을 할 수밖에. 내 치욕스러운 행동은 수치심이 내가 아닌 그의 것임을 보여 주겠지. 내가 가슴에 담아 온 진실과 인간다운 친절의 흔적을 그의 이불에 남기고 간다면, 그는 한 청년이 간절하게 원하는 우정을 거절했다는 사실을 떠올릴 것이다. 그걸 거절했으니 죽어서 지옥에 갈 거라고.

만약 그가 나를 좋아하지 않으면? 어둠 속에서는 외모가 중요하지 않다지만…… 만약 그가 전혀 좋아하지 않는다면? 좋아하려고 해 봐야 할 것이다. 그가 정말로 불쾌해하면? 당장 나가, 이역겹고 형편없고 뒤틀린 쓰레기야. 키스는 그 정도까지는 밀어붙여도 된다는 증거였다. 발로 애무한 것은 어떻고? *Amor ch'a null'amato amar perdona*(사랑은 사랑받는 사람을 사랑하게 만든다).

그의 발. 그가 마지막으로 나에게 강렬한 반응을 이끌어 낸 것은 키스가 아니라 엄지로 어깨를 누른 거였다.

아니, 또 있다. 꿈속에서 그가 내 방에 들어와 내 위로 올라왔고 나는 가만히 자는 척했다. 더 솔직히 말하자면 꿈속에서 나는 '가지 말아요. 계속해도 돼요.'라고 암시할 만큼만 몸을 약간 들썩거렸다.

그날 오후 잠에서 깼을 때 요구르트가 무척 먹고 싶었다. 어릴 적 추억이 떠올랐다. 주방으로 가 보니 마팔다가 몇 시간 전에 닦은 자기 그릇을 한가롭게 정리하고 있었다. 그녀도 낮잠을 자다가 방금 일어난 모양이었다. 과일 그릇에 커다란 복숭아가 있어서 껍질을 벗기기 시작했다.

"Faccio io(내가 해 줄게)." 마팔다가 내 손에서 칼을 가져가려고 하면서 말했다.

"됐어요. Faccio da me(내가 할게요)." 그녀가 언짢아하지 않도록 대답했다.

복숭아를 크게 자른 다음 더 작게, 더 작게 잘랐다. 계속 더 작게 자르고 싶었다. 원자가 될 때까지. 테라피인 셈이었다. 다음에는 바나나를 집어 천천히 껍질을 벗기고 최대한 얇게 썰어서 다시 깍둑썰기를 했다. 살구와 배, 대추야자도 썰었다. 냉장고에서 커다란 요구르트 그릇을 꺼내고 믹서에 요구르트와 과일 조각을 함께 부었다. 마지막으로 색깔을 내기 위해 정원에서 따 온 신선한 딸기 몇 알을 준비했다. 믹서 돌아가는 소리가 좋았다.

마팔다에게 익숙한 디저트는 아니었다. 하지만 마팔다는 내가 그녀의 주방에서 아무런 방해도 받지 않고 마음대로 할 수 있게 해 주었다. 마치 상처받은 사람을 달래 주려는 것처럼. 그녀는 발을 본 게 분명했다. 내가 손목을 그으려고 하는 순간 칼을 냅다 빼앗으려는 듯이 그녀의 눈은 시종일관 나를 따라다녔다.

믹서에 간 요구르트와 과일을 커다란 유리잔에 부었다. 다트라도 하듯이 빨대를 꽂아서 파티오로 나갔다. 나가다 거실에 들러서 모네의 작품이 담긴 커다란 그림책을 꺼냈다. 사다리 옆 작은 스툴에 올려놓았다. 그에게 책을 직접 보여 주지 않고 그냥 거기 놔둘 생각이었다. 그가 보면 알 것이다.

파티오에 가 보니 어머니가 S에서 멀리 이곳까지 카드놀이를 하러 온 두 이모와 차를 마시고 있었다. 카드놀이를 같이 할 네 번째 멤버는 곧 도착할 예정이었다. 집 뒤의 차고 쪽에서 이모의 운전기사들이 만프레디와 축구선수에 대해 이야기하는 소리가 들렸다.

요구르트를 들고 파티오 맨 끝으로 가서 등받이가 젖혀지는 긴 의자를 꺼낸 뒤 기다란 난간을 마주 보게 놓고 해가 지기 전 마지막 남은 30분을 즐기기로 했다. 낮이 시들시들해지면서 황혼으로 물들어 가는 모습을 보는 게 좋았다. 사람들이 수영하러 가는 시간도 이맘때였지만 책 읽기에도 좋은 시간이었다.

여유로운 느낌이 좋았다. 고대인들의 말이 맞는지도 모른다. 때로는 피를 흘려도 나쁠 게 없다. 계속 이런 기분이 이어진다면 전주곡과 푸가 두 곡을 연주할지도 모르겠다. 브람스의 환상곡도. 계속 요구르트를 마시면서 한쪽 다리를 옆에 있는 의자에 올려놓았다.

잠시 후에야 내가 꽤 허세 부리는 듯한 행동을 하고 있다는 사실을 깨달았다. 그가 와서 느긋한 내 모습을 봤으면 했다. 오늘 밤 내가 무슨 일을 계획하고 있는지 모를 테지만.

"올리버 집에 있어요?" 어머니 쪽을 보면서 물었다.

"나가지 않았니?"

아무 말도 하지 않았다. "어디 안 갈게."라더니.

잠시 후 마팔다가 빈 유리잔을 치우러 왔다. "*Vuoi un altro di questi*, 이거 또 한 잔 먹을 거야?" 마팔다는 이탈리아 이름은 없고 있다고 해도 관심 밖인 외국 이름을 가진 괴상한 맥주라도 가리키는 듯이 물었다.

"아뇨. 나갈지도 몰라요."

"이 시간에 어딜 가게?" 곧 저녁 먹을 때라는 의미였다. "가뜩이나 점심때 상태도 그랬는데. *Mi preoccupo*, 걱정돼."

"괜찮을 거예요."

"나가는 거 반대야."

"걱정 마세요."

"시뇨라." 마팔다가 어머니에게 지원 요청을 하려는 듯 소리쳤다. 어머니도 좋지 않은 생각이라고 했다.

"그럼 수영하러 갈래요."

밤이 될 때까지 기다리는 것밖에 달리 할 일이 없었다.

해변으로 이어지는 계단을 내려가면서 몇몇 친구와 마주쳤다. 모래밭에서 배구를 한다고 했다. 너도 할래? 아니, 됐어. 나 아팠어. 그들을 뒤로하고 커다란 바위로 향했다. 잠시 동안 가만히 바위를 쳐다보다가 바다를 내려다보았다. 모네의 그림처럼 바다가 수면의 잔물결에 비친 한 줄기 햇살을 나를 향해 직접 조준하는 듯했다. 미지근한 물로 들어갔다. 불행하지 않았다. 누군가와 함께이고 싶었다. 하지만 혼자라는 사실이 괴롭지는 않았다.

누군가의 도움으로 나온 게 분명한 비미니는 내가 아팠다는 말을 들었다고 했다. "우리 둘 다 아프네." 비미니가 말문을 열었다.

"올리버 어디 있는지 알아?"

"몰라. 안키세스랑 낚시하러 간 줄 알았는데."

"안키세스하고? 미쳤어! 저번에 죽을 뻔하고서!"

아무런 대답이 없었다. 비미니가 석양을 바라보다가 눈길을 돌렸다.

"올리버 좋아하지?"

"그래."

"올리버도 오빠를 좋아해. 오빠보다 더."

"네 생각이야?"

"아니, 올리버의 생각이야."

"언제 말한 건데?"

"얼마 전에."

우리 사이에 대화가 거의 끊겼던 때와 일치했다. 어머니조차 그 주에 나를 따로 불러서 카우보이한테 예의 바르게 대하라고 말했다. 한집에 있으면서 형식적인 인사조차 안 하는 것은 좋지 않다고.

"올리버 말이 맞는 것 같아." 비미니가 진지하게 말했다.

나는 어깨를 으쓱했다. 하지만 이토록 강력한 모순에 맞닥뜨리기는 난생처음이었다. 고통스러웠다. 분노 같은 것이 안에서 넘쳐흘렀다. 마음을 진정하고 눈앞에 펼쳐진 일몰을 생각하려고 했다. 거짓말탐지기 검사를 앞둔 사람들이 초조함을 숨기기 위해 고요하고 잔잔한 풍경을 떠올린다는 사실을 기억하려고 했다. 하지만 다른 생각도 하려고 애썼다. 오늘 밤과 관련된 생각을 건드려 소진시키고 싶지 않았기 때문이다. 그가 거절할 수도 있고 우리 집을 나갈 수도 있다. 사람들이 이유를 캐물으면 사실대로 말할 수도 있고. 내가 생각할 수 있는 건 여기까지였다.

끔찍한 생각이 나를 사로잡았다. 지금 이 순간, 그가 그동안 친해진 시내 사람들이나 저녁 식사에 초대하려고 애쓴 사람들 중 누군가에게 나랑 시내로 자전거를 타고 나갔다가 생긴 일을 털어놓거나 암시한다면? 내가 그라면 과연 그런 비밀을 지킬 수 있을까? 아니다.

하지만 그는 내가 원하는 것이 주어졌다가 자연스럽게 도로 사라질 수도 있음을 알려 주었다. 담배 한 보루를 사거나 대마초를 돌려 피우거나 늦은 밤 광장 뒤에 있는 여자들 중 한 명과 가격을 흥정하고 2층으로 올라갔다 몇 분 후에 나오는 것처럼 전혀 복잡하지 않은 행동인데 무엇 때문에 절망적인 고뇌와 수치심이 필요한지 의아할 정도로 자연스러운 일이라고 말이다.

수영을 끝내고 돌아갔을 때도 그의 흔적을 찾아볼 수 없었다. 아니, 그는 아직 돌아오지 않았다. 그의 자전거는 정오 전 우리가 놓아둔 곳에 그대로 있었다. 안키세스도 벌써 몇 시간 전에 돌아왔다. 내 방에서 발코니를 통해 그의 방 프렌치 창으로 들어가려고 해 보았다. 하지만 닫혀 있었다. 유리문을 통해 보이는 것이라 곤 그가 점심때 입은 반바지뿐이었다.

기억하려고 애썼다. 점심때 내 방으로 와서 어디 안 간다고 했을 때 그는 수영복을 입고 있었다. 혹시 보트를 타고 나갔을까 싶어 보트가 보이기를 바라며 발코니에서 바다 쪽을 쳐다보았지만 보트는 우리 부두에 묶여 있었다.

아래층으로 내려가니 아버지가 프랑스에서 온 기자와 칵테일을 마시고 있었다.

"연주 좀 하지 그러니?"

"*Non mi va*, 그럴 기분이 아니에요."

"*E perché non ti va*(왜 그럴 기분이 아닌데)?" 내 말투를 문제 삼는 듯한 질문이었다.

"*Perché non mi va*(그냥 그래요)!" 별일 아니라는 듯 쏘아붙였다.

오전에 가장 큰 장벽을 넘었으니 이제 마음속에 있는 사소한 부분까지 드러낼 수 있는 것처럼 느껴졌다.

아버지는 나도 와인 한잔 하는 게 좋겠다고 했다.

마팔다가 저녁 준비를 끝냈다고 알려 왔다.

"저녁 먹기엔 이른 시간 아니에요?" 내가 물었다.

"8시가 넘었어."

어머니는 차를 몰고 온 친구들 중 한 명이 떠날 시간이 되어 배웅하러 나갔다.

프랑스 남자가 안락의자 끄트머리에 걸치듯 앉아 있어서 다행스러웠다. 그는 다이닝룸을 안내받을 때를 대비해 당장이라도 일어설 태세였지만 어쨌든 꼼짝없이 앉아 있었다. 두 손으로 텅 빈 잔을 들고서 아버지를 자리에 계속 앉아 있게 만들었다. 다가오는 오페라 시즌에 대해 어떻게 생각하느냐는 아버지의 질문에 답을 해 놓고도 말이다.

저녁 식사는 10분가량 미뤄졌다. 올리버가 저녁 시간에 늦는다면 식사를 함께 하지 않을 거라는 의미였다. 다른 곳에서 저녁을 먹는다는 뜻이기도 했다. 오늘 그가 우리 집이 아닌 다른 곳에서 저녁을 먹는 게 싫었다.

"*Noi ci mettiamo a tavola*, 가서 앉죠." 어머니가 권했다.

어머니는 나더러 옆에 앉으라고 했다.

올리버의 자리가 비어 있었다. 어머니는 저녁 시간에 맞춰 돌아오지 않을 거면 적어도 미리 알려 줘야 하는 거 아니냐고 투덜거렸다.

아버지는 이번에도 보트 때문일지 모른다고 했다. 보트를 완전히 분해해 버려야 한다고.

하지만 보트는 아래층에 있다고 내가 말했다.

"그럼 번역가를 만나러 간 모양이네. 오늘 저녁에 올리버가 번역가를 만나야 한다고 나한테 말한 사람이 누구였지?" 어머니가 물었다.

불안한 기색도 신경 쓰는 모습도 보이지 않고 침착해야 한다고 생각했다. 또 코피를 쏟고 싶지 않았다. 하지만 대화를 나누기 전과 후에 자전거를 끌고 광장을 걸었던 천국처럼 느껴지는 그 시간은 다른 시간의 조각이었다. 비록 지금의 내 생애와 크게 다르지 않지만 나른 생애의 다른 나에게 일어난 일이고, 우리가 떨어진 단 몇 초가 몇 광년처럼 생각될 만큼 멀게만 느껴졌다. 내가 바닥에 발을 내려놓고 식탁 아래에 그의 발이 있는 것처럼 행동한다면, 그 발은 마치 투명 망토 장치가 작동되는 우주선처럼, 산 자가 불러낸 유령처럼 갑자기 형체가 생겨서 "날 손짓해 불렀지? 다가오면 날 찾을 수 있지."라고 말할 것만 같았다.

잠시 후 뒤늦게 저녁을 먹고 가기로 결정한 어머니의 친구가 점심때 내가 앉은 자리에 안내받았다. 올리버를 위한 테이블 세팅이 치워졌다.

조금의 유감이나 죄책감도 없이 곧바로 치워져 나갔다. 불 나간 전구를 빼 버리거나, 한때 반려동물이었던 양을 도축하여 내장을 긁어내거나, 누군가 임종을 맞이한 침대에서 시트와 이불을 걷어 내거나 하는 것처럼. 전에 있던 것은 치워 버리고 새것으로 교체한다. 그의 은색 식기와 테이블 매트, 냅킨, 그의 존재가 사라지는 모습을 지켜보았다. 한 달도 남지 않은 그날 이후에 벌어질 일의 전조였다. 나는 마팔다를 쳐다보지 않았다. 마팔다는 식사가 끝날 즈음 테이블에 변화가 생기는 것을 싫어했다. 그녀는 올리버와 어머니, 우리 세상을 이해하지 못하겠다는 듯 고개를 저었다. 어쩌면 나도. 마팔다를 쳐다보지 않아도 그녀의 눈이 내 얼굴을 훑으며 시선을 맞추려 한다는 것을 알 수 있었다. 그래서 좋아하는 *세미프레도*(semifreddo, 아이스크림 비슷한 이탈리아 디저트—옮긴이)에서 눈을 떼지 않았다. 마팔다는 내가 그것을 좋아한다는 사실을 알고 나를 위해 거기에 놓은 것이다. 꾸짖는 듯한 표정으로 내 시선을 하나하나 추적했지만 그녀는 알고 있었다. 자신이 나를 측은해한다는 사실을 내가 안다는 것을.

그날 밤 피아노로 뭔가를 연주하는데 밖에서 스쿠터 비슷한 소리를 들었던 생각에 심장이 마구 두근거렸다. 누군가 그를 태워다 준 것이다. 하지만 내 착각일 수도 있었다. 그의 발자국 소리가 들리는지 안간힘을 쓰며 귀를 기울였다. 발바닥에 닿는 자갈 소리부터 발코니로 이어지는 계단을 오를 때 그의 에스파듀에서 나는 숨죽인 펄럭임 소리까지. 하지만 아무도 집 안으로 들어오지 않았다.

한참, 아주 한참 후, 침대에 누워 있는데 소나무 골목길 너머 큰길에 멈춘 차 안에서 들려오는 음악 소리가 났다. 문이 열리고 쾅 닫혔다. 자동차가 출발하는 소리, 음악 소리가 희미해졌다. 깊은 생각에 잠겼거나 약간 취했을 뿐인 사람의 느릿한 발걸음에 부드럽게 자갈 쓸리는 소리와 파도 소리만 들려왔다.

그가 방으로 가다가 내 방에 들르면 어쩌지. 혹시라도 "들어가기 전에 네가 어떤지 한번 보려고 왔어. 괜찮아?" 하고 물으면?

답이 없다.

화났니?

답이 없다.

화났어?

아뇨, 전혀. 어디 안 간다고 했잖아요.

화난 게 맞는군.

왜 나간 거예요?

그는 어른이 어른을 보듯 나를 본다. *왜인지 너도 잘 알잖아.*

당신이 날 좋아하지 않기 때문이죠.

아니.

당신이 날 좋아한 적이 결코 없었기 때문이에요.

아니. 난 너한테 좋은 사람이 아니기 때문이야.

침묵.

내 말을 믿어. 그냥 믿어.

내가 이불깃 한쪽을 든다.

그는 고개를 젓는다.

잠깐도 안 돼요?

또다시 고개를 젓는다. *난 나를 알아.*

그가 저렇게 말하는 걸 예전에도 들은 적이 있다. '*죽도록 원하지만 시작하면 참을 수 없을지도 모르니 아예 시작하지 않겠다*'는 뜻이다. 자신을 아니까 만지지 말라고 할 정도로 침착한 사람이 세상에 어디 있단 말인가.

나랑 아무것도 하지 않을 거면 책은 읽어 줄 수 있어요?

그걸로 만족할 수 있다. 그가 나에게 책을 읽어 주었으면 했다. 체호프나 고골리나 캐서린 맨스필드의 책으로. 올리버, 옷 벗고 침대로 들어와요. 당신의 피부와 체취, 머리카락이 내 살갗에 닿게 해 줘요. 당신 발을 내 발에 올려놔요. 아무것도 하지 않을 거지만 당신과 나, 가까이 누워 있어요. 온 하늘에 밤이 퍼지면 책을 읽어 줘요. 항상 혼자 남으면서도 혼자인 걸 싫어하는 불안한 사람들의 이야기를. 그들이 혼자인 이유는⋯⋯.

배신자. 그의 방문이 끽 하고 열렸다 닫히는 소리가 들리기를 기다리면서 생각했다. 배신자. 우리는 얼마나 쉽게 잊어버리는가. 어디 안 갈게. 물론 그렇겠지. 거짓말쟁이.

나 역시 배신자라는 사실을 그때는 알지 못했다. 해변 가까이 있는 집에서 오늘 밤 나를 기다리는 소녀가 있었다. 그녀는 이제 매일 밤 나를 기다리는데 나는 올리버와 마찬가지로 그녀에 대해 조금도 생각하지 않았다.

층계참에 닿는 그의 발자국 소리가 들렸다. 나는 일부러 방문을 살짝 열어 놓았다. 현관의 불빛이 새어 들어와 내 몸을 비춰 주기를 바라면서. 얼굴은 벽을 향했다. 그에게 달린 일이었다. 하지만 그는 내 방을 지나쳐 갔다. 멈추지 않았다. 조금의 망설임도 없었다.

그의 방문이 닫히는 소리가 들렸다.

몇 분도 되지 않아 그가 방문을 다시 열었다. 심장이 쿵 하고 내려앉았다. 나는 땀을 흘리고 있었다. 시트의 축축함이 느껴질 정도였다. 몇 걸음 더 걷는 소리가 들렸다. 욕실 문이 닫혔다. 그가 샤워기를 튼다면 섹스를 하고 왔다는 뜻이었다. 욕조 소리가 들리더니 샤워기가 돌아갔다. 배신자. 배신자.

그가 샤워를 끝내고 나오기를 기다렸다. 하지만 좀처럼 끝나지 않았다.

기다리다 못해 복도로 엿보러 나가려고 몸을 돌렸다가 방 안이 완전히 캄캄하다는 사실을 깨달았다. 열어 놓은 방문이 닫혀 있었다. 누가 방 안에 들어온 건가? 그의 로저&갈렛 샴푸 냄새를 알

이불 수 있었다. 내가 팔을 들면 그의 얼굴을 만질 수 있을 정도로 가까웠다. 그가 내 방에 있었다. 어둠 속에서 미동도 없이 서 있었다. 나를 깨울지, 어둠 속에서 내 침대를 찾아 들어올지 결정하려는 것처럼. 아, 아름다운 밤이여. 정말 축복할 만한 밤이었다. 나는 한마디도 입 밖에 내지 않고 그가 사용한 후 내가 수없이 입은 목욕 가운의 실루엣을 찾으려고 애썼다. 목욕 가운의 벨트가 매우 가까이 있었다. 그가 가운을 바닥으로 떨어뜨릴 준비를 하고 내 뺨을 부드럽게 어루만졌다. 맨발로 들어온 건가? 방문을 잠갔나? 나만큼 흥분한 상태인가? 그의 물건이 이미 단단히 발기해서 가운을 밀어내고 있나? 그래서 벨트가 내 얼굴을 간질이려는 건가? 일부러 내 얼굴을 간질이는 건가? 멈추지 말아요, 멈추지 말아요, 절대로 멈추지 말아요. 아무런 경고도 없이 문이 열리기 시작했다. 왜 지금 문을 여는 거야?

그냥 찬바람에 문이 닫힌 거였다. 이제 찬바람은 문을 밀치려고 했다. 얼굴을 간질이던 목욕 가운의 벨트는 숨 쉴 때마다 내 얼굴을 문지르는 모기장일 뿐이었다. 밖에서 욕실 물소리가 들렸다. 그가 목욕하러 들어간 지 몇 시간이나 지난 것 같았다. 샤워기 소리가 아니라 변기 물 내려가는 소리였다. 저 변기는 가끔 제대로 작동하지 않을 때가 있어서 넘치기 직전에 저절로 물을 내렸다가 채우고 또 비우고를 밤새도록 반복한다. 발코니로 나가니 바다의 옅은 하늘색 윤곽이 보였다. 이미 새벽이 되었음을 알 수 있었다.

한 시간 후에 다시 일어났다.

아침 식탁에서는 늘 그렇듯이 그를 아는 체도 하지 않았다.

가장 먼저 입을 연 사람은 어머니였다. "*Ma guardi un po' quant' è pallido*, 왜 그렇게 수척해 보여요?" 어머니는 엄포를 놓는 듯한 말투지만 올리버한테 말할 때는 항상 형식적인 호칭을 사용했다.

아버지는 잠깐 고개를 들었다 다시 신문을 읽었다. "어젯밤 제발 큰돈을 땄기를 신에게 기도했다네. 그러지 않으면 자네 아버지한테 연락해야 할 테니까."

올리버는 티스푼으로 반숙 달걀을 톡톡 두드려 깨뜨렸다. 아직도 서툴렀다. "프로, 난 절대로 잃는 법이 없어요." 그는 아버지가 신문을 보고 이야기하듯 달걀을 보고 이야기했다.

"아버지한테 허락은 받은 거야?"

"저 혼자 힘으로 살아가는데요. 고등학교 때부터 자립한걸요. 아버지가 반대하실 리 없죠."

나는 그가 부러웠다.

"어제 술 많이 마셨어?"

"술도 그렇고…… 다른 것도요." 이번에는 빵에 버터를 바르고 있었다.

"그게 뭔지 굳이 알고 싶진 않군."

"아버지도 마찬가지예요. 솔직히 말씀드리면 아버지가 어떻게 생각하는지는 굳이 기억하려고 하지 않아요."

나를 위한 일인가? 우리 둘 사이에는 아무 일도 일어나지 않을 거고 내 멍청한 머리가 빨리 잊어버릴수록 우리 둘 다에게 좋으니까.

아니면 사악한 가식인가?

나는 자신의 나쁜 행동에 대해 인연을 끊을 수 없으니 그냥 참고 견뎌야 하는 먼 친척이라도 되는 양 이야기하는 사람들이 존경스러웠다. '술도 그렇고 다른 것도요'나 '굳이 기억하려고 하지 않아요'라는 올리버의 말은 '난 나를 잘 알아'처럼 내가 아닌 다른 사람들만 접근할 수 있는 영역이라는 것을 암시했다. 그때는 언젠가 나도 그런 말을 하는 날이 오기를 얼마나 간절히 바랐던가. 영광으로 가득한 아침에 지난밤 일은 굳이 기억하고 싶지 않다고 말할 수 있기를. 그가 샤워하게 만든 '다른 것'이 뭔지 궁금했다. 기운을 차리려고 샤워했나요? 아니면 잊어버리기 위해, 지난밤의 음란함과 타락을 씻어 내기 위해 샤워했나요? 아, 일단 애석한 듯 자신의 악행에 대해 선포하고 마팔다가 관절염 걸린 손으로 준비해 준 신선한 살구주스로 전부 다 씻어 버린 뒤 소리 내어 입맛을 다시려고 그랬는지도 모르겠군요!

"딴 돈은 저축하나?"

"저축도 하고 투자도 하죠, 프로."

"나도 자네만 할 때 그런 머리가 있었다면 좋았을걸. 잘못된 방향을 피할 수 있었을 텐데."

"잘못된 방향이라고요? 프로, 솔직히 전 당신이 잘못된 방향으로 들어서는 게 상상조차 안 되네요."

"그건 자네가 나를 한 인간이 아니라 한 유형으로 보기 때문이지. 아니, 더 끔찍한 건 늙은 유형이라는 거야. 어쨌든 잘못된 길이 맞아. 누구나 *traviamento*(탈선)의 시기를 거치거든. 삶에서 다른 방향, 즉 다른 via(길)를 선택할 때가 있지. 단테도 그랬잖아. 어떤 사람은 회복되고, 회복된 척하는 사람도 있고, 영영 돌아오지 못하기도 해. 시작하기도 전에 꽁무니 빼는 사람도 있고, 혹은 방향을 선택하는 것 자체가 두려워서 평생 잘못된 삶을 사는 사람도 있어."

어머니가 노랫가락처럼 들리는 한숨을 내쉬었다. 기분 좋은 시간이 아버지의 즉석 설교로 이어질 수도 있음을 경고하는 어머니만의 방법이었다.

올리버는 달걀을 또 하나 깨려고 했다. 다크서클이 심해서 정말로 수척해 보였다.

"탈선이 올바른 길을 알려 줄 때도 있죠, 프로. 좋은 길일 때도 있고요."

이쯤 되어 이미 담배를 피우기 시작한 아버지는 깊은 생각에 잠긴 채 고개를 끄덕였다. 전문 지식이 부족한 주제인 경우, 잘 아는 사람들이 대화를 이끌어 가게 해 줄 의향이 있음을 보여 주는 아버지만의 방법이었다.

"난 자네 나이 때 아무것도 몰랐어. 요즘은 다들 모르는 게 없지. 그래서 다들 말, 말, 말뿐이지."

"올리버한테 필요한 건 잠, 잠, 잠일 거예요."

"시뇨라 P, 약속드립니다. 오늘 밤에는 포커도 술도 하지 않고 깨끗한 옷차림으로 원고 작업을 하겠습니다. 저녁을 먹고 나면 다 같이 TV도 보고 카나스타(canasta, 카드놀이의 일종—옮긴이)도 하죠. 리틀이탈리아의 노인들처럼요. 하지만 그 전에……." 그가 약간 자기만족 같은 웃음을 띠고 덧붙였다. "잠깐 밀라니한테 다녀와야 합니다. 하지만 오늘 저녁에는 리비에라에서 가장 얌전한 소년이 되겠다고 약속드리죠."

그는 말대로 했다. 잠깐 B에 다녀온 뒤 하루 종일 '청정한' 올리버로 있었다. 비미니 또래의 어린아이 같았다. 비미니처럼 솔직하지만 가시 돋친 말은 없었다. 그리고 꽃 가게에서 거대한 꽃다발을 배달시켰다. 어머니는 "제정신이 아니야."라고 말했다. 점심 식사 후에는 낮잠을 자겠다고 했다. 우리 집에 머무르는 동안 그가 낮잠을 잔 건 이게 처음이자 마지막이었다. 그는 실제로 낮잠을 잤다. 오후 5시경에 일어났을 때 갑자기 10년은 젊어진 것처럼 팔팔해 보였기 때문이다. 혈색 좋은 뺨, 피로가 풀린 눈동자에 다크서클도 사라졌다. 나랑 동갑이라고 해도 믿을 정도였다. 약속대로 우리는 그날 밤 다 같이 둘러앉아(다른 여름 손님은 없었다) TV에서 나오는 로맨스 영화를 보았다. 집 안 여기저기를 돌아다니는 비미니와 거실 문 가까이 자기 '자리'에 앉은 마팔다를 포함한 모두가 장면장면마다 의견을 말하고 결말을 예측하고 바보 같은 줄거리와 배우, 캐릭터에 분노하고 조롱하며 즐거운 시간을 보냈다. 네가 저 여자라면 어떻게 할래? 나라면 남자를 떠났을 거야. 마팔다는 어쩔 거예요? 여자가 처음부터 남자를 받아 줬어야 해요. 미적거리지 말고. 내 말이 그 말이에요! 저 여자는 당해도 싸다니까.

이런 분위기가 딱 한 번 깨진 적이 있는데 미국에서 전화가 걸려 왔을 때였다. 올리버는 약간 퉁명스러울 만큼 극도로 짧게 통화했다. 역시나 *"나중에!"* 라고 말하더니 금세 전화를 끊고 돌아와서 자신이 놓친 장면에 대해 물었다. 그는 무슨 전화였는지 아무 말도 하지 않았고 우리 역시 묻지 않았다. 그가 자리를 비운 동안 무슨 장면이 나왔는지 너도나도 말해 주려고 했다. 특히 아버지의 설명은 마팔다의 설명에 비해 정확하지 않았다. 그 바람에 시끄러워져서 우리는 올리버가 짧은 전화 통화로 놓친 것보다 더 많은 부분을 놓쳐 버렸다. 내내 웃음이 멈추지 않았다. 우리가 중요한 순간에 몰입하고 있을 때 안키세스가 들어와서 둘둘 말린 흠뻑 젖은 낡은 티셔츠를 펴고 그날 잡은 물고기를 내놓았다. 엄청나게 큰 농어였다. 다음 날 점심과 저녁에 원하는 사람을 다 불러서 함께 먹자고 곧바로 결정했다. 아버지는 모두에게 그라파를 조금씩 따라 주라고 했다. 비미니에게도 몇 방울 주었다.

그날 밤은 모두 일찍 잠자리에 들었다. 하루 일과를 마치고 기진맥진해지는 것은 으레 있는 일이었다. 나도 곤히 잤는지 다음 날 일어나 보니 벌써 아침 식탁을 치우고 있었다.

잔디밭에 누워 있는 그를 보았다. 왼쪽에는 사전이, 가슴 바로 아래에는 노란색 노트가 있었다. 그가 수척한 얼굴이거나 어제 같은 기분이기를 바랐다. 하지만 그는 이미 열심히 작업하는 중이었다. 침묵을 깨기가 어색했다. 습관대로 못 본 척하고 싶었지만 이제는 그러기가 어려웠다. 이틀 전 그가 그동안 내 연기를 꿰뚫어 봤다고 했으니 더더욱.

다시 말을 하지 않는 상황에서 서로 속마음을 숨긴다는 사실을 일면 우리 사이가 바뀔 수 있을까?

아마도 아닐 것이다. 오히려 더 힘들어질 수도 있다. 나나 그나 서로가 이미 고백한 일을 없었던 일로 할 만큼 멍청하다고 믿기는 어려울 테니까. 하지만 나는 참을 수 없었다.

"어젯밤에 기다렸어요." 귀가가 엄청 늦은 아버지를 나무라는 어머니 같았다. 내가 그런 짜증도 부릴 수 있는지 몰랐다.

"왜 시내로 오지 않았어?" 그의 대답이었다.

"몰라요."

"어제 재미있었는데. 너도 왔으면 분명 재미있었을 거야. 좀 쉬긴 했어?"

"한편으로는요. 제대로 쉬지 못했지만 괜찮아요."

그는 방금 전까지 읽던 페이지를 다시 보면서 입을 뻥긋거리며 읽어 내려갔다. 페이지에 집중하고 있다는 사실을 보여 주려는 것인지도 모른다.

"오늘 오전에 시내 나갈 거예요?"

방해하는 나 자신이 싫었다.

"나중에, 아마도."

눈치를 채야만 하는 상황이고 실제로도 알아들었다. 하지만 사람 마음이 그렇게 쉽게 바뀌지 않는다는 사실을 믿고 싶었다.

"나도 시내에 가려고 했어요."

"그렇군."

"주문한 책이 드디어 도착했거든요. 오전에 서점으로 찾으러 갈 거예요."

"무슨 책인데?"

"《아르망스(Armance, 스탕달의 첫 장편 소설—옮긴이)》요."

"원한다면 내가 찾아다 주지."

나는 그를 쳐다보았다. 온갖 간접적인 애원과 암시에도 장난감 가게에 데려가 주겠다는 약속을 기억하지 못하는 부모님을 바라보는 어린아이가 된 기분이었다. 빙빙 돌려서 말할 필요가 없었다.

"같이 갔으면 좋겠다는 말이었어요."

"지난번처럼 말인가?" 그는 내가 차마 할 수 없는 말을 입 밖에 내도록 도와주려는 듯이 덧붙였다. 하지만 그날에 대해 잊어버린 척하는 그의 행동은 상황을 간단하게 해 주지 않았다.

"우리가 두번 다시는 그런 일을 안 할 거라고 생각해요." 최대한 고결하고 신중하게 말하려고 했지만 소용없었다. "아무튼 지난번처럼 같이요." 내 말에는 모호함도 담겨 있었다.

극도로 내성적인 소년인 내가 용기 내어 그런 말을 할 수 있었던 까닭은 바로 이틀, 어쩌면 사흘 연속으로 이어진 꿈 때문이었을 것이다. 꿈에서 그는 "네가 멈춘다면 난 괴로워 죽을 거야."라며 애원했다. 어떤 상황에서 나온 말인지 기억나는 듯했지만 너무 당황스러워서 스스로 인정하는 것조차 망설여졌다. 그래서 망토를 덮어 놓고 은밀하고 짧게 엿보기만 했다.

"그날은 다른 시간 차원에 속해요. 문제의 소지가 없도록……."

올리버는 조용히 듣고 있었다.

"지혜의 목소리는 너의 가장 큰 매력이지." 마침내 그가 노트에서 얼굴을 떼고 나를 똑바로 쳐다보았다. 엄청나게 불안했다. "내가 그렇게 좋아, 엘리오?"

"당신을 좋아하냐고요?" 믿어지지 않는다는 것처럼 들리기를 바랐다. 어떻게 그걸 의심할 수 있느냐는 듯이. 그래도 어조를 부드럽게 낮춰서 '당연하죠'를 '그럴 수도요'라고 의미심장하게 얼버무리며 대답하기로 생각을 바꿨다. 하지만 혀가 풀려 버렸다. "당신을 좋아하냐고요, 올리버? 난 당신을 숭배해요." 말해 버렸다. 그가 깜짝 놀라서 뺨을 맞은 것처럼 느끼기를 바랐다. 그 뺨에 곧바로 나른한 애무가 이어지도록. 숭배하는데 좋아한다는 말이 다 뭐란 말인가. 또한 내가 사용한 숭배한다는 동사에 설득의 녹아웃 펀치가 들어 있기를 바랐다. 나를 좋아하는 상대방에게 직접 듣는 게 아니라 가장 친한 친구가 '00가 널 숭배해'라고 말해 주는 것처럼 말이다. '숭배'는 그 어떤 말보다 많은 것을 말해 주는 듯했다. 하지만 내가 생각해 낼 수 있는 가장 안전하고 어두컴컴한 표현이었다. 가슴에 있는 말을 끄집어내는 동시에 도가 지나쳤을 경우를 대비해 곧장 물러날 수 있는 구멍을 찾은 나 자신이 자랑스러웠다.

"B까지 같이 가지. 하지만 말은 안 하는 거야."

"말은 안 하는 거예요. 아무것도. 한마디도."

"30분 후 자전거 가지러 가는 게 어때?"

오, 올리버. 주방으로 간단하게 먹을 것을 가지러 가면서 생각했다. 당신을 위해서라면 뭐든지 할 거예요. 같이 자전거로 언덕을 오르고 시내까지 달려갈 거고 언덕에 이르러 바다를 가리키지도 않으며 당신이 번역가를 만나는 동안 광장의 바에서 기다릴 거예요. 피아베에서 죽은 이름 모를 병사의 기념비를 어루만질 거고 당신에게 한마디도 안 할 거예요. 서점으로 당신을 안내하고 서점 밖에 자전거를 세워 놓은 뒤 같이 들어가고 같이 나올 거예요. 약속해요. 약속해요. 약속해요. 셸리나 모네를 언급하지도 않고 몸을 굽혀 이틀 전 당신이 내 영혼에 나이테를 더했다는 말도 하지 않을 거예요.

그와의 외출을 그냥 있는 그대로 즐기겠다고 계속 생각했다. 우리는 자전거를 타고 이동하는 두 젊은이다. 시내에 다녀와 수영과 테니스를 하고 먹고 마시고 밤에는 광장에서 마주칠 것이다. 이틀 전 그렇게 많은 말이 오갔지만 사실은 아무 말도 없었던 바로 그 광장에서. 그도 여자와 함께일 거고 나도 여자와 함께일 거다. 우리는 행복하기도 할 것이다. 내가 망치지만 않는다면 매일같이 시내에 나갔다 올 수도 있다. 그가 해 줄 수 있는 게 그뿐이라고 해도 받아들일 생각이다. 성에 차지도 않고 너무나 익숙한 상처를 안고 살아가야 한다는 뜻이라고 해도.

우리는 그날 오전 자전거를 타고 시내에 갔다. 그와 번역가의 볼일은 금세 끝났고 바에서 급하게 커피를 한 잔 마셨지만 아직 서점 문을 열기 전이었다. 우리는 광장에 있었다. 나는 전쟁기념비를 쳐다보고 그는 작은 반점이 퍼진 만의 풍경을 내다보았다. 그도 나도 시내에서 내내 그림자처럼 따라오며 햄릿의 아버지보다 더 크게 손짓한 셸리의 망령에 대해 말하지 않았다. 그의 입에서 자신도 모르게 저런 바다에서 어떻게 익사할 수 있는지 모르겠다는 말이 튀어나왔다. 나는 곧바로 미소 지었다. 말하지 않기로 한 약속을 번복하려는 그의 시도가 보였기 때문이다. 그 순간 두 사람의 얼굴에 미소가 피어났다. 서로의 알몸을 더듬을 수 없도록 일부러 타는 듯한 붉은 사막을 한가운데 놓고 이야기를 나누다 자신들도 모르게 서로의 입술로 다가가 뜨겁고 축축한 키스를 나누는 것 같았다.

"그 얘기는 안 하기로……." 내가 말을 시작했다.

"알아. 말 안 하기로 했지."

우리는 다시 서점으로 걸어가서 밖에 자전거를 세워 두고 들어갔다.

특별한 시간처럼 느껴졌다. 나만의 예배실이나 비밀 장소, 모네의 언덕처럼 타인을 꿈꾸기 위해 혼자 찾는 장소를 상대방에게 보여 주는 기분이었다. 당신이 내 인생에 들어오기 전에 내가 당신을 꿈꾸던 곳이라고.

그가 서점에서 보인 태도가 마음에 들었다. 호기심은 있지만 전적으로 집중하지는 않고 흥미는 있지만 차분하며 '와, 이런 것도 있어'와 '어떻게 서점에 00도 없을 수가 있어!'의 태도를 오갔다.

서점 주인은 스탕달의 《아르망스》 두 권을 내놓았다. 하나는 문고본이고 하나는 비싼 양장본이었다. 충동적으로 둘 다 구입하고 아버지 이름으로 달아 놓았다. 직원에게 펜을 빌려서 양장본을 펼치고 적었다. "*Zwischen Immer und Nie, 침묵 속에서 당신에게. 1980년대 중반 이탈리아 어딘가에서.*"

세월이 흘러 그가 여전히 이 책을 가지고 있다면 보고 가슴 아프기를 바랐다. 그보다는 언젠가 그의 책을 살펴보던 누군가가 이 작은 《아르망스》를 발견하고 *1980년대 이탈리아 어딘가에서 누가 침묵 속에서 쓴 글인지* 물어본다면 더 좋을 것 같았다. 그때 그가 울컥 슬픔을 느끼거나 후회보다는 더 강렬한 감정을 느꼈으면 했다. 어쩌면 나에 대한 연민이라도. 그날 서점에서 나라도 연민을 느꼈을 테니까. 그가 줄 수 있는 게 연민뿐이라면, 연민으로 그가 나를 한 팔로 감싸게 만들 수 있다면, 밀려드는 연민과 애석함 속에 오래전부터 시작된 모호하고 에로틱한 암류가 맴돌고 있다면, 그날 아침 모네의 언덕에서 내가 한 키스를 기억해 주었으면 했다. 내가 첫 번째가 아니라 두 번째로 키스했을 때 그의 입 안에 침을 넣었던 것을 기억해 주기를. 내 것과 그의 것이 섞이기를 아주 간절히 원했기에.

그는 그해 받은 선물 중에서 최고라고 좋아했다. 나는 형식적인 감사를 그냥 넘기려고 어깨를 으쓱했다. 어쩌면 다시 말해 주기를 바랐는지도 모른다.

"다행이네요. 오늘 일 고맙다는 마음을 전하고 싶었어요." 그가 끼어들 생각을 하기도 전에 덧붙였다. "알아요. 말 안 하기로 한 거. 영원히."

우리는 내리막길에서 나만의 장소를 지나쳤다. 마치 내 마음에서 사라진 것처럼 딴 곳을 쳐다본 쪽은 나였다. 그때 그를 쳐다보았다면 서로를 따라서 미소를 나눴겠지. 셸리의 죽음에 대한 얘기로 잠깐 피었다가 사라진 그 미소를. 어쩌면 우리를 더 가깝게 만들었을 것이고, 결국은 서로 멀리 떨어져 있어야 한다는 사실을 확인시켜 주었으리라. 어쩌면 우리는 '대화'를 피하기 위해 다른 곳을 본다는 사실을 알았기에 상대방에게 미소 지을 이유를 찾았는지도 모른다. 내가 모네의 언덕에 대해 이야기하지 않고 회피하는 이유를 그가 알고 있음을 내가 알았고, 그 또한 분명히 이 사실을 알았을 테니까. 우리를 떨어뜨려 놓은 게 분명한 회피의 순간은 사실 나도 그도 떨쳐 버리고 싶지 않은 친밀함으로 완벽하게 동화된 순간이었다. '여기 그림도 책에 있어요.'라고 말하고 싶었지만 입술을 깨물었다. 말하지 않기로 했으니까.

하지만 그가 또 오전에 이렇게 자전거를 타고 시내에 가자고 청한다면 그냥 다 말해 버릴 것이다.

매일 자전거를 타고 우리가 가장 좋아하는 광장까지 갈 때마다 말하지 말아야 한다고 다짐했지만 매일 밤 그가 침대에 누워 있을 때마다 덧문을 열고 발코니로 나갈 거라고. 프렌치 창의 유리가 흔들리는 소리에 이어 숨길 수 없는 낡은 경첩 소리를 그가 듣기를 바라면서 잠옷 바지만 입고 그를 기다렸다고. 그가 뭐 하는지 물어 오면 밤이 너무 덥고 시트로넬라 냄새를 참기 힘들어서 깨어 있기로 했다고 말할 준비를 하고. 잠이 오지 않아 책을 읽는 대신 그냥 빤히 밖을 쳐다보는 거라고. 그가 왜 잠이 안 오는지 물으면 '알아서 좋을 거 없어요.'라고 하거나 그의 방 쪽 발코니를 넘어가지 않기로 다짐했다고 에둘러 말하리라. 그를 불쾌하게 만들까 봐 걱정되지만 우리 사이의 눈에 보이지 않는 지뢰선을 시험하고 싶지 않다고. *지뢰선이라니 무슨 말이야?* 어느 날 밤 너무 강렬한 꿈을 꾸거나 평상시보다 와인을 많이 마시면 쉽게 넘어가 당신의 창문을 열고 '올리버, 나예요. 잠이 안 와요. 같이 있게 해 줘요.'라고 말해 버릴, 바로 그 지뢰선이요!

그 지뢰선은 밤마다 흐릿하게 나타났다. 올빼미 소리, 올리버의 덧문이 바람에 끽끽거리는 소리, 인접한 언덕 마을에 있는 24시간 디스코텍에서 어렴풋이 들려오는 음악 소리, 한밤중에 휙휙 움직이는 고양이 소리, 내 방문의 목제 상인방이 삐걱대는 소리. 이 모든 소리가 나를 깨울 수 있었다. 하지만 어린 시절부터 들어 온 소리라 잠자면서 귀찮게 달려드는 벌레를 꼬리로 휙 쳐서 쫓아내는 파우누스처럼 손쉽게 밀어내고 이내 다시 잠들 수 있었다.

하지만 두려움이나 수치심 비슷한 아무것도 아닌 것들이 잠에서 빠져나와 확실하게 정의되지도 않은 채 주변을 맴돌며 잠든 나를 쳐다보고 귓가에 속삭였다. *깨우려는 건 아니야. 정말 아니야. 다시 자, 엘리오. 계속 자.* 꾸기 직전이었던 꿈을 다시 꾸려고 온갖 노력을 다했다. 조금만 더 노력하면 꿈의 대본을 다시 쓸 수도 있을 정도였다.

하지만 잠이 오지 않았다. 하나도 아닌 두 가지 괴로움이 잠의 안개에서 형체를 드러낸 한 쌍의 유령처럼 나를 내려다보고 있었다. 욕망과 수치심. 창문을 활짝 열어젖히며 알몸으로 그에게 달려가고 싶은 욕망 그리고 행동으로 옮기는 위험을 조금도 무릅쓰지 못하는 반복된 무능함. 젊음의 유산이자 내 삶의 두 가지 마스코트인 갈망과 두려움이 나를 내려다보며 말했다. *기회를 잡아*

서 보상을 잃은 사람도 많은데 왜 넌 그러지 못하는 거야? 답이 없다. 수많은 사람이 그랬듯 왜 너도 행동으로 옮기지 못하는 거지? 역시 답이 없다. 역시나 나를 비웃는 말이 나왔다. *엘리오, 나중이 아니면 언제?*

그날 밤 또다시 답이 나오기는 했다. 꿈속의 꿈이라는 형태였지만. 알고 싶은 것 이상을 알려 주는 장면과 함께 눈을 떴다. 무엇을 어떤 방식으로 원하는지 그에게 솔직히 인정하긴 했지만 여전히 내가 피하려는 몇 가지 어려움이 있었다. 그런데 꿈에서는 마침내 내 몸이 처음부터 뭘 알았어야 하는지 알았다. 우리는 그의 방에 있었는데 그동안 내가 떠올린 환상과는 정반대로 침대에 누운 쪽은 내가 아니라 올리버였다. 내가 위에서 그를 바라보고 있었다. 대번에 붉어진 그 얼굴과 잠자코 받아들이는 태도는 아무리 꿈이라지만 내 모든 감정을 발기발기 뜯어 버리고 그때까지 알 수도 짐작할 수도 없던 한 가지를 말해 주었다. 어떤 대가를 치르더라도 그에게 주고 싶었던 그것을 주지 않는다면 내 평생 가장 큰 죄가 될지도 모른다는 사실이었다. 아주 간절하게 그에게 뭔가를 주고 싶었다. 반면에 받는 것은 너무 단조롭고 손쉽고 기계적으로 느껴졌다. 바로 그때 그 소리가 들렸다. 그때쯤이면 들려오리라고 생각한 말이었다. "네가 멈춘다면 난 죽도록 괴로울 거야." 그는 숨을 헐떡였다. 며칠 전 다른 꿈에서 한 말이라는 걸 그도 알고 있었다. 그가 한 번 고백한 말이기에 내 꿈에 나올 때마다 할 수 있었다. 하지만 내 안에서 갈라져 나오는 그의 목소리인지, 내가 기억하는 그의 말이 그 안에서 폭발하는 건지 우리 둘 다 모르는 것 같았다. 내 열정을 인내하는 동시에 부추기는 듯한 그의 얼굴은 본 적도 없고 상상한 적도 없는 친절함과 불꽃 같은 인상을 주었다. 그의 그런 모습은 내 인생의 등불이 되리라. 포기하고 싶은 날마다 곁을 지켜 주고 그를 향한 욕망이 사라지기를 바랄 때마다 다시 타오르게 하며 모욕과 무시가 마지막으로 쥐어짠 자부심마저 없애 버릴까 봐 두려울 때마다 꺼진 용기에 불을 붙여 줄 것이다. 그의 표정은 병사들이 전장으로 가져가는 사랑하는 사람의 작은 사진이 되었다. 삶의 긍정적인 부분과 행복한 앞날을 기억하기 위해서만이 아니라 시신이 되어 돌아오면 삶이 절대로 용서하지 않으리라는 사실을 일깨우기 위해 가져가는 것이었다.

이런 말들이 절대로 불가능하다고 생각한 일을 갈망하고 시도하게 만들었다.

그가 나와 엮이고 싶어 하지 않는다는 사실에 상관없이, 그가 친분을 쌓고 매일 밤 같이 잤을 게 분명한 사람들도 상관없이, 아무리 꿈이라지만 내 아래에 알몸으로 누워 자신을 완전히 드러낸 사람이 현실에서 전혀 다른 모습일 리가 없었다. 이게 진짜 그였다. 나머지는 부수적인 것이었다.

아니, 그는 다른 사람이기도 했다. 빨간색 수영복을 입은 그.

언젠가 어떤 색깔이든 수영복을 아예 입지 않은 그를 볼 수 있으리라는 희망을 품을 수 없을 뿐이었다.

광장의 일 이후 둘째 날 아침 나와 말하고 싶어 하지 않는 게 분명한 그에게 같이 시내에 가자고 말할 용기를 낸 것은 노란색 노트에 방금 적은 말을 입 모양으로 발음하는 그를 보면서 그가 한 다른 기분 좋은 말이 떠올라서였다. "네가 멈춘다면 난 죽도록 괴로울 거야." 나는 서점에서 그에게 책을 선물하고 나중에 아이스크림을 사겠다고 우겼는데, 아이스크림을 사 먹으면 B의 좁고 그늘진 길을 따라 자전거를 끌고 걸을 수 있어서 조금이라도 더 오래 함께 할 수 있기 때문이었다. 그것 또한 "네가 멈춘다면 난 죽도록 괴로울 거야."라고 말해 준 그에게 고마움을 표시하기 위해서였다. 그를 놀리면서 말 걸지 않겠다고 약속한 것도 속으로는 "네가 멈춘다면 난 죽도록 괴로울 거야."라는 말을 고이 붙잡았기 때문이었다. 그가 털어놓은 그 어떤 말보다 소중했다.

그날 아침 일기에 그 말을 적었다. 꿈에서 나온 말이라는 사실은 빠뜨렸다. 오랜 세월이 지난 후 다시 일기를 읽었을 때 아주 잠깐이라도 그가 정말로 나에게 애원하는 듯한 말을 했다고 믿고 싶어서였다. 그의 목소리에 담긴 격정적인 숨 막힘을 간직하고 싶었다. 며칠 동안이나 여운이 남았다. 앞으로 매일 밤 꿈에서 그런 그를 만날 수 있다면 나머지는 어찌돼도 좋으니 평생 꿈만 꾸고 싶었다.

나만의 장소와 올리브나무 숲, 깜짝 놀란 얼굴을 우리 쪽으로 향한 해바라기, 소나무, 바퀴가 없어진 지 수십 년이나 되었지만 사보이 왕가의 문장은 그대로 간직한 낡은 기차 두 량을 지나쳤다. 그리고 자전거로 딸들을 칠 뻔했다며 죽여 버리겠노라고 악을 써 대는 집시 노점상을 지나친 뒤 그를 보면서 소리쳤다. "내가 멈추면 그냥 날 죽여요!"

그가 한 말을 내 입 안에 담고 싶어서, 따뜻한 날은 양 떼를 산으로 데려가고 추울 때는 서둘러 우리로 데려오는 양치기처럼 내 은신처에 감춰 두기 전에 음미하고 싶어서 한 말이었다. 크게 소리쳐 말함으로써 그의 말에 살을 붙이고 수명을 연장해 주었다. 이제 그 말에는 생명이 생겼다. 아무도 지배할 수 없는 더욱 길고 요란한 생명이. B의 벼랑에서 반사되어 셸리의 보트가 돌풍에 부딪혔던 머나먼 모래톱 옆까지 뛰어든 메아리의 생명처럼. 나는 그렇게 그의 것인 그 말을 돌려주었다. 이제는 그가 나에게 말할 차례이며 꿈에서처럼 다시 한번 말해 주었으면 하는 무언의 바람과 함께.

점심에는 한마디도 하지 않았다. 그는 점심 식사 후 커피를 마시기 전에 발표한 대로 정원 그늘에서 이틀 치 작업을 했다. 그날 저녁은 시내에 나가지 않을 거라고 했다. 어쩌면 내일 갈지도 모른다고. 포커도 하지 않을 거라고 말하고 2층으로 올라갔다.

며칠 전 그의 발이 내 발에 닿았다. 그런데 이제는 눈길조차 주지 않는다.

그는 저녁때쯤 되어 마실 것을 찾아 아래층으로 내려왔다. "이 모든 게 그리울 거예요, P 부인." 이렇게 말하는 그의 머리카락이 늦은 오후의 샤워로 반짝거렸다. 머리부터 발끝까지 빛나는 '영화배우'였다. 어머니는 미소 지으며 말했다. 영화배우는 언제든지 환영이야. 그는 그 후 평상시와 다름없이 비미니와 짧은 산책을 하면서 비미니가 키우는 카멜레온을 함께 찾았다. 도대체 두 사람이 서로에게 끌리는 이유가 이해되지 않았지만 그와 나 사이보다는 훨씬 자연스럽게 느껴졌다. 두 사람은 30분 후에 돌아왔다. 무화과나무에 올라간 비미니는 어머니한테 저녁 먹기 전에 씻으라는 말을 들었다.

저녁을 먹는 동안 우리는 아무 말도 하지 않았다. 그는 식사가 끝나자 2층으로 사라져 버렸다.

나는 그가 밤 10시쯤 조용히 집을 빠져나가 시내로 향할 거라고 확신했다. 하지만 그의 방에서 새어 나온 불빛이 발코니에서 움직이는 모습이 보였다. 그 불빛이 내 방 쪽 층계참에 희미한 오렌지색 띠를 비추었다. 이따금 그가 움직이는 소리가 들렸다.

친구에게 전화해서 시내에 나가는지 물어보기로 했다. 친구의 어머니는 친구가 벌써 나갔다고, 늘 가는 곳에 갔을 거라고 했다. 다른 친구에게도 걸어 보니 역시나 벌써 시내에 나갔다. 아버지가 "마르지아한테 전화해 보지 그러니? 피하는 거냐?"라고 물었다. 피하는 것은 아니지만 마르지아는 복잡한 문제로 가득한 듯 보였다. "피하지 않는 척하지 마!" 아버지가 덧붙였다. 마르지아에게 전화해 보니 오늘 밤은 외출하지 않을 거라고 했다. 목소리에서 어스름한 차가움이 묻어났다. 사과하기 위해 전화했다고 말했다. "아팠다고 들었어." 별거 아니라고 대답하며 자전거로 데리러 갈 테니까 같이 B에 가자고 했다. 그녀가 받아 주었다.

내가 집을 나설 때 부모님은 TV를 보고 있었다. 자갈밭에 닿는 내 발걸음 소리가 들렸다. 소리가 거슬리지 않았다. 동행이 되어 주는 듯했다. 그에게도 들릴 거야, 하고 생각했다.

마르지아는 정원에서 나를 맞이했다. 철제 의자에 앉아 두 다리를 쭉 뻗어서 뒤꿈치만 땅에 대고 있었다. 그녀의 자전거는 핸들 바가 땅에 닿은 채 다른 의자에 기대어져 있었다. 마르지아는 스웨터 차림이었다. "기다렸잖아, 바보야." 우리는 가파르지만 시내까지 빠르게 나갈 수 있는 지름길로 갔다. 광장에서 퍼져 나오는 북적이는 밤의 열기와 불빛이 골목을 가득 채웠다. 한 레스토랑은 손님이 넘칠 때면 늘 그렇듯 작은 나무 테이블을 길가에 내놓았다. 광장으로 들어서자 야단법석을 떠는 분위기에 평상시와 다름없이 불안하고 위축되는 기분이었다. 마르지아는 친구와 마주쳤는데 우리 둘을 보고 놀리지 않을 리 없었다. 마르지아와 함께 있는 것도 나에게는 이래저래 노력이 요구되는 일이었다. 나는 그런 어려움을 겪는 게 싫었다.

우리는 카페에서 지인들의 테이블에 합석하는 대신 아이스크림을 사려고 줄을 섰다. 마르지아는 담배도 사 달라고 했다.

아이스크림콘을 들고 북적거리는 광장을 걷기 시작했다. 길이 나오는 대로 요리조리 빠져나갔다. 어둠 속에서 반짝이는 자갈길이 좋았다. 뒤편의 열린 창문에서 흘러나오는 작은 TV 소리를 들으며 자전거를 끌고 느긋하게 걷는 기분도 괜찮았다. 아직 서점이 열려 있어서 마르지아에게 양해를 구했다. 괜찮다고, 같이 들어가겠다고 했다. 우리는 벽에 자전거를 세웠다. 구슬발을 올리고 들어서자 꽉 들어찬 재떨이와 퀴퀴한 냄새, 연기로 자욱한 공간이 나왔다. 문 닫을 시간이 가까웠지만 슈베르트의 사중주가 흘러나오고 20대 관광객 커플이 현지색이 들어간 소설을 찾는 듯 영어책 코너를 뒤지고 있었다. 사람은 한 명도 없고 눈부신 햇살과 신선한 커피 향기가 가득했던 그날 아침과는 너무도 다른 풍경이었다. 테이블에 놓인 시집을 집어 읽기 시작하자 마르지아가 내 어깨 너머로 바라보았다. 페이지를 넘기려고 하니까 자신은 아직 다 읽지 않았다고 했다. 시가 마음에 들었다. 나는 영어 번역본 이탈리아 소설을 구입하려는 아까 그 커플을 보고 그들의 대화에 끼어들어 사지 말라고 조언했다.

"이게 훨씬, 훨씬 더 나아요. 이곳이 아니고 시칠리아 배경이지만 금세기에 쓰인 최고의 이탈리아 소설일 거예요."

"영화는 봤어요." 여자가 관심을 보였다. "이탈로 칼비노만큼 훌륭한가요?"

나는 어깨를 으쓱했다.

"칼비노는 비교가 안 돼요. 보푸라기와 반짝이 조각의 차이죠. 하지만 아직 어린 제가 뭘 알겠어요?"

마르지아는 여전히 아까 그 시에 관심을 가지고 읽었다.

세련된 여름용 재킷을 입고 넥타이는 매지 않은 젊은 어른 둘이 서점 주인과 문학에 대해 이야기하고 있었다. 셋 다 담배를 피웠다. 계산대 옆 테이블에는 빈 와인 잔이 잔뜩 널려 있고 바로 옆에는 커다란 포트와인 병이 있었다. 나는 아까 그 관광객 커플도 빈 와인 잔을 들고 있다는 사실을 알아차렸다. 북 파티에서 와인을 권유받은 것이 분명했다.

주인이 방해해서 미안하다는 무언의 눈빛으로 우리 쪽을 쳐다보며 와인을 마시겠는지 물었다. 마르지아를 쳐다보고 나서 주인을 향해 어깨를 으쓱했다. 마르지아가 원하지 않는 것 같다는 의미였다. 주인은 여전히 아무 말 없이 와인 병을 가리키며 말이 안 되지 않느냐는 표정을 지었다. 저렇게 좋은 와인을 버리는 것은 애석한 일이니 문을 닫기 전에 다 비울 수 있도록 도와달라는 것이었다. 결국 우리 둘 다 마시기로 했다. 나는 정중하게 오늘은 어떤 책 북 파티였는지 물었다. 그러자 좁은 벽감에서 책을 읽고 있어 내가 알아차리지 못한 남자가 《Se l'amore(사랑한다면)》라고 대답해 주었다. "괜찮은 책인가요?"라고 물었다. "쓰레기야." 남자가 대답했다. "내가 잘 알지. 내가 썼거든."

그가 부러웠다. 북 파티, 어울림, 이 작은 마을의 작은 광장에 위치한 작은 서점까지 찾아와 축하해 주는 친구와 팬들이. 빈 와인 잔이 쉰 개가 넘었다. 자신을 깎아내릴 수 있는 특권을 가진 그가 부러웠다.

"저도 책에 사인해 주실래요?"

"Con piacere(기꺼이)." 그는 서점 주인이 펠트촉 펜을 건네주기도 전에 자신의 펠리칸 만년필을 꺼냈다. "이 책이 너한테 맞을지 모르겠지만……." 흐려 버린 말꼬리에는 순전한 겸손함과 '네가 사인을 해 달라고 하니까 기꺼이 유명 시인인 척 연기하겠어. 사실이 아니란 것을 너도 알고 나도 알지만'이라고 해석 가능한 가장된 건들거림이 희미하게 섞여 있었다.

마르지아에게도 그의 시집을 사 주기로 하고 사인을 부탁했다. 그는 사인 옆에 뭔가를 길게 끼적거렸다. "아가씨한테도 이 책이 맞을지 모르겠지만……."

이번에도 서점 주인에게 두 권 모두 아버지 이름으로 달아 놓으라고 했다.

우리는 계산대 옆에 서서 주인이 광택 있는 노란색 종이로 책을 한 권씩 느리게 싸고 리본을 달고 리본에 서점의 은색 스티커를 붙이는 모습을 지켜보았다. 옆걸음 치듯 마르지아에게 다가가 귀 뒤쪽에 키스했다. 단순히 너무 가까이 서 있다는 사실 때문인지도 모른다.

마르지아는 몸서리를 치는 듯했지만 움직이진 않았다. 다시 키스했다. 그리고 물러서서 속삭였다. "거슬렸어?"

"당연히 아니야." 그녀도 속삭여 대답했다.

밖으로 나가자 마르지아가 더 이상 참지 못하고 물었다. "이 책 왜 사 준 거야?"

왜 키스했는지 물을 거라는 생각이 들었다.

"*Perché mi andava*, 그러고 싶어서."

"왜 나한테 사 준 거냐고? 왜 나한테 책을 사 준 거야?"

"그걸 왜 물어보는지 모르겠어."

"내가 왜 물어보는지 바보천치라도 알 거야. 하지만 너만 몰라. 알아내 봐!"

"아직도 모르겠어."

"넌 구제불능이야."

분노와 짜증으로 떨리는 그녀의 목소리에 깜짝 놀라서 그녀를 쳐다보았다.

"말해 주지 않으면 온갖 상상을 다 할 거야. 끔찍한 기분이 들

거고. 넌 머저리야. 담배나 내놔."

　마르지아의 속내를 추측하지 못한 건 아니지만 그녀가 나를 꿰뚫어 보았다는 사실이 믿어지지 않았다. 내 행동이 대담하기 두려워한다는 걸 암시한다는 사실을 믿기 싫었는지도 모른다. 내가 고의적으로 솔직하지 않게 행동한 걸까? 스스로 솔직하지 않다고 자각하는 대신 마르지아의 말을 계속 오해할 수 있을까?

　그때 새로운 깨달음이 떠올랐다. 어쩌면 나는 그녀의 신호를 전부 무시했는지도 모른다. 그녀를 밀어내려고. 소심하고도 효과 없는 전략이었다.

　그제야 어딘가에 맞고 튀어나오는 원리처럼 대단히 놀라운 사실이 퍼뜩 떠올랐다. 혹시 올리버도 나한테 똑같이 했던 걸까? 항상 고의적으로 나를 밀어낸 걸까? 나를 더 끌어들이기 위해서?

　올리버가 그를 일부러 무시하는 나를 꿰뚫어 봤다고 말했을 때 암시한 게 이거였을까?

　우리는 서점 밖에서 담뱃불을 붙였다. 잠시 후 크고 요란한 쇳소리가 들렸다. 주인이 철제 셔터를 내리고 있었다.

　"넌 책이 그렇게 좋아?" 어둠 속에서 광장 쪽으로 천천히 걸어가며 마르지아가 물었다. 음악이나 빵, 소금 들어간 버터나 잘 익은 여름 복숭아를 좋아하느냐고 물은 것처럼 그녀를 바라보았다. "오해하지 마. 나도 책을 좋아하니까. 하지만 아무한테도 말하진 않아." 마침내 독서에 대한 진실을 이야기하는 사람을 보는구나 싶었다. 왜 아무한테도 말하지 않는지 물었다. "몰라……." 생각해 볼 시간이 필요하거나 답하기 전에 얼버무릴 때 마르지아가

즐겨 하는 말이었다. "책을 좋아하는 사람들은 숨기는 게 있어. 자신을 숨기거든. 자신을 숨기는 이유는 자신이 마음에 들지 않기 때문인 경우가 많아."

"너도 자신을 숨겨?"

"가끔은. 너는 안 그래?"

"나? 어쩌면." 나는 평상시라면 절대로 용기가 나지 않았을 질문을 던지는 자신을 발견했다. "나한테도 숨기니?"

"아니, 너한테는 아니야. 어쩌면 맞아. 조금은 그럴지도."

"뭘 숨기는데?"

"뭔지 알면서."

"왜 그렇게 말해?"

"왜냐고? 넌 나한테 상처를 줄 것 같은데 난 상처받기 싫으니까." 마르지아는 잠시 생각에 잠겼다. "네가 고의로 남한테 상처 주는 사람이라는 뜻은 아니야. 하지만 넌 항상 변덕을 부려. 늘 빠져나가서 쉽게 잡히지 않아. 아무도 널 어디서 찾아야 하는지 모르게 말이야. 그래서 겁이 나."

우리는 천천히 걷다가 자전거를 멈추었지만 둘 다 눈치채지 못했다. 나는 몸을 기울여 그녀의 입술에 가볍게 키스했다. 그녀는 닫힌 상점 문에 자전거를 세우고 벽에 기댄 채 말했다. "다시 키스해 줄래?" 나는 받침대를 이용해 자전거를 골목 한가운데 세웠다. 서로 가까워지자 두 손으로 그녀의 얼굴을 쥐고 다가갔다. 서로 키스를 시작하면서 내 두 손은 그녀의 셔츠 안으로, 그녀의 두 손은 내 머리로 옮겨 갔다. 그녀의 단순함과 솔직함이 마음에 들었다. 솔직함은 그녀가 그날 밤 나에게 건넨 아무런 제약 없이 솔직하고 인간적인 말에도 들어 있었다. 아무런 망설임이나 과장 없이 내 엉덩이에 반응하는 그녀의 엉덩이도 그랬다. 그녀의 입술과 엉덩이 사이의 연결이 유동적이고 즉각적인 것처럼. 키스는 좀 더 포괄적인 접촉의 전주곡이 아니었다. 그 자체로 이미 완전한 접촉이었다. 우리의 육체 사이에는 그저 옷만이 자리할 뿐이었다. 그녀가 내 바지 안에 손을 넣고 "*Sei duro, duro,* 너 정말 단단해졌어."라고 말했을 때 놀라지 않은 이유였다. 그녀의 자연스러운 솔직함이 나를 더 흥분시켰다.

내 그곳을 손으로 쥐고 있는 그녀의 눈을 바라보면서 얼마나 긴 키스를 원하는지 말하고 싶었다. 저녁에 전화를 걸고 집으로 데리러 갔을 때의 차갑고 생명력 없는 소년이 아니라는 것을 알려 주는 말을. 그런데 그녀가 먼저 말했다. "*Baciami ancora,* 다시 키스해 줘."

다시 키스하면서 내 마음은 언덕으로 빠르게 달려가고 있었다. 그리로 가자고 제안할까? 지름길을 통해 올리브 숲으로 자전거를 달린다면 5분 만에 도착할 것이다. 하지만 다른 연인들과 마주칠 게 뻔했다. 아니면 해변이 있다. 전에도 해변을 이용한 적이 있었다. 다들 그랬다. 내 방으로 가자고 제안할 수도 있었다. 집 안 사람 아무도 모를 것이고 알아도 신경 쓰지 않을 터였다.

그때 머릿속에 떠오르는 장면이 있었다. 마르지아와 내가 매일 아침을 먹고 나서 정원에 앉아 있는 모습. 비키니를 입은 그녀가 항상 나더러 아래층으로 내려와 같이 수영하자고 하는 모습.

"*Matu mi vuoi veramente bene*, 너 정말 날 좋아해?" 그녀가 물었다. 갑자기 튀어나온 표정인가, 아니면 서점을 나온 순간부터 우리의 발걸음을 그림자처럼 따라온, 위로가 필요한 바로 그 상처받은 얼굴인가?

'너 정말 단단해졌어'라는 대담한 말과 '너 정말 날 좋아해?'라는 애처로운 말이 어떻게 그토록 완벽하게 하나로 묶일 수 있는지 이해되지 않았다. 연약하고 주저하고 불안을 잔뜩 털어놓던 사람이 어떻게 한순간 너무나 무모하게 내 바지에 손을 집어넣고 남성을 꽉 쥘 수 있는지도 이해할 수 없었다.

키스가 점점 열정적으로 변하고 서로의 몸을 더듬으면서 그날 밤 그의 방문 아래에 집어넣을 메모를 생각했다. 침묵을 견딜 수가 없어요. 당신과 이야기를 해야겠어요.

그의 방문 아래에 메모를 집어넣을 준비가 되었을 때는 이미 새벽이었다. 마르지아와 해변의 아무도 없는 곳에서 사랑을 나누었다. 밤에 사용된 콘돔이 모여 암초 사이에 둥둥 떠다니는 모습이 갇힌 물 속에서 회귀하는 연어 같아 수족관이라는 별명이 붙은 곳이었다. 우리는 그날 다시 만나기로 했다.

집으로 가는 길에 몸과 손에 그녀의 체취가 배어 있어서 좋았다. 씻어 버리고 싶지 않았다. 저녁에 다시 만날 때까지 남겨 둘 참이었다. 한편으론 관심도 없으면서 배려하는 듯한, 역겨움에 가까운 새로운 감정을 은근히 즐기기도 했다. 올리버를 생각하면 흡족스러우면서도 내가 변덕스러운 인간임을 알 수 있었다. 어쩌면 올리버는 내가 원하는 건 성관계뿐이며 자고 나면 관심이 식으리라는 사실을 본능으로 알고 나와 엮이지 않으려는 것인지도 모른다. 며칠 전에는 그가 내 몸에 들어오기를 간절히 원한 나머지 침대에서 뛰쳐나와 그의 방으로 갈 뻔했다. 하지만 이제는 그런 생각을 해도 흥분되지 않았다. 올리버를 향한 감정은 전부 한여름의 발정에 불과하고 다 지나가 버렸는지도 모른다. 반면 지금은 그냥 손에 밴 마르지아의 체취만 맡으면 됐고, 모든 여성이 가진 천생 여자 같은 모습이 좋았다.

하지만 그 느낌이 오래가지 않으리라는 것을 알았다. 모든 중독은 필요한 양이 채워지는 순간 포기하기 쉬워지니까. 한 시간도 지나지 않아 올리버가 내 마음으로 돌아왔다. 함께 침대에 앉아 내가 그에게 손바닥을 내밀고 말한다. 맡아 봐요. 그가 두 손으로 부드럽게 냄새 맡자 가운뎃손가락을 그의 입술로 가져가 입안에 넣는다.

학교에서 쓰는 노트 한 장을 찢었다.

제발 날 피하지 말아요.

다시 썼다.

제발 날 피하지 말아요. 죽을 것 같아요.

또다시 썼다.

당신의 침묵이 날 죽이고 있어요.

맨 위에 썼다.

당신이 날 싫어한다고 생각하면 견딜 수 없어요.

너무 구슬픈 느낌이다. 아니, 우는 느낌이 덜하되 죽음 운운하는 상투적인 말투는 남겨 두자.

당신이 날 싫어한다는 걸 알게 되느니 죽는 게 나아요.

마지막에 가장 처음 생각한 것으로 바꾸었다.

침묵을 견딜 수 없어요. 당신과 이야기를 해야겠어요.

유선 종이를 접어서 루비콘강을 건너는 카이사르처럼 불안한 심정으로 그의 방문 아래에 집어넣었다. 시저는 "*Iacta alea est*(주사위는 던져졌다)."고 말했다. 라틴어로 '던지다(throw)'를 뜻하는 동사 *iacere*가 동사 '사정하다(ejaculate)'와 어근이 같다는 사실이 떠올라 흐뭇했다. 손가락에 마르지아의 향기뿐 아니라 말라 버린 내 정액을 묻혀 가고 싶다는 생각이 들었다.

15분 후 서로 충돌하는 두 가지 감정이 나를 사로잡았다. 메모를 남겼다는 후회와 메모에 모순된 내용을 포함하지 않은 후회.

조깅을 끝내고 아침 식탁에 나타난 그가 얼굴도 들지 않고 나에게 한 말은 어젯밤에 즐거웠냐는 질문뿐이었다. 내가 매우 늦게 잠들었다는 뜻이 내포되어 있었다.

"Insomma, 그럭저럭요." 최대한 모호하게 대답했다. 너무 긴 보고 내용을 최소화하는 나만의 대답이었다.

"그럼 피곤하겠구나."

아이러니하게도 아버지가 대화에 끼어들었다. "너도 포커를 친 거야?"

"전 포커 안 해요."

아버지와 올리버는 의미심장한 시선을 주고받았다. 그리고 둘이 그날 할 일에 대해 이야기했다. 나와 그의 대화는 거기서 끝났다. 고문과도 같은 하루가 이어졌다.

책을 가지러 2층으로 올라가 보니 책상에 똑같은 유선 공책을 찢어 접은 쪽지가 놓여 있었다. 그가 발코니 문을 통해 내 방으로 들어와서 올려놓은 게 분명했다. 지금 읽으면 하루를 망칠 것 같았다. 하지만 읽지 않으면 하루가 아무런 의미도 없고 다른 생각을 전혀 못 할 게 분명했다. 십중팔구 그는 아무런 말도 더하지 않고 내 쪽지를 그대로 던져 놓았을 것이다. *'바닥에서 주웠어. 네 것 같군. 그럼 나중에!'*라는 뜻이리라. 어쩌면 더 직설적인 의미일 수도 있었다. *'대답할 가치가 없군!'*

철 좀 들어. 자정에 보자.

그가 내 메모 아래에 덧붙인 글이었다.

아침 식사 전에 가져다 놓은 것이다.

그것을 깨닫기까지 몇 분이 걸렸지만 깨닫자마자 갈망과 실망이 샘솟았다. 그가 뭔가를 제안해 온 지금, 이게 과연 내가 원하는 것인가? 그가 제안해 온 게 맞는가? 내가 원하건 그렇지 않건 자정까지 뭘 하면서 보낸단 말인가? 아직 오전 10시도 안 되었다. 열네 시간이나 남았다. 마지막으로 무언가를 간절히 기다려 본 것은 성적표였다. 그리고 2년 전 여자애와 영화관에서 만나기로 했는데 그녀가 혹시나 잊어버린 것은 아닌지 초조해한 적이 있었다. 반나절 동안 삶이 완전히 멈춰 버린 기분일 것이다. 상대방이 내키는 대로 한 약속을 기다리는 게 너무나 싫었다.

답장을 해야 하나?

답장에 답장을 하면 안 되지!

그는 일부러 가벼운 어조로 답장을 쓴 것일까? 조깅을 끝내고 아침 먹으러 가기 몇 분 전에 급하게 휘갈겨 쓴 것처럼 보이려고? '*자정에 보자*'라는 자신만만하고 사무적인 말이 내 가극 같은 감성을 쿡 찌르고 있음을 나는 놓치지 않았다. 좋은 징조이고 결국 다 잘될까, 아니면 '*오늘 밤에 만나서 어떻게 될지 지켜보도록 하지*'라는 의기양양한 말일까? 우리는 이야기만 나누게 될까? 소설이나 연극에 꼭 나오는 이 시간에 만나자는 명령인가, 아니면 제안인가? 우린 자정에 만나서 뭘 하게 될까? 그가 낮에 틈을 봐서 약속 장소를 말해 줄까? 아니면 내가 어젯밤 내내 뒤척였으며 발코니의 지뢰선이 인위적일 뿐이라는 사실을 그도 아니까 결국 자정에 둘 중 한 명이 무언의 마지노선을 넘으리라 생각하는 것일까? 결코 우리를 막은 적 없는 그 지뢰선을?

의식처럼 되어 버린 우리의 아침 자전거 외출은 어떻게 될까? '자정'이 아침 자전거 타기를 대체하는 건가? 아니면 '자정'을 고대하는 것 외에는 아무것도 변한 게 없다는 듯이 평상시처럼 자전거를 타러 갈까? 그와 마주치면 의미심장한 미소를 지어야 할까, 아니면 예전처럼 차갑고 멍하고 신중한 '*미국적인*' 시선을 던져야 할까?

마주쳤을 때 보여 주고 싶은 게 많았지만 무엇보다 고마움을 표현하고 싶었다. 고마움의 표현은 공격적이거나 고압적으로 보이지 않을 테니까. 아니면 고마움의 표현이 아무리 절제되더라도 지중해인의 열정에 불가피하게 감상적이고 과장된 면을 더하는 설탕시럽 같은 달콤함을 담고 있을까? 이대로 방관하지 말고 냉대하지 말고 소리치고 표현하고 말해야만 해…….

아무 말도 하지 않으면 그는 내가 쪽지 보낸 걸 후회한다고 생각할 거야.

하지만 뭐라고 말한들 이상할 거야.

그럼 어떻게 하지?

기다리자.

처음부터 알고 있었다. 그냥 기다려야 한다는 것을. 오전 내내 부지런히 움직이자. 수영부터 하는 거야. 오후에는 테니스를 치고. 마르지아도 만나고 자정에 돌아오는 거다. 아니, 11시 30분에. 씻어야 하나, 말아야 하나? 누군가와 자고 곧바로 또 다른 누군가와 자다니.

하지만 올리버도 그러지 않을까? 이 사람하고 자고 저 사람하고 자고.

갑자기 끔찍한 공포가 나를 사로잡았다. 자정에 만나서 그냥 어색한 분위기를 정리하기 위한 이야기만 나누는 건 아닐까? '힘내, 철 좀 들어!' 같은.

그렇다면 굳이 자정까지 기다릴 필요가 없지 않은가? 자정에 그런 대화를 나누는 사람이 어디 있는가?

아니면 정말로 자정이 우리의 '첫날밤'이 되는 걸까?

뭘 입어야 하지?

그날 하루는 우려한 대로였다. 올리버는 아침을 먹고 아무 말도 없이 나갔다가 점심때가 돼서야 돌아왔다. 그는 보통 때처럼 내 옆자리에 앉았다. 나는 몇 번인가 가벼운 대화를 시도했다. 하지만 일부러 말을 걸지 않는다는 사실을 알면서도 모른 척하고 지내던 나날로 돌아갈 것 같았다.

점심을 먹고 낮잠을 자러 갔다. 그가 뒤따라서 계단을 올라와 방문을 닫는 소리가 들렸다.

오후에는 마르지아에게 전화를 걸었다. 테니스장에서 만났는데 다행히 아무도 없고 조용했다. 우리는 이글거리는 태양 아래 몇 시간이나 테니스를 쳤다. 둘 다 좋아하는 일이었다. 이따금씩 그늘에 놓인 낡은 벤치에 앉아 귀뚜라미 소리를 들었다. 마팔다가 음료수를 가져다주면서 자신은 이제 너무 늙었으니 다음부터는 필요한 게 있으면 직접 가져가라고 했다. 내가 "갖다 달라고 한 적 없는데요."라고 항의하자 마팔다는 "그럼 마시지 마."라며 한방 먹이고 돌아갔다.

사람들이 테니스 치는 광경을 구경하기 좋아하는 비미니는 나오지 않았다. 올리버와 두 사람이 가장 좋아하는 장소에 간 모양이었다.

나는 8월의 날씨가 좋았다. 늦여름이면 마을이 보통 때보다 더 고요했다. 다들 휴가를 떠났고 이따금 찾아오는 관광객도 저녁 7시가 되면 다 돌아가고 없었다. 나는 오후가 가장 좋았다. 로즈메리 향기, 열기, 새 소리, 매미 소리, 흔들리는 야자수 이파리, 소름 끼치도록 화창한 하루에 가벼운 리넨 숄처럼 내려앉은 침묵. 해안까지 걸어갔다가 샤워하러 계단을 올라오는 동안 이 모든 것이 더욱 두드러졌다. 테니스장에서 우리 집을 올려다보는 게 좋았다. 햇살이 내리쬐는 텅 빈 발코니가 눈에 들어오면 누구든 저기에서 끝없이 펼쳐진 바다를 볼 수 있겠지 하는 생각이 들었다. 지금 있는 곳에서 주변을 둘러보면 우리 테니스장과 정원, 과수원, 우리 그늘, 우리 집이 보이고 저 아래에는 우리 부두가 있다. 내가 좋아하는 모든 것이 다 여기 있었다. 가족, 악기, 책, 마팔다, 마르지아, 올리버.

그날 오후 마르지아의 허벅지와 무릎에 손을 올려놓은 채 앉아 있다가 문득 이런 생각이 들었다. 올리버의 말대로 나는 세상에서 가장 운 좋은 녀석이라고. 얼마나 오랫동안 계속될지는 알 수 없었다. 남은 하루 동안 혹은 밤에 무슨 일이 생길지도 모르는 일이었다. 일분일초가 갈고리에 걸려 있는 것처럼 갑자기 툭 부러질지도 모른다.

하지만 그렇게 앉아 있으니, 비록 의심이 많아서 원하는 걸 다 얻지 못하리라 생각하면서도 고마움에 겨워 모든 것이 한순간에 사라질 수 있음을 알지 못하는 사람이 느끼는 작은 행복이 느껴졌다.

테니스를 치고 해변으로 향하기 전 발코니를 통해 마르지아를 내 방으로 데려왔다. 오후에는 그곳을 지나는 사람이 아무도 없었다. 창문을 열어 둔 채 덧문을 닫았다. 오후의 은은한 햇살이 침대와 벽, 마르지아의 몸에 나무살 모양의 그림자를 만들었다. 우리는 완전한 침묵 속에서 사랑을 나누기 시작했다. 둘 다 눈을 감지 않았다.

우리가 벽에 몸을 부딪치거나 마르지아가 신음 소리를 참지 못

해 올리버가 벽 너머에서 일어나는 일에 경각심을 갖기 바라는 마음도 있었다. 낮잠을 자다 내 침대가 삐걱거리는 소리를 듣고 상심해하는 상상도 했다.

작은 만으로 향하기 전에 그가 나와 마르지아의 관계를 알아도 상관없고 오늘 밤에 나오지 않아도 된다는 생각이 들어서 다시 한번 기분이 좋아졌다. 그도 그의 어깨도 팔뚝도 이제는 상관없었다. 그의 발바닥, 손바닥, 아랫도리 다 상관없었다. 차라리 약속 장소에 나가지 않고 마르지아와 있으면서 자정을 알리는 소리에 그가 약속 운운하는 말을 듣는 편이 나을 것 같았다.

하지만 알고 있었다. 그가 오늘 밤 모습을 드러낸다면 지금은 내키지 않더라도 결국 나는 우리 앞에 벌어질 일에 온몸을 던질 것이다. 여름 내내, 아니 평생 내 육체와 싸우느니 끝장을 볼 필요가 있었다.

나는 냉정하게 결정 내릴 것이다. 그가 묻는다면 말할 것이다. 내가 원하는 일인지 확신은 없지만 확인해 보고 싶고 대상이 그였으면 좋겠다고. 당신의 몸을 알고 싶고 당신이 어떻게 느낄지 알고 싶다고. 당신을 통해서 그리고 나를 통해서 당신을 알고 싶다고.

마르지아는 저녁 먹기 직전에 돌아갔다. 친구들과 영화 보기로 했다며 나더러 오지 않겠느냐고 물었다. 하지만 나는 누구랑 가는지 듣고 얼굴을 찡그렸다. 그냥 집에서 기타 연습이나 할래. 원래 아침에 연습하잖아. 오늘 아침에는 늦었잖아. 너도 알지? 마르지아는 그 말의 의미를 알아차리고 미소 지었다.

세 시간 남았다.

우리 사이에는 오후 내내 애석한 침묵이 감돌았다. 자정에 만나기로 한 약속이 없었다면 도저히 견디기 힘든 하루였을 것이다.

저녁 식탁에는 음대 교수와 시카고에서 온 동성 커플이 자리했다. 동성 커플은 끔찍한 이탈리아어로 대화하기를 고집했다. 두 남자는 나와 어머니를 마주 보고 서로 나란히 앉았다. 둘 중 한 명이 파스콜리의 시를 낭독했는데 마팔다가 내 얼굴을 보고는 평상시의 찡그린 표정을 짓는 바람에 웃음이 터졌다. 아버지는 시카고 학자들 앞에서 예의 바르게 행동하라고 미리 주의를 준 터였다. 나는 우루과이에 사는 먼 친척이 준 자주색 셔츠를 입겠다고 했다. 아버지는 웃으며 내가 이제 너무 커서 사람을 있는 그대로 못 받아들인다고 했다. 하지만 두 남자가 자주색 셔츠를 입고 온 걸 보고는 두 눈을 반짝였다. 두 사람은 택시 양쪽에서 동시에 내렸는데 둘 다 한 손에 하얀색 꽃다발을 들고 있었다. 아버지도 느꼈겠지만 마치 《땡땡의 모험(Les Aventures de Tintin)》에 나오는 쌍둥이 톰슨 형사가 멋지게 차려입고 꽃을 든 것처럼 보였다.

나는 두 사람이 함께 하는 삶이 어떨지 궁금했다.

저녁을 먹는 동안 오늘 밤은 내가 부모님이나 세상 그 누구보다 저 톰슨 형제와 공통점이 더 많다는 생각을 하면서 자정만 기다리고 있으려니 이상한 기분이 들었다.

나는 그들을 보며 누가 아래에 눕고 누가 위에 있을지 궁금해졌다.

부모님과 손님들에게 그만 자러 가겠다고 인사를 건넨 것은 11

시가 다 되어서였다.

"마르지아는?" 아버지가 언제나처럼 부드럽게 빛나는 눈동자로 물었다.

"내일요."

혼자 있고 싶었다. 샤워도 하고 책도 읽고 어쩌면 일기도 쓰고. 자정에 집중하되 시시콜콜한 부분까지는 생각하고 싶지 않았다.

계단을 올라가면서 내일 아침 바로 이 계단을 올라오는 모습을 떠올렸다. 그때는 다른 사람이 될지도 모른다. 어떤 사람일지는 모르지만 내가 과연 새로운 나를 좋아할까? 어쩌면 아침 인사조차 하고 싶지 않아질까? 하지만 새로운 나를 그렇게 만든 것은 전적으로 내 책임일 터였다. 아니면 내일도 완전히 똑같은 사람인 채 이 계단을 올라올까? 그 무엇도 바뀌지 않고 의구심이 하나도 해결되지 않은 채로?

아무 일도 일어나지 않을지도 모른다. 그가 거절할 수도 있다. 내가 그에게 그런 요구를 한 사실을 아무도 모르겠지만 그래도 굴욕감은 느껴질 것이다. 그가 알고 내가 아니까.

하지만 굴욕감의 단계는 이미 지나쳤다. 벌써 수 주일 동안 원하고 기다리고 애원하고 희망고문을 당하고 가능성을 밀쳐 내려고 애썼는데 거절당한다면 엄청난 충격일 것이다. 거절당하고 나서 잠이나 잘 수 있을까? 방으로 돌아가 책 읽다 잠드는 척할 수 있을까?

아니, 그와 관계를 맺고 잠이 올까? 절대로 돌이킬 수 없는 일이 된다! 오랫동안 머릿속에만 자리해 온 게 더 이상 모호함 속에

서 떠돌지 않고 세상 밖으로 나올 것이다. 문신을 하러 간 사람이
아무것도 새기지 않은 왼쪽 어깨를 마지막으로 오랫동안 바라보
는 기분이 들었다.

딱 시간 맞춰서 나가야 할까?

딱 맞춰 나가서 "우후, 자정이네."라고 말하자.

잠시 후 마당에서 두 손님의 목소리가 들렸다. 펜션까지 태워
다 줄 부교수를 기다리는 것이리라. 부교수는 금방 오지 않았고
동성 커플은 밖에서 잡담을 나누었다. 한 명이 깔깔 웃었다.

자정이 되었지만 그의 방에서는 아무런 소리도 나지 않았다.
또 바람맞히려는 건가? 그렇다면 너무한 일이다. 그가 돌아오는
소리를 듣지 못했다. 그가 내 방으로 와야 하는데. 아니면 내가 그
의 방으로 가야 하나? 그냥 기다리고 있으면 고문당하는 기분이
들 것이다.

내가 그의 방으로 가야겠다.

발코니로 나가서 그의 방을 응시했다. 불빛이 보이지 않았다.
그래도 노크를 해야겠다고 생각했다.

아니면 기다리거나. 아니면 아예 가지 않거나.

갑자기 그의 방으로 들어가지 않는 것을 세상 그 무엇보다도
간절히 원하기 시작했다. 가지 말아야 한다는 생각이 자꾸만 나
를 잡아당겼다. 잠든 내 귓가에 한두 번 속삭여 깨우다 효과가
없자 어깨를 툭 치는 것처럼 나를 잡아당겼고, 오늘 밤 그의 창
문을 두드리지 말아야 하는 이유를 전부 다 찾아보라고 부추겼
다. 그 생각은 꽃집 창문에 흩뿌려지는 물처럼 나를 적셨다. 샤워

후 피부를 보호해 주는 차가운 로션을 바르고 하루 종일 햇살 아래 있노라면 햇살도 좋지만 발삼나무 향이 더 마음에 드는 것처럼. 그 생각은 손발을 마비시키고 나머지 신체 부위를 관통하면서 가장 어리석은 '오늘은 뭘 하기엔 이미 늦었잖아'부터 시작해 심각한 '나중에 다른 사람들과 너 자신을 어떻게 볼래?'까지 논쟁을 일으켰다.

왜 이런 생각을 진작 하지 못했을까? 맨 마지막을 위해 남겨 둔 건가? 반론이 저절로 일어날 때까지 기다렸다가 책임을 피하려고? 하지 마, 하지 마라, 엘리오. 할아버지의 목소리였다. 할아버지와 나는 이름이 같다. 할아버지는 올리버의 방과 내 방을 나누는 벽보다 훨씬 험악한 생사의 갈림길을 건넌 바로 그 침대에서 나에게 말했다. 돌아가. 네가 저 방으로 들어가서 뭘 발견할지는 모르는 일이야. 발견이라는 강장제가 아니라 절망이라는 관일 수도 있어. 세월이 너를 지켜보고 있어. 오늘 밤에 보이는 별들은 이미 네 고통을 안단다. 오늘 네 조상들이 한자리에 모여서 말하고 있구나. *Non c'andà*, 가지 마.

하지만 나는 두려움이 좋았다. 정말로 두려움이 맞는지 모르겠지만. 조상들은 내가 두려움을 좋아한다는 사실을 몰랐다. 내가 좋아하는 것은 두려움의 밑면이었다. 양털은 배 부분이 가장 부드러운 것처럼. 나를 밀어붙이는 대담함이 좋았다. 흥분되었다. 두려움은 흥분에서 만들어진 것이기 때문이다. '네가 멈춘다면 난 죽도록 괴로울 거야.' 아니, '당신이 멈춘다면 난 죽도록 괴로울 거예요.' 이거였나. 이 말을 들을 때마다 거부할 수가 없었다.

유리창을 살짝 두드렸다. 심장이 미친 듯 뛰었다. 아무것도 두려울 게 없는데 왜 이토록 무서운 거지? 왜? 두려움과 욕망이 서로 얼버무리느라 바빠서 나는 과연 그가 문을 열어 주길 바라는지, 바람맞히기를 바라는지도 알 수 없었다.

창문을 두드리자마자 안에서 슬리퍼를 찾는 듯한 인기척이 들렸다. 희미한 불빛도 보였다. 옥스퍼드에서 아버지와 함께 구입한 야간등 불빛이었다. 지난 초봄에 아버지와 머문 옥스퍼드의 호텔은 너무 어두웠는데, 아래층으로 내려갔다 온 아버지는 바로 근처에 야간등을 파는 24시간 매장이 있다고 했다. *기다려. 금방 다녀오마.* 나는 같이 가겠다고 했다. 지금 입은 잠옷에 레인코트만 걸치고 따라나섰다.

"와 줘서 기뻐." 그가 맞아 주었다. "방에서 움직이는 소리가 들리기에 자려고 준비하는 줄 알았어. 마음을 바꾼 줄 알았지."

"내가, 마음을 바꿔요? 당연히 오죠."

어설프게 야단 떠는 그의 모습이 낯설었다. 가볍게 비꼬는 말이 쏟아질 줄 알았는데. 그래서 더 긴장했는데. 그런데 오후의 차와 함께 먹을 더 맛있는 비스킷을 사 오지 못해서 미안하다는 듯한 사과로 나를 맞이했다.

원래 내 방으로 들어가자마자 수많은 것이 합쳐져 뭔지 모를 냄새가 나는 바람에 적이 놀랐다. 하지만 수건을 돌돌 말아서 방문 아래에 끼워 놓은 것을 보고 알았다. 그는 침대에 앉아 있었다. 오른쪽 베개 옆에 놓인 재떨이에 담배꽁초가 수북했다.

"들어와." 그가 걸어와서 프렌치 창을 닫았다.

아마도 나는 생명이 없는 듯 얼어붙은 채 서 있었을 것이다.

우리 둘 다 속삭이는 목소리로 말했다. 좋은 신호였다.

"담배 피우는지 몰랐네요."

"가끔 피워." 그는 침대로 가서 가운데쯤에 똑바로 앉았다.

어떻게 해야 할지, 무슨 말을 해야 할지 알 수 없어서 중얼거렸다. "긴장되네요."

"나도."

"내가 더요."

그는 우리 사이의 어색함을 없애려 미소 지었고 마리화나가 들어간 담배를 건넸다.

적어도 할 일은 생긴 셈이었다.

발코니에서 그를 껴안을 뻔한 일이 떠올랐다. 하지만 하루 종일 분위기가 냉랭했던 상황에서는 어울리지 않는 일이라는 생각이 들었다. 일주일 내내 악수도 하지 않았는데 자정에 만나기로 했다고 그를 껴안아도 된다는 뜻은 아니니까. 창문을 두드리기 전에 했던 생각도 떠올랐다. 껴안자. 껴안지 말자. 껴안자.

그의 방에 들어왔다.

그는 다리를 꼬고 침대에 앉아 있었다. 평상시보다 작고 어려 보였다. 나는 두 손을 어디에 둬야 할지 모른 채 침대 발치에 어색하게 서 있었다. 두 손을 허리에 올렸다가 주머니에 넣었다가 또다시 허리로 가져가면서 어쩔 줄 몰라 하는 모습을 그도 보았으리라.

바보처럼 보일 거야. 지금 이 모습도, 하려다가 억누른 포옹도

다 바보처럼 보이겠지. 그가 눈치채지 못하기를 계속 바라고 있었다.

난생처음으로 담임선생님과 혼자 남겨진 아이가 되어 버린 기분이었다. "와서 앉아."

의자에 앉으라는 뜻인가, 아니면 침대에?

주저하면서 침대로 올라가 그를 마주 보고 앉았다. 자정에 만나는 두 남자의 합의 사항이라도 되는 것처럼 똑같이 다리를 꼬았다. 무릎이 닿지 않도록 신경 썼다. 포옹을 언짢아할 것이 분명한데 무릎이 닿는다면 당연히 언짢아할 테니까. 모네의 언덕에서 내가 더 머물고 싶다는 의미로 가랑이에 손을 가져갔을 때 그런 것처럼 말이다.

하지만 내가 우리 사이의 거리감을 확대 해석하기 전에 꽃집 창문에 흩뿌려지는 물에 씻겨 나간 듯이 수줍음과 억눌림이 사라진 것을 느꼈다. 긴장이 되건 안 되건 더 이상 내 모든 충동 따위를 일일이 살펴보고 싶지 않았다. 내가 멍청한 거면 멍청한 거고, 그의 무릎을 만지면 만지는 거고. 껴안고 싶으면 껴안는 거고. 어딘가 기댈 곳이 필요했기에 위쪽으로 옮겨서 침대 머리에 기대어 나란히 앉았다.

침대를 보았다. 이제 분명하게 잘 보였다. 수많은 밤을 바로 이런 순간을 꿈꾸며 보낸 바로 그 침대였다. 이제 나는 이곳에 있다. 몇 주 후면 다시 이 침대를 쓰게 된다. 옥스퍼드에서 산 야간등을 켜고 발코니에 선 채로 그가 슬리퍼를 찾으려고 부스럭거리는 소리를 듣던 순간을 떠올릴 것이다. 나는 이날을 슬픔으로 기억하게 될까, 아니면 수치심으로 기억하게 될까? 무관심으로 기억하게 되기를 바랐다.

"괜찮아?" 그가 물었다.

"괜찮아요."

할 말이 하나도 없었다. 발가락을 그의 발가락으로 가져가서 만지작거렸다. 나도 모르게 엄지발가락을 그의 엄지와 검지 발가락 사이에 넣었다. 그는 움찔하지도 반응하지도 않았다. 내 발가락으로 그의 발가락을 하나하나 매만지고 싶었다. 내가 그의 왼편에 앉아 있으니 지금 만지는 발은 일전에 점심 식탁에서 나를 만진 발이 아닐 것이다. 그때는 오른발이었다. 나의 오른발로 그의 오른발에 닿으려고 했다. 무릎은 접근 금지라도 되는 듯이 닿지 않으려고 애썼다.

"뭐 하는 거야?" 마침내 그가 물었다.

"아무것도요." 정말 나도 알 수 없었다.

그런데 그가 천천히 내 움직임을 그대로 따라 하기 시작했다. 정신이 다른 데 가 버린 것처럼 확신이 없는 듯하고 나만큼이나 어색해 보였다. '상대방이 발로 발을 만지면 똑같이 반응하는 것 말고 다른 방법이 있을까?' 하는 움직임이었다. 좀 더 가까이 다가가 그를 안았다. 그가 포옹으로 받아 주기를 바라는 어린아이의 포옹이었다. 그는 반응하지 않았다.

"이제 시작이군." 그가 입을 열었다. 내 바람보다 좀 더 유머가 섞인 목소리인지도 모른다.

나는 대답 대신 어깨를 으쓱했다. 그가 눈치채고 더 이상 묻지 않아 주기를 바라면서. 우리 두 사람이 말을 하지 않았으면 했다. 말을 하지 않을수록 우리의 움직임도 억제되지 않을 수 있을 테니까. 그를 껴안고 있는 게 좋았다.

"이렇게 하니까 행복하니?" 그가 물었다.

고개를 끄덕였다. 내가 고개를 끄덕인 것이 말을 하지 않았으면 좋겠다는 바람을 전해 주기를 기대하면서.

내 자세가 그더러 똑같이 따라 하라고 재촉하기라도 한 것처럼 마침내 그가 두 팔을 나에게로 가져왔다. 그의 팔은 나를 쓰다듬지도 않았고 꽉 껴안지도 않았다. 이 순간에 내가 가장 원하지 않는 것이 있다면 동료애였다. 그를 껴안은 채로 힘을 조금 풀고 두 팔 모두 그의 헐렁한 셔츠 안으로 가져가서 다시 꼭 안았다. 그의 살에 닿고 싶었다.

"정말 이걸 원해?" 그는 지금껏 계속 머뭇거리는 이유가 의구심 때문이라도 되는 듯 물었다.

또다시 고개를 끄덕였다. 거짓말이었다. 그 순간 나는 확신이 없었다. 내가 언제까지 그를 포옹하고 있을지, 나나 그가 언제 싫증 낼지 궁금해졌다. 곧? 조금 있다가? 지금?

"우린 아직 얘길 안 했어."

그럴 필요가 없다는 뜻으로 어깨를 으쓱했다.

그는 두 손으로 내 얼굴을 들고 모네의 언덕에서처럼 똑바로 응시했다. 이미 선을 넘었다는 사실을 둘 다 알기에 이번에는 더욱 강렬한 시선이었다. "키스해도 돼?" 언덕에서 키스해 놓고 그런 질문이라니! 우리 둘, 지난일은 다 지워 버리고 완전히 새로 시작하는 건가?

나는 대답하지 않았다. 고개도 끄덕이지 않고 어제 마르지아에게 한 것처럼 그의 입술로 입술을 가져갔다. 예상치 못한 무언가가 우리 사이를 말끔하게 치워 주는 것 같았다. 나이 차이도 나지 않고 그저 두 남자가 키스하는 것뿐이었다. 하지만 그 생각도 이내 녹아 버렸다. 두 남자가 아니라 그저 두 인간일 뿐이라는 생각이 들었다. 그 순간에 평등함이 느껴진다는 사실이 좋았다. 그저 나이가 더 적고 더 많은 두 사람이 인간 대 인간, 남자 대 남자, 유대인 대 유대인으로 존재한다는 느낌이 좋았다. 야간등도 좋았다. 편안하고 안전한 느낌이 들었다. 옥스퍼드의 호텔 룸에서 느낀 그대로였다. 진부하고 창백한 내 방의 분위기마저 좋았다. 그의 물건이 여기저기 들어찬 방은 내가 쓸 때보다 훨씬 생기 있어 보였다. 사진, 작은 테이블과 밀어 넣은 의자, 책, 카드, 음악.

이불 속으로 들어가기로 했다. 냄새가 좋았다. 그 냄새를 좋아하고 싶었다. 침대에 아직 치우지 않은 물건이 있다는 사실도 좋았다. 갑자기 뭔가가 발에 걸려서 무릎으로 밀어내야 했지만 그의 침대, 그의 삶, 그의 세계이기에 좋았다.

그도 이불 속으로 들어와 갑자기 내 옷을 벗기기 시작했다. 옷을 어떻게 벗어야 하나 고민했다. 그가 도와주지 않는다면 영화에서 본 여자들처럼 해야 할 터였다. 셔츠와 바지를 벗고 완전히 벌거벗은 몸으로 두 팔을 내리고 서서 이게 나라는 사람이라고, 나는 당신의 것이니까 나를 가지라고. 다행히 그가 문제를 해결해 주었다. "이것도 벗고, 이것도, 벗고, 벗어."라는 그의 속삭임은 나를 웃음 짓게 했다. 나는 순식간에 알몸이 되었다. 내 남성에 닿은 이불의 무게가 느껴졌다. 이제 세상에는 단 하나의 비밀도 남지 않았다. 그와 한침대에 눕는 것이 내 유일한 비밀이었는데 지금 그와 같이 있었다. 이불 속에서 내 몸을 만지는 그의 손길이 무척 좋았다. 우리의 일부분은 사전 정찰대처럼 이미 절정의 관계에 도달한 반면, 나머지 부분은 나이트클럽에 늦게 도착한 사람들이 남들은 따뜻하고 북적거리는 나이트클럽 안에서 손을 녹일 때 밖에서 추위에 떨며 발을 동동 구르듯이, 이불 밖에 노출된 채 아직 사소한 문제에 매달리는 것처럼 느껴졌다. 나만 알몸이고 그는 아직 옷을 입고 있었다. 그 앞에서 알몸이라는 사실이 좋았다.

그가 키스했다. 그리고 또다시 키스했다. 두 번째 키스는 마침내 마음 내키는 대로 하는 듯 더욱 깊었다. 한참 키스하는 중에 어느새 그가 옷을 벗었다는 사실을 깨달았다. 언제 벗었는지 알 수 없지만 그의 온몸이 나에게 닿고 있었다. 내가 뭘 하려고 했지? 건강 관련 질문을 요령껏 하려고 했는데 벌써 얼마 전에 대답을 들은 것 같았다. 어렵게 용기 내어 물어봤을 때 그가 "아까 말했잖아, 난 괜찮다고."라고 했으니까 말이다. "나도 괜찮다고 내가 말했어요?" "그래." 그가 미소 지었다. 그가 나를 똑바로 쳐다보았기에 고개를 딴 데로 돌렸다. 내 얼굴이 붉어졌고 표정을 찡그렸다는 것을 알았다. 부끄럽기는 해도 그가 계속 나를 쳐다봐 주기를 바랐는데. 나도 그를 똑바로 쳐다보고 싶었다. 레슬링 비슷한 자세를 잡으면서 그의 어깨가 내 무릎을 문질렀다.

내가 속옷을 벗고 그의 수영복을 입고서 더 이상 그의 몸과 가까워질 수 없으리라고 생각한 그날 오후부터 지금까지 우리는 얼마나 먼 길을 지나왔을까. 이제 이렇게 되었다. 나는 새로운 세계의 문턱에 있었다. 한편으론 그냥 이 상태가 지속되길 바랐다. 더이상 돌이킬 수 없음을 알기에. 드디어 일은 벌어졌지만 내가 생각한 것과 달랐고 불편함은 내가 원하는 것 이상으로 자신을 더 드러내게 만들었다. 그더러 그만 하라고 말리고 싶은 마음도 들었다. 그가 알아차리고 물었지만 나는 대답하지 않았다. 뭐라고 대답해야 할지 몰랐는지도 모른다. 내키지 않지만 결정을 내려야 한다는 내 마음과 보상해 주고 싶어 하는 그의 본능 사이에서 영원처럼 느껴지는 시간이 흘렀다. 난생처음으로 어딘지 무척 소중한 곳에 도착한 느낌, 이게 다른 사람도 아니고 영원히 나이기를 바라는 느낌, 두 팔이 후들거릴 때마다 완전히 낯설지만 익숙하지 않은 건 아닌 무언가를 찾은 듯한 느낌이 언제나 나와 함께 할 거라는 생각이 들었다. 언제나 내 삶의 일부였지만 어디에 있는지 몰라서 찾지 못한 것을 그가 찾도록 도와준 느낌이었다. 꿈이 맞았다. 마침내 집에 온 느낌이었다.

그동안 난 어디에 있었던 거지? 올리버, 내가 어릴 때 당신은 어디에 있었나요? '이게 없는 삶은 무슨 의미일까?'라는 질문이기도 했다. 끝에서 한 번도 아니고 여러 번 "여기서 멈춘다면 난 죽도록 괴로울 거예요. 여기서 멈춘다면 난 죽도록 괴로울 거예요."라고 말한 사람이 그가 아니라 나인 이유였다. 그것은 내 꿈과 환상, 그와 나, 그의 입에서 내 입으로, 다시 그의 입으로 입에서 입으로 왔다 갔다 하는 욕망의 말을 완성하는 길이었다. 내가 외설스러운 말을 시작했는지 그가 부드럽게 따라 하다가 말했다. "네 이름으로 나를 불러 줘. 내 이름으로 너를 부를게." 태어나 처음 해 본 일이었다. 그를 내 이름으로 부르는 순간 나는 그 전에, 어쩌면 그 후에도 타인과 공유한 적이 없는 영역으로 들어갔다.

"소리가 컸을까요?"

그가 미소 지었다. "걱정할 것 없어."

내가 흐느낀 것 같긴 한데 확실하지 않았다. 그가 자기 셔츠를 집어 내 몸을 닦아 주었다. "마팔다는 항상 무슨 자국이 있나 살피거든. 이러면 아무것도 발견하지 못할 거야." 나는 그의 셔츠를 '펄럭이'라고 불렀다.

"여기 처음 온 날 입었죠? 그 셔츠는 나보다 당신을 더 많이 안았어요."

"아닐걸."

그는 아직 나를 놓아주려고 하지 않았지만 우리의 몸이 떨어지는 순간 방금 전 내가 아무렇게나 치워 버린 책이 그가 내 안에 들어간 사이 내 등 아래에 놓여 있었다는 사실이 어렴풋이 떠올랐다. 그 책은 지금 바닥에 있었다. 저 책이 《Se l'amore》라는 사실을 내가 언제 깨달았지? 한창 절정에 달한 순간, 내가 마르지아와 서점에 간 날 올리버도 북 파티에 갔는지 궁금해할 시간이 언제 있었을까? 불과 30분도 지나지 않았지만 이상한 생각이 아주 오래 전부터 밀려온 듯했다. 다 끝나고 아직 그의 품에 안겨 있을 때 떠

오른 것 같기도 했다. 나도 모르게 깜빡 졸다가 그 생각에 퍼뜩 깨
어나자 왠지 모를 불안과 두려움이 솟아났다. 속이 메스꺼워졌
다. 샤워를 여러 번 해서 씻어 내는 걸로는 부족하고 구강청결제
로 목욕을 해야 할 것만 같았다. 멀어질 필요가 있었다. 그에게서,
이 방에서, 방금 우리가 함께 한 짓에서. 끔찍한 악몽에서 천천히
빠져나가려 하지만 더 나은 상황이 기다린다는 확신이 없어 아직
두 발을 바닥에 내려놓지 않은 느낌이었다. 하지만 내 삶에 퍼져
나간 자기혐오와 후회의 거대한 구름 덩어리 같은 무정형의 끔찍
한 악몽에 계속 매달려 있을 수는 없었다. 나는 절대로 예전과 똑
같아질 수 없을 것이다. 왜 그가 나에게 이런 짓을 하도록 허락하
고 적극적으로 동참하고 자극하고 기다리고 제발 멈추지 말아 달
라고 애원한 걸까. 내 가슴에 묻은 그의 정액은 내가 끔찍한 선을
넘었다는 증거였다. 내가 사랑하는 사람들은 물론 나 자신에 관
한 일도 아니고 전혀 성스러운 것도 아니고 우리를 이렇듯 가깝
게 만들어 준 혈통에 관한 것도 아니며 마르지아에 대한 것도 아
니었다. 마르지아는 저 멀리 침몰하는 암초에 놓인 사이렌처럼
서 있었다. 너무도 멀고 아무런 연관도 없는 것처럼 여름의 파도
에 둘러싸여서.

　나는 동트기 전까지 새로 만들어질 내 이미지에 그녀가 포함되
기를 바라는 마음으로 불안의 소용돌이에서 울부짖으며 그녀를
향해 헤엄쳐 나가려 하고 있었다. 내가 모욕을 준 대상은 그들이
아니었다. 아직 태어나거나 만나지 않은 사람들, 내가 오늘 일에
대한 수치심과 혐오감을 떠올리지 않고는 사랑할 수 없는 사람들

이었다. 오늘 일은 그들을 향한 내 사랑을 어디까지나 쫓아와서 더럽힐 것이다. 그들과 나 사이에는 내 안의 모든 선한 것을 오염시킬 오늘의 비밀이 자리할 터였다.

더 심오한 무언가를 욕보인 것일까? 그게 무엇일까?

내가 느끼는 혐오감은 감춰져 있었을 뿐 언제나 자리했고, 제 모습을 드러내기 위해 그저 오늘 같은 일이 필요했던 것일까?

욕지기에 가까운, 후회에 가까운 무언가가 그것일까? 나를 움켜잡은 그것은 내가 창문으로 비치는 빛을 알아차린 순간부터 더욱 확실하게 모습을 드러내는 듯했다.

정말로 후회인지 모르겠지만, 후회는 빛처럼 잠시 동안 희미해지는 듯했다. 하지만 침대에 누워 불편함을 느끼는 동안 마지막이 될 줄 알았던 후회는 어김없이 곧바로 돌아왔다. 아플 줄은 알았다. 하지만 아픔이 꼬이고 뒤틀려서 극심한 죄책감이 되리라고는 생각하지 못했다. 그런 말을 해 준 사람이 아무도 없었다.

확실히 날이 밝았다.

그는 왜 날 쳐다보는 거지? 내 생각을 눈치챈 것일까?

"만족하지 않은 표정이네." 그가 말했다.

나는 어깨를 으쓱했다.

그가 아니라 우리가 한 일이 싫었다. 아직은 그가 내 마음을 들여다보는 걸 원하지 않았다. 자기혐오의 습지에서 벗어나고 싶었지만 어떻게 해야 할지 몰랐다.

"욕지기가 나는 거야, 맞지?"

또다시 같은 식으로 어깨를 으쓱했다.

"이럴 줄 알았어. 이래선 안 된다는 걸 알고 있었어." 그가 거듭 말했다. 처음으로 그가 자기 의심에 사로잡혀서 멈칫하는 모습을 보았다. "서로 얘기를 했어야……."

"그럴지도요."

내가 그날 새벽에 한 말 중에서 아무런 의미도 없는 '그럴지도 요'라는 말이 가장 잔인했다.

"싫었어?"

전혀 싫지 않았다. 하지만 내가 느끼는 감정은 싫은 것 이상이었다. 기억하기도 생각하기도 싫었다. 그냥 없었던 일로 치워 버리고 싶었다. 경험해 본 결과 나하고 맞지 않으니까 물려 달라고, 맨발로 발코니에 나가기 전으로 시간을 돌려 달라고 말하고 싶었다. 더 이상 앞으로 가지 않고 평생 모른 채로 궁금해할 것이다. 지금 이런 기분을 느끼느니 평생 내 육체와 싸우는 편이 나았다. 엘리오, 엘리오, 우리가 경고했잖아, 안 그래?

나는 과장된 매너로 그의 침대에 계속 머물렀다. "가서 자도 돼. 네가 그러고 싶으면." 그는 한 손을 내 어깨에 올리고 그 어느 때보다 다정하게 말을 건넸다. 하지만 나는 유다처럼 내가 그에게서 영영 멀어지고 싶어 한다는 사실을 '이 사람은 모르겠지'라는 생각뿐이었다. 그를 안았다. 눈을 감았다. 감은 채로 "날 쳐다보고 있네요."라고 말했다. 눈 감은 나를 그가 쳐다보는 게 좋았다.

기분이 나아지고 잊어버리려면 가능한 한 그에게서 멀어져야 했다. 하지만 감정이 더 악화될 때 기댈 사람이 없기에 그가 가까이 있어야 했다.

한편으로는 다 지나가서 기뻤다. 이제 나는 그에게서 벗어났다. 그 대가를 치른 것이다. 문제는 그가 과연 이해해 줄까, 용서해 줄까였다.

아니면 또 다른 혐오와 수치심을 모면하려는 속임수였을까?

우리는 아침 일찍 수영하러 갔다. 이렇게 뭔가를 함께 하는 일이 마지막일 거라는 생각이 들었다. 집으로 돌아가 좀 자고 일어나서 아침을 먹은 뒤 작곡 노트를 들고 나가 황홀한 오전 시간에 하이든 편곡 작업에 몰두할 생각이었다. 아침 식탁에서 그가 나를 무시할 걸 생각하면 가끔씩 불안해지겠지만 이제 우리는 그런 단계를 지났다는 사실이 떠오르겠지. 불과 몇 시간 전 그가 내 안으로 들어왔고 내 가슴에 사정하고 싶다고 해서 그러라고 했지. 나는 아직 사정하지 않은 상태라 그가 얼굴을 찡그리며 절정의 순간을 맞는 모습을 눈앞에서 보고 싶었는지도 모른다.

그는 셔츠를 입은 채 무릎 높이의 물속으로 걸어 들어갔다. 뭘 하는 건지 알 수 있었다. 마팔다가 물어보면 어쩌다 보니 젖었다고 말하겠지.

우리는 함께 큰 바위로 헤엄쳐 갔다. 이야기도 나누었다. 내가 그와 함께 있는 시간을 좋아한다는 걸 알려 주고 싶었다. 가슴에 묻은 그의 정액이 바닷물에 씻겨 가기를 바랐지만 여전히 내 몸에 붙어 있었다. 잠시 후 비누로 샤워를 하고 나서야 3년 전 시작된 나 자신에 대한 의심이 전부 다 씻겨 나갈 터였다. 3년 전 웬 젊은 남자가 자전거에서 내려 내 어깨에 손을 올려놓았고, 그 행동은 내가 의식하지 못한 무언가를 뒤흔들었다. 어쩌면 빨리 의식하라고 재촉했다. 이 모든 것이 마침내 씻겨 나갈 것이다. 첫값을 치르던 사악한 정령이 우리 집 욕실마다 구비된 캐모마일 비누의 부드럽고 진한 향기와 함께 정화되는 것처럼 나를 둘러싼 악의적인 소문이나 잘못된 믿음이 전부 떨어져 나갈 터였다.

우리는 바위에 앉아서 이야기를 나누었다. 왜 진작 이렇게 이야기하지 않았을까? 몇 주 전에 이런 우정을 나눌 수 있었다면 그를 향한 간절함이 덜했을 텐데. 어쩌면 관계 맺는 걸 피할 수 있었을 것이다. 여기에서 200미터도 떨어지지 않은 자리에서 어젯밤 마르지아와 사랑을 나눴다는 말을 하고 싶었다. 하지만 말하지 않았다. 대신 막 편곡 작업을 마친 하이든의 〈다 이루었다(It Is Finished)〉에 대해 이야기했다. 그에게 잘 보이려고 하거나 관심을 끌려고 하거나 어색함을 애써 막아 보려고 하지 않으면서 이야기를 나눌 수 있었다. 하이든이라면 몇 시간이고 말할 수 있었다. 정말 아름다운 우정이 될 수 있었는데.

그를 향한 열병이 완전히 끝났다고 의기양양해지자 그동안 나를 괴롭혀 온 감정이 이렇듯 쉽게 끝나 버리는 게 약간 실망스럽기도 했다. 하지만 그때는 알지 못했다. 지금처럼 편하게 앉아서 하이든을 이야기하고 싶은 마음이 드는 것 자체가 내 가장 약한 부분이라는 사실을. 욕망이 다시 수면에 떠오른다면 가장 안전하게 보였던 문으로 쉽게 들어올 수 있다는 것을. 수영장 옆에서 벌거벗다시피 한 그를 보는 것처럼.

어느 시점에서 그가 내 말을 가로막았다.

"괜찮아?"

"괜찮아요, 괜찮아."

처음에 한 질문을 바로잡으려는 듯 그가 어색한 웃음과 함께 물었다.

"전부 다 괜찮은 거야?"

나는 희미한 웃음을 지어 보였다. 내가 입을 꾹 다물 거라는 사실을 이미 알면서 우리 사이의 문과 창을 닫고 촛불을 껐다. 마침내 태양이 떠오르고 수치심의 그림자가 드리웠기 때문이다.

"내 말은……"

"무슨 말인지 알아요. 쓰라려요."

"하지만 내가……"

반대쪽으로 얼굴을 돌렸다. 귓가를 매만지는 차가운 바람이 얼굴을 때리는 걸 피하려는 듯. "꼭 그 얘기를 할 필요가 있을까요?"

내 손길이 마음에 드는지 물었을 때 마르지아가 대답한 말과 똑같았다.

"네가 싫다면 안 해도 돼."

그가 무슨 이야기를 하고 싶어 하는지 정확히 알고 있었다. 내가 그에게 멈추라고 말할 뻔한 순간을 되짚어 보고 싶은 것이다.

그와 이야기하면서 오늘 마르지아와 산책하는 도중에 자리에 앉으려고 할 때마다 아픔을 느끼지 않도록 해야 한다는 생각밖에 들지 않았다. 수치심도 함께. 카페에 앉아 있지 않을 때면 또래들이 몰려드는 성벽에 앉아서 몸을 꿈틀대며 그날 밤 내가 한 짓을 떠올리겠지. 남학생들이 늘 하는 농담. 올리버는 꿈틀거리는 나를 보면서 '내가 널 그렇게 만든 거지?'라고 생각하겠지.

관계를 맺은 게 후회되었다. 그의 육체는 나를 무관심하게 만들었다. 지금 같이 앉아 있는 바위에서 그의 몸을 바라보았다. 구세군에 기부하기 위해 오래된 셔츠나 바지를 상자에 넣으며 쳐다보듯이.

어깨. 확인.

내가 한때 숭배했던 팔꿈치 안쪽과 팔꿈치 바깥쪽 사이. 확인.

사타구니. 확인.

아랫도리의 곡선. 확인.

발. 아, 저 발도. 확인.

'전부 다 괜찮은 거야?'라고 물을 때 짓는 미소. 그것도 확인했다. 모두 다 확인했다.

한때 그 모든 것을 숭배했다. 사향고양이가 탐내는 물건에 몸을 비비듯 모든 것을 만졌다. 하룻밤 동안은 모두 내 것이었다. 하지만 이제는 원하지 않았다. 내가 어떻게 그것을 욕망하고 가까이 가고 만지고 같이 자기 위해 그 모든 행동을 했는지 기억나지도 않고 이해할 수도 없었다. 수영을 하고 나서 그토록 기다렸던 샤워를 할 것이다. 잊자, 잊어버리자.

다시 수영을 하면서 그가 뒤늦게 생각난 것처럼 물었다. "어제 일 때문에 나를 나쁘게 볼 거야?"

"아뇨." 진심이라고 하기에는 지나치게 가벼운 대답이었다. 모호한 대답이라는 느낌을 줄이기 위해 하루 종일 자고 싶다고 덧붙였다. "오늘은 자전거를 못 탈 것 같아요."

"왜냐하면……." 그는 질문하는 게 아니라 대답을 제안하는 거였다.

"네, 바로 그 이유 때문에요."

내가 아주 빠르게 그와 거리를 두지 않기로 결심한 이유는 그의 감정을 상하게 하거나 경계하게 하거나 집안 분위기를 어색하게 만들고 싶지 않아서가 아니었다. 몇 시간 만에 또 그를 간절히 원하지 않으리라는 보장이 없어서였다.

우리 집 발코니에 이르렀을 때 그가 문 앞에서 망설이다 내 방으로 들어섰다. 깜짝 놀랐다. "수영복 벗어." 이상했지만 감히 반항할 수가 없었다. 몸을 굽혀 수영복을 벗었다. 밝은 대낮에 그 앞에서 벌거벗기는 처음이었다. 어색함에 더해 초조해지기 시작했다. "앉아." 완전히 앉기도 전에 그가 입 안에 내 성기를 넣었다. 순식간에 발기가 되었다. "나중을 위해 아껴 두지." 그는 장난스러운 웃음을 짓고 금세 사라졌다.

내가 그를 향한 감정을 끝냈다는 추측으로 하는 복수일까?

끝이라는 자기 확신, 확인 사항들, 갈망이 다행스럽게도 여전히 자리하고 있었다. 좋아. 몸을 말린 뒤 어제 입은 잠옷 바지를 입고 침대에 누웠다. 마팔다가 문을 두드리며 아침에 달걀을 먹을 건지 물어보러 왔을 때에야 일어났다.

나 말고도 달걀을 먹을 바로 그 입술이 어젯밤 내 몸 구석구석에 닿았다.

마치 숙취라도 되는 듯 아픈 게 언제 사라질까 싶었다.

가끔씩 쓰라림이 전해져서 불편하고 수치심이 몰려왔다. 몸과 영혼이 머리의 솔방울샘에서 만난다고 말한 사람은 바보천치다. 거기가 아니라 항문이다.

아침을 먹으러 내려온 그는 내 수영복을 입고 있었다. 우리 집에서는 다들 옷을 바꿔 입으니까 아무도 이상하게 생각할 리 없었다. 하지만 그가 내 옷을 입은 것은 처음인 데다 새벽 수영을 할 때 입은 바로 그 수영복이었다.

내 옷을 입은 그를 보니 참을 수 없이 흥분되었다. 그도 알고 있었다. 우리 두 사람 모두에게 흥분되는 일이었다. 내 성기가 닿은 메시 부분에 그의 성기가 닿았다는 사실은 내 앞에서 그가 사정한 순간을 떠올렸다. 하지만 나를 흥분시킨 것은 그게 아니었다. 우리의 몸이 서로 침투할 수 있고 대체할 수 있다는 사실이었다. 내 몸이 갑자기 그의 몸이 되고 그의 몸은 이제 내 것도 될 수 있었다. 다시 그에게 끌리는 것인가? 그가 내 옆에 앉았지만 역시 아무도 관심을 두지 않았다. 그는 자신의 발을 내 발 위가 아닌 아래에 넣었다. 항상 맨발로 걸어 다니는 내 발은 거친 반면 그의 발은 부드러웠다. 어젯밤 나는 그의 발에 키스하고 발가락을 핥았다. 바로 그 발이 내 거친 발 아래로 파고들었다.

그는 내가 자신을 잊도록 내버려 두지 않았다. 성주의 아내가 젊은 하인과 관계를 맺고 다음 날 아침에 죄를 덮어씌워 지하 감옥에서 즉시 처형한 이야기가 생각났다. 지난밤에 저지른 불륜의 증거를 완전히 없애려는 것뿐만 아니라 자신의 총애를 받는다고 생각한 하인이 골칫거리가 될까 봐, 다음 날 저녁에 자신이 또 그를 찾을까 봐 죽인 거였다. 올리버가 나를 괴롭히는 골칫거리가 되려고 작정한 것일까? 내가 무엇을 할 수 있을까? 어머니에게 이르기라도 할까?

그날 오전 그는 혼자서 시내에 갔다. 우체국에 들르고 번역가 밀라니를 만나는 평상시와 똑같은 일이었다. 그가 내 반바지를 입은 채 자전거를 타고 사이프러스 길로 가는 모습을 보았다. 지금까지 누가 내 옷을 입은 적은 한 번도 없었다. 어쩌면 그 행위에 육체적이면서 상징적인 의미가 들어 있는지도 모른다. 두 사람이 가까이 있는 것도 모자라 서로가 되고 싶다고 서투르게 말하는 방법이라고. 그로 인해 내가 내가 되는 것. 나 때문에 그가 그가 되는 것. 내가 그의 입 안에 있고 그가 내 입 안에 있는 것. 내 입 안에 든 것이 그의 성기인지 내 것인지 알 수 없는 것. 그는 나 자신에게 이어지는 비밀스러운 도관이었다. 우리가 우리가 될 수 있도록 해 주는 촉매제처럼, 낯선 육체, 보조자, 이식 조직, 제대로 된 자극을 보내는 패치, 군인의 뼈를 받쳐 주는 철제 핀, 이식 수술 후 우리를 더 우리로 만들어 주는 타인의 심장처럼.

갑자기 오늘 하려던 일을 모두 접어 두고 그에게 달려가고 싶은 마음이 들었다. 그날 자전거를 타지 않겠다고 생각했지만 10분 동안 기다렸다가 자전거를 몰고 나갔다. 마르지아의 집을 지나치고 가파른 언덕길을 최대한 빨리 올라갔다. 광장에 이르렀을 때 그보다 단지 몇 분 늦게 도착했음을 깨달았다. 그는 자전거를 세운 뒤 이미 구입한 《헤럴드 트리뷴(Herald Tribune)》을 들고 우체국으로 향하는 중이었다. 첫 번째 볼일이었다.

그에게 달려갔다. "당신을 꼭 봐야 해서 왔어요."

"왜, 무슨 일 있어?"

"꼭 봐야 해서 왔어요."

"싫증 난 거 아니었나?"

'그런 줄 알았는데……'.라고 말하려다가 "그냥 같이 있고 싶어서요."라고 말했다. 문득 떠오르는 생각이 있었다. "싫으면 그냥 돌아갈게요."

그는 가만히 선 채로 아직 부치지 않은 편지 꾸러미가 든 손을 아래로 떨어뜨렸다. 그냥 가만히 서서 나를 빤히 쳐다보며 고개를 저었다. "우리가 관계를 맺어서 얼마나 다행이라고 생각하는지 알아?"

나는 또 다른 칭찬을 밀어내려는 듯 어깨를 으쓱했다. 나는 칭찬받을 자격이 없었다. 내가 받은 칭찬은 대부분 그가 해 준 것이었다. "모르겠어요."

"넌 앞으로도 계속 그렇게 모를 거야. 난 무엇도 후회하고 싶지 않아. 네가 오늘 아침에 대답을 피한 것까지도 난 후회하고 싶지 않아. 내가 널 엉망으로 망친다는 생각이 두려울 뿐이다. 우리 둘 중 누구도 대가를 치르는 걸 원하지 않아."

나는 그가 무슨 이야기를 하는지 정확히 알았지만 모르는 척했다. "난 아무한테도 말하지 않을 테니까 아무런 문제도 없을 거예요."

"그런 뜻으로 한 말이 아니야. 어쨌든 나는 거기에 대한 대가를 치르겠지." 나는 처음으로 한낮에 약간 다른 모습의 올리버를 얼핏 볼 수 있었다. "너에게는 어젯밤 일이 여전히 장난이나 놀이 같겠지. 그래야만 해. 하지만 나한테는 전혀 다른 의미이고 그게 뭔지 찾으려 하는 중이야. 그럴 수 없다는 게 날 겁나게 해."

"내가 와서 유감이에요?" 나는 일부러 멍청하게 구는 걸까?

"할 수만 있다면 널 안고 키스하고 싶어."

"나도요."

나는 우체국으로 들어서려는 그의 귀에 대고 속삭였다. "날 가져요, 엘리오." 그는 간밤의 일을 떠올리고 곧바로 자신의 이름을 세 번 속삭였다.

내 몸이 벌써부터 달아오르는 것을 느낄 수 있었다. 그가 아침에 했던 것과 똑같이 놀려 주려고 말했다. "나중을 위해서 아껴 두죠."

나는 '*나중에!*'가 그를 떠오르게 한다는 이야기를 했다. 그는 웃으면서 "*나중에!*"라고 했다. 내가 이따금 바라던 것과 똑같은 의미의 '*나중에*'였다. 작별이나 서로 제 갈 길을 간다는 뜻이 아니라 이따 오후에 사랑을 나누자는 뜻이었다. 돌아서 곧바로 자전거에 탔다. 환하게 웃으면서 노래라도 부르고 싶은 기분으로 내리막길을 달렸다.

이렇게 행복한 건 처음이었다. 무엇도 잘못될 수 없고 모든 것이 내 뜻대로 되고 있었다. 모든 문이 하나씩 다 활짝 열려서 세상이 그렇게 환해 보일 수 없었다. 빛이 나를 향해 똑바로 비추었다. 자전거로 좌회전을 하거나 우회전을 해도, 멀어지려고 해 봐도 빛은 무대의 배우를 비추듯 계속 나만 따라왔다. 나는 그를 원했지만 그 없이도 살 수 있었다. 둘 중 어느 쪽이라도 괜찮았다.

마르지아의 집에 들렀다 가기로 했다. 마르지아는 해변에 있었다. 나도 해변으로 갔다. 우리는 함께 바위 쪽으로 가서 햇살을 받으며 누웠다. 그녀의 향기가 좋았고 그녀의 입이 좋았다. 마르지아는 상의를 벗고 등에 선크림을 발라 달라고 했다. 내가 두 손으로 가슴을 움켜쥐리라는 것을 그녀도 알고 있었다. 마르지아네는 해변에 짚을 엮어서 지붕을 올린 작은 오두막을 가지고 있었다. 마르지아가 그리로 들어가자고 했다. 아무도 오지 않을 거라고.

안에서 문을 잠그고 마르지아를 테이블에 앉힌 뒤 수영복을 벗겨서 바다의 향기가 풍기는 그곳에 입을 가져갔다. 그녀는 상체를 뒤로 젖히고 두 다리를 내 어깨에 올렸다. 참 이상하다는 생각이 들었다. 너무도 다른 두 가지 모습이 서로를 가리면서도 막지는 않는다니. 불과 한 시간도 안 되어 올리버에게 나를 가지라고 해 놓고 지금은 마르지아와 사랑을 나누고 있다. 하지만 두 가지 모습은 엘리오를 통한다는 것만 빼고는 서로 아무런 관련이 없었다. 엘리오가 우연히도 똑같은 한 사람일 뿐이었다.

점심 식사 후 올리버는 교정한 원고를 밀라니에게 전해 주러 다시 시내로 나가야 한다고 했다. 그는 재빨리 내 쪽을 쳐다보았지만 아무런 반응이 없는 나를 보고 벌써 떠날 채비를 했다. 와인을 두 잔 마셨더니 얼른 낮잠을 자고 싶었다. 테이블에서 큼지막한 복숭아 두 개를 집어 들고 가면서 어머니에게 키스했다. 복숭아를 가져가 나중에 먹을 거라고 했다. 어두운 방 안으로 들어가 복숭아를 대리석 테이블에 놓았다. 그러고는 옷을 다 벗었다. 깨끗하고 차갑고 빳빳하게 풀 먹여 햇빛에 말린 이불이 침대에 펼쳐져 있었다. 마팔다는 정말 최고였다. 나는 혼자 있고 싶었을까? 그렇다. 지난밤에는 이 사람이었다가 새벽에는 다른 사람이었다. 그리고 아침에 또 달라졌다. 햇빛 가득한 여름 오후의 생생한 해바라기처럼 행복해하면서 침대에 누웠다. 잠들려고 하는 지금 나는 혼자라서 기뻤을까? 그렇다. 아니, 아니다. 그렇다. 아닐지도 모른다. 그렇다. 그렇다. 그렇다. 나는 행복했다. 다른 사람하고 있을 때도, 혼자 있을 때도 행복하다는 사실이 중요했다.

30분 후, 아니면 그보다 더 빨리 온 집 안에 퍼지는 커피 향에 잠을 깼다. 문을 닫아 놓았는데도 냄새가 들어왔다. 부모님을 위한 커피가 아니라는 걸 알 수 있었다. 오후에 두 번째로 내리는 커피는 나폴리 에스프레소 커피메이커로 내린 것인데 마팔다와 안키세스가 점심 식사 후에 마시는 커피였다. 곧 두 사람도 휴식을 취할 터였다. 이미 나른함이 퍼져 있었다. 세상이 잠들고 있었다.

그나 마르지아가 발코니 문을 지나치다 절반만 닫힌 덧문 사이로 침대에 누워 있는 내가 옷을 다 벗었다는 사실을 알아차리면 좋겠다는 생각이 들었다. 그여도 마르지아여도 상관없었다. 누구든 지나가다 내가 알몸인 걸 알아봐 주었으면 했다. 그러고 나서 뭘 할지는 그들에게 달려 있다. 나는 그냥 계속 자거나 그들이 방 안으로 들어오면 옆자리를 내주고 같이 낮잠을 잘 것이다. 둘 중 한 명이 방으로 들어와 복숭아를 들고 단단하게 발기된 내 성기에 갖다 대는 모습을 상상했다. '안 자는 거 알아.'라고 말하며 복숭아를 부드럽게 누르면 내 성기가 잘 익은 부드러운 과육을 뚫을 것이다. 복숭아 과육은 올리버의 엉덩이를 닮았다. 계속 그런 상상이 떠올라서 사라지지 않았다.

자리에서 일어나 복숭아 하나를 집어 들고 양쪽 엄지로 반을 갈랐다. 씨앗을 빼서 책상에 올려놓은 뒤 보송보송하고 붉은 복숭아를 아랫도리로 가져가 누르기 시작했다. 갈라진 복숭아가 성기로 미끄러져 내려갔다. 매일 그렇게 애지중지하며 키운 복숭아로 이런 짓을 한다는 걸 안키세스가 알면 뭐라고 할까. 안키세스는 커다란 밀짚모자를 쓰고 굳은살 박인 손으로 매일 바싹 마른 땅에서 잡초를 뽑았다. 그의 복숭아는 복숭아보다는 좀 더 크고 과즙이 풍부한 살구에 가까웠다. 동물계는 벌써 시험해 보았으니 이제 식물계로 넘어가는 거야. 다음은 광물계가 되려나. 그런 생각을 하니 피식 웃음이 나려고 했다. 성기에 온통 복숭아 과즙이 흘러내렸다. 지금 올리버가 들어온다면 아침에 그런 것처럼 내 성기를 빨게 할 것이고, 마르지아가 들어온다면 내가 하던 일을 마저 해 달라고 할 것이다. 복숭아는 부드럽고도 단단해서 가운데 붉은 부분을 보니 엉덩이뿐만 아니라 질도 떠올랐다. 두 쪽으로 갈라진 복숭아를 성기에 대고 단단히 잡은 뒤 문지르기 시작했다. 굳이 누구를 떠올리지 않으면서도 모두 다 떠올렸다. 지금 뭘 하는 건지 영문도 모를 복숭아에 대해서도 생각했다. 복숭아는 지금 이게 무슨 일인지 모르겠지만 내가 하는 대로 따라올 수밖에 없고 결국 쾌락을 느낄 것이다. 복숭아가 '날 가져, 엘리오. 더 세게 해 줘!'라고 말하는 듯했다. 잠시 후에는 '더 세게 해 달라니까!'라고 했다.

오비디우스의 책에 나오는 이미지를 떠올려 보려고 했다. 거기 복숭아로 변하는 사람이 나오지 않는가. 아니면 내가 지금 만들어 낼 것이다. 복숭아처럼 아름다운 남녀가 아름다움을 시기한 신에 의해 복숭아나무로 변해 버린다. 3000년이 흐르고 나서야 두 사람은 억울하게 빼앗겨 버린 기회를 다시 얻어서 중얼거린다. *"네가 멈춘다면 난 죽도록 괴로울 거야. 끝내지 마. 영원히 계속해 줘."* 그 이야기가 너무도 자극적이어서 나는 갑자기 절정의 순간으로 치달았다. 바로 멈추지 않았다가는, 한 번만 더 손을 올렸다 내렸다 하면 곧바로 사정할 것 같았다. 정말로 사정을 했다. 마치 수정 의식이라도 되는 듯 갈라진 복숭아의 붉은 부분에 조준해서 사정했다.

이 얼마나 정신 나간 짓인가. 양손에 복숭아를 쥔 채 몸을 뒤로 젖혔다. 과즙이나 정액이 이불을 더럽히지 않아서 다행스러웠다. 몹쓸 짓을 당한 것처럼 온통 멍들고 망가져 버린 복숭아는 책상에 옆으로 누웠다. 복숭아는 수치스러워하면서도 충성스러웠고 쓰라림과 혼란을 느꼈으며 내가 안에 남긴 것을 흘리지 않으려고 애썼다. 어젯밤 올리버가 처음으로 내 안에 사정한 후에 침대에 누워 있던 나도 그리 다르지 않은 모습이었을 것이다.

민소매 상의를 입었다가 그냥 벌거벗기로 하고 이불 속으로 들어갔다.

누군가 덧문의 걸쇠를 열었다가 다시 닫는 소리에 잠에서 깼다. 언젠가 꿈에서 그런 것처럼 그가 살금살금 걸어왔다. 놀라게 하려는 것이 아니라 깨우지 않으려고 했다. 나는 올리버임을 알았고 안기 위하여 눈을 감은 채 한 손을 뻗었다. 그가 내 손을 잡고 키스했다. 이불을 들어 올린 그는 내가 알몸인 것을 보고 놀란 듯했다. 그는 곧바로 아침에 약속한 그곳에 입술을 가져갔다. 찐득한 맛이 나는 것을 마음에 들어 하며 뭘 했는지 물었다.

뭘 했는지 이야기하고 책상에 멍든 채로 놓여 있는 증거물을 가리켰다.

"어디 볼까?"

그는 자리에서 일어나더니 자신을 위해 그렇게 둔 것인지 물었다.

그랬는지도 모른다. 아니면 그냥 어떻게 치워야 할지 나중에 생각하려고 그런 것일까?

"이거 복숭아가 맞긴 한 거야?"

나는 수치스러워하는 척하면서 장난스럽게 고개를 끄덕였다.

"안키세스가 복숭아 하나하나에 얼마나 정성을 들이는지 알기나 해?"

농담이었지만 그가, 아니 누군가 그를 통하여 부모님이 나를 어떻게 키웠는지 묻는 것처럼 느껴졌다.

그는 내용물이 흐르지 않도록 조심하면서 복숭아 한 쪽을 침대로 가져왔고 옷을 벗었다.

"나 이상하죠?"

"아니. 다들 너만 같으면 좋겠는데. 진짜 이상한 거 보여 줄까?"

과연 뭘 하려는 걸까? 선뜻 보여 달라고 하기가 망설여졌다.

"너보다 먼저 살았던 사람들의 숫자를 생각해 봐. 네 할아버지, 고조할아버지 등 너보다 앞서 존재한 모든 세대의 엘리오들을 말이야. 멀리 떨어져 있는 그들이 이 액체로 농축되어서 너를 만든 거야. 맛봐도 돼?"

고개를 저었다.

그는 손가락으로 복숭아 가운데를 찍어서 입으로 가져갔다.

"제발 하지 말아요." 견디기 어려운 지경이었다.

"내 정액은 싫지만 이건 네 거잖아. 싫은 이유를 말해 봐."

"끔찍한 기분이 든단 말이에요."

그는 대수롭지 않은 듯했다.

"이러지 않아도 돼요. 당신에게 집착한 건 나예요. 지금까지 있었던 모든 일은 다 나 때문에 일어난 거예요. 정말 이러지 않아도 돼요."

"말도 안 되는 소리. 난 처음 보자마자 널 원했어. 너보다 감정을 잘 숨긴 것뿐이야."

"그렇겠죠!"

복숭아를 낚아채려고 달려들었다. 하지만 그는 영화에서 상대방이 칼을 내려놓게 하려고 힘을 주는 것처럼 다른 손으로 내 손목을 잡고 꽉 눌렀다.

"아프잖아요."

"그럼 봐."

그가 복숭아를 입 안에 넣고 천천히 먹기 시작했다. 사랑을 나눌 때도 저럴 수 있을까 싶을 만큼 강렬한 눈빛으로 나를 쳐다보왔다.

"뱉고 싶으면 뱉어도 괜찮아요. 정말 괜찮아요. 기분 나빠 하지 않을게요." 마지막 애원이라기보다는 침묵을 깨뜨리려고 한 말이었다.

그는 고개를 저었다. 바로 그 순간 그가 복숭아를 맛보고 있음을 알 수 있었다. 내 것이 그의 입 안에 있다. 이제 단지 내 것만은 아니었다. 그 순간 나에게 무슨 일이 일어났는지 모르겠지만 그를 빤히 쳐다보는데 갑자기 울고 싶은 강한 충동이 몰려왔다. 오르가슴처럼 참지 않고 그냥 마음 가는 대로 해 버렸다. 있는 그대로의 내 모습을 그에게 보여 주기 위해서이기도 했다.

그에게 다가가 그의 어깨에 기대어 숨죽여 울었다. 지금까지 살면서 타인이 이토록 나에게 친절하거나 이만큼 나를 위해 준 적이 없기에 울었다. 전갈에 물렸을 때 내 발을 찢어서 독을 빨아 준 안키세스도 이만큼은 아니었다. 평생 느껴 본 적 없는 그렇게 큰 감사를 표현할 길이 없어서 울었다. 아침에 그에게 나쁜 생각을 가졌기에 울었다. 어젯밤 일 때문이기도 했다. 좋든 싫든 절대로 되돌릴 수 없는 일이 벌어졌고 그의 말대로 쉬운 상황이 아니라는 것을 보여 주기 위해 울었다. 재미있는 놀이인 줄 알았지만 방향을 잘못 잡은 것이며 우리가 서두른 감이 있더라도 되돌리기에는 늦어 버렸다. 무슨 일이 일어났기는 했는데 무엇인지 알 수 없어서 울었다.

"엘리오, 우리 사이에 무슨 일이 일어났건 네가 몰랐다고는 하지 마." 그는 여전히 복숭아를 씹고 있었다. 성적으로 흥분한 상태라면 몰라도 지금은 전혀 다른 이야기였다. 그는 나의 일부를 가져가고 있었다.

그의 말은 이치에 맞지 않았지만 정확히 무슨 뜻인지 알 수 있었다.

손바닥으로 그의 얼굴을 문질렀다. 그러고 나서 왜 그랬는지 그의 눈꺼풀을 핥기 시작했다.

"키스해 줘요. 완전히 다 사라져 버리기 전에." 지금 그의 입에서 복숭아와 나를 맛볼 수 있을 것이다.

올리버가 떠난 뒤에도 나는 오랫동안 방에 남아 있었다. 마침내 자리에서 일어났을 때는 이미 저녁이어서 기분이 언짢았다. 통증은 사라졌지만 새벽이 다가오면서 느꼈던 것과 똑같은 불안감이 다시 엄습했다. 오랫동안 동면하다가 수면으로 떠오른 아까 그 느낌인지, 아니면 아까 그 느낌은 완전히 아물고 오후에 다시 나눈 사랑으로 새롭게 생긴 것인지 알 수 없었다. 취하게 되는 그와의 시간 이후에는 언제나 이렇게 고독한 죄책감을 느껴야 할까? 마르지아와 사랑을 나누면 왜 이런 느낌이 안 들지? 마르지아를 선택하는 게 맞다고 자연이 나에게 알려 주는 것일까?

샤워를 하고 깨끗한 옷을 입었다. 아래층으로 내려가 보니 다들 칵테일을 마시고 있었다. 지난밤에 온 두 손님은 어머니의 접대를 받았고, 새로운 손님인 지난번과 다른 기자는 올리버에게 헤라클레이토스에 관한 책 이야기를 듣느라 바빴다. 올리버는 낯선 사람에게 다섯 줄로 책을 요약해 주는 기술을 완벽하게 연마했다. 상대방을 위하여 순간적으로 만들어 낸 기술인 듯했다.

"계속 있을 거니?" 어머니가 물었다.

"아뇨. 마르지아 만나러 갈 거예요."

어머니는 걱정스러운 표정으로 조심스레 고개를 저었다. '안 돼. 마르지아는 좋은 애지만 단둘이 말고 여럿이 어울려야 해'라는 뜻이었다.

"그냥 좀 내버려 둬요. 당신도 그렇고 다른 분들도!" 아버지의 반박이 나를 구해 주었다. "하루 종일 방 안에 처박혀 있었으니 하고 싶은 대로 하게 좀 내버려 둬요. 하고 싶은 대로!"

아버지가 알았다면, 아니 이미 알고 있다면?

아버지는 절대 반대하지 않을 터였다. 처음에는 얼굴을 찌푸리겠지만 곧 인정할 것이다.

나와 마르지아 사이를 올리버에게 숨겨야 할 이유가 없었다. 빵집 주인과 푸줏간 주인은 서로 경쟁하지 않으니까, 라고 생각했다. 그가 신경 쓸 것 같지도 않았다.

그날 밤 마르지아와 영화를 보러 갔다. 광장에서 아이스크림도 사 먹었다. 그리고 다시 그녀의 집으로 갔다.

"서점에 또 가고 싶어. 하지만 너랑 영화관 가는 건 싫어." 마르지아가 정원으로 이어지는 문을 향해 걸으면서 말했다.

"내일 문 닫을 때쯤 가 볼래?"

"당연히 좋지!" 마르지아는 그날 밤을 되풀이하고 싶어 했다.

그녀가 키스했다. 내가 원하는 건 아침에 문 열자마자 서점에 가고 같은 날 밤에 또 들를 수 있는 선택권이 주어지는 것이었다.

집에 돌아가 보니 손님들이 떠날 채비를 하고 있었다. 올리버는 집에 없었다.

마르지아와 있다가 돌아온 처지에 올리버가 집에 있기를 바라다니.

방으로 올라갔지만 딱히 할 일이 없어서 일기장을 펼쳤다.

어제 일기 내용은 이랬다.

'자정에 보자.' 두고 봐. 그는 나오지도 않을 테니까. '철 좀 들어'는 '꺼져'라는 뜻이다. 그냥 아무 말도 하지 말걸 그랬다.

그의 방으로 가기 전에 초조한 마음으로 이 말을 끼적거렸다. 어젯밤의 불안과 초조함에 대한 기억을 떠올리려고 애썼다. 어쩌면 어젯밤의 불안을 다시 느끼고 싶었는지도 모른다. 오늘 밤의 불안을 숨기기 위해서. 그의 방에 들어간 순간 나의 가장 큰 두려움이 사라졌다면 오늘 밤도 다르지 않게 끝날지도 모르고, 그의 발자국 소리를 듣는 순간 두려움도 쉽게 진압되었을 거라는 사실을 떠올리기 위해서.

하지만 어젯밤의 불안감은 기억나지도 않았다. 그 뒤로 찾아온 불안에 완전히 뒤덮여 버렸으며 내가 접근할 수 없는 시간에 속하는 듯했다. 어젯밤의 모든 것이 갑자기 사라져 버렸다. 아무것도 기억나지 않았다. 기억에 시동을 걸기 위해 "꺼져."라고 중얼거렸다. 어젯밤에는 너무도 현실적으로 다가왔지만 이제는 뜻을 알 수 없는 두 글자처럼 느껴질 뿐이었다.

그러다 깨달았다. 나의 오늘이 지금까지 지나온 그 어떤 하루와도 다르다는 것을.

훨씬 끔찍했다. 이것을 뭐라고 불러야 할지 알 수 없었다.

가만히 생각해 보니 어젯밤의 불안도 뭐라고 불러야 할지 알 수 없었다.

나는 어젯밤에 엄청난 도약을 했다. 하지만 지금의 나는 그의 육체와 하나 되기 전보다 더 지혜롭지도 확신이 강하지도 않았다. 어쩌면 우리는 관계를 맺지 말아야 했는지도 모른다.

적어도 어젯밤에는 실패에 대한 두려움, 내쳐지거나 내가 타인에게 사용한 바로 그 호칭으로 불릴 것 같은 두려움이 있었다. 이제 그 두려움은 이겨 냈지만 잠재적인 불안은 계속 그대로였을까? 돌풍 이후에 치명적인 암초가 나타나리라는 예고처럼?

그가 집에 없다는 사실이 왜 신경 쓰인단 말인가? 빵집과 푸줏간은 서로 다른 업종이라는 둥 하면서 이렇게 되기를 바란 거 아닌가? 그가 집에 없다는 것, 어쩌면 나를 피하고 있다는 사실이 왜 이리도 불안하지? 내가 지금 그만을 기다리는 기분이 드는 건 뭐지?

고문처럼 느껴지기 시작한 기다림의 이유가 뭐란 말인가?

올리버, 지금 누군가와 같이 있는 거라면 슬슬 집에 올 때가 되었잖아요. 아무것도 묻지 않을 테니까 제발 나를 기다리게 하지만 말아요.

10분 후에도 그가 오지 않는다면 뭔가 조치를 취할 것이다.

10분 후 무기력한 자신에게 혐오감을 느끼면서 10분 더 기다려 보기로 했다. '이번에는 진짜'라고 생각했다.

20분이 지나자 더 이상 견딜 수가 없었다. 스웨터를 걸치고 발코니를 통해 아래층으로 내려갔다. 그래야만 한다면 B로 나가서 직접 확인해 볼 것이다. 자전거를 세워 둔 창고로 향하면서 머릿속은 이미 N부터 들러야 하는지 생각하고 있었다. N에서는 B보다 늦게까지 유흥을 즐기니까. 자전거 타이어에 바람을 넣어 두지 않은 자신을 저주했다. 순간 그만둬야 한다는, 근처 오두막에서 자는 안키세스를 깨우면 안 된다는 생각이 들었다. 음흉한 안키세스. 다들 그가 음흉하다고 했다. 내가 한 번이라도 의심해 본 적이 있던가? 있을 것이다. 자전거에서 굴러 떨어진 올리버, 안키세스가 직접 만든 연고, 올리버의 긁힌 상처를 치료해 준 안키세스의 친절함.

저 아래 바위투성이 해안을 내려다보니 달빛에 그의 모습이 보였다. 그해 여름 이곳에 오기 전 시칠리아에 머물 때 구입한 하얀색과 파란색 줄무늬 해양 스웨터를 입고 있었다. 언제나 그렇듯 어깨의 단추를 채우지 않고. 그는 아무것도 하지 않고 그냥 무릎을 껴안은 채 아래에서 바닷물이 바위에 부딪히는 소리를 듣고 있었다. 난간에서 내려다보고 있으니 그를 향한 부드러운 애정이 샘솟으면서 그가 우체국으로 들어가기 전에 뒤따라가려고 B를 향해 전속력으로 자전거 페달을 밟은 기억이 났다. 그는 내 인생 최고의 사람이었다. 나는 사람을 잘 고른 것이다. 문을 열고 돌계단을 몇 개씩 뛰어넘어 그에게 다가갔다.

"기다렸어요."

"자는 줄 알았는데. 자고 싶지 않을 거라는 생각도 했어."

"안 잤어요. 당신을 기다렸죠. 그냥 불을 꺼 놓고 있었어요."

집 쪽을 올려다보았다. 창의 덧문이 완전히 닫혀 있었다. 몸을 숙어 그의 목에 키스했다. 욕망이 아닌 감정으로 하는 첫 번째 키스였다. 그가 나에게 한쪽 팔을 둘렀다. 누가 보더라도 문제 될 것 없는 포즈였다.

"뭐 하고 있었어요?"

"생각."

"무슨?"

"이것저것. 미국으로 돌아가야 하는 거랑 가을 학기에 가르칠 수업. 책. 너."

"나에 대해서요?"

"나에 대해서요?" 그가 놀리듯 따라 했다.

"다른 사람 생각은 안 하고요?"

"다른 사람 생각은 안 하고." 그는 잠시 침묵했다. "난 매일 밤 여기 와서 그냥 앉아 있어. 몇 시간 동안 있을 때도 있지."

"혼자서요?"

그가 고개를 끄덕였다.

"몰랐어요. 난 그것도 모르고……."

"네가 무슨 생각을 했는지 알아."

그 말을 들으니 그렇게 기분 좋을 수가 없었다. 그동안 우리 사이에는 짙은 그림자가 드리워져 있었던 듯했다. 나는 이 문제를 더 이상 헤집지 않기로 했다.

"이 장소가 가장 그리울 거야." 그가 생각에 잠겼다가 덧붙였다. "난 B에서 행복했어."

작별 인사의 서두처럼 느껴졌다.

"저기를 내다보면서……." 그가 지평선을 가리켰다. "2주 후에는 컬럼비아로 돌아갔겠구나 생각했어."

맞는 말이었다. 날짜를 세지 않기로 했다. 처음에는 그가 이곳에서 얼마나 머무는지 생각하고 싶지 않아서였고, 나중에는 그가 이곳에서 머물 날이 얼마나 남았는지 생각하고 싶지 않아서였다.

"열흘 후에 내가 이곳을 내려다보면 당신은 여기 없을 거라는 뜻이죠. 그땐 어떻게 해야 할지 모르겠어요. 적어도 당신은 다른 곳에 존재하겠죠. 추억이 없는 곳에서."

그가 내 어깨에 올려놓은 손을 꽉 누르면서 살짝 당겼다. "가끔 네 사고 수준을 보면……. 넌 앞으로 괜찮을 거야."

"그럴지도요. 그렇지 않을 수도 있고요. 우린 너무 많은 시간을 낭비했어요."

"낭비? 글쎄…… 우리가 진심을 깨닫기까지 시간이 필요했는지도 모르지."

"우리 중 누군가는 고의적으로 일을 어렵게 만들었고요."

"내가?"

고개를 끄덕였다. "당신은 어젯밤에 우리가 뭘 하는지 정확히 알고 있었어요."

그가 미소를 지어 보였다. "그 일에 대해 어떻게 느껴야 할지 모르겠어."

"나도 확신은 없어요. 하지만 하길 잘했다고 생각해요."

"앞으로 괜찮겠어?"

"괜찮을 거예요." 그의 바지에 한 손을 집어넣었다. "여기에 이렇게 같이 있으니까 참 좋아요."

'나도 여기에서 행복했어요'라고 말하는 나만의 방식이었다. '이곳에서 행복했다'는 것이 그에게 무슨 의미일까 궁금했다. 상상만 하던 곳에 직접 와 보니 행복했다는 것일까, 뜨거운 오전 시간 천국에서 일하는 게 행복했다는 것일까, 번역가를 만나느라 자전거로 오가는 시간이 행복했을까, 매일 밤 시내로 사라졌다가 늦게 돌아오는 게 행복했을까, 우리 부모님과 함께 하는 고역의 저녁 만찬이 행복했을까, 포커 친구들이나 이곳에서 사귄 내가 알지 못하는 친구들이 있어서 행복했을까? 언젠가는 말해 주겠지. 그가 이곳에서 느낀 행복 속에서 내가 차지하는 부분은 어디인지 궁금했다.

내일 아침 일찍 수영을 하러 간다면 지금 과도하게 넘치는 자기혐오를 이겨 낼 수 있을지도 모른다. 사람이 자기혐오에 익숙해지기도 하는지 궁금했다. 아니면 누적된 불안이 너무 커서 유예 기간을 가진 한 덩어리 감정으로 압축시키는 것일까? 어제만 해도 침입자처럼 느껴지던 타인이 내가 지옥에 빠지는 걸 막아 주는 존재가 되는 걸까? 새벽에는 고통의 원인을 제공한 사람이 밤에는 그 고통을 없애 줄 사람이 되는 것일까?

다음 날 우리는 수영을 하러 갔다. 새벽 6시가 겨우 지난 시간이었다. 이른 시간이라는 사실 때문에 더욱 에너지가 넘쳤다. 그가 엎드려 뜨기를 할 때 손가락을 살짝 대는 것만으로도 물에 뜨게 해 주는 수영 강사처럼 그의 몸을 잡고 싶었다. 그 순간에 그보다 나이가 많은 것처럼 느껴진 이유는 무엇일까? 오늘 아침 바위와 제철을 맞이한 해파리 그리고 안키세스 등 모든 것으로부터 그를 지켜 주고 싶었다. 정원으로 느릿느릿 걸어가 스프링클러를 켜고 비가 오거나 대화를 할 때나 심지어 일을 그만두겠다고 협박할 때조차 풀을 뽑는, 아무리 잘 감춘 비밀도 파헤칠 것 같은 안키세스의 사악하고 음흉한 시선으로부터.

"어때요?" 그가 어제 아침에 한 질문을 흉내 내며 물었다.

"알잖아."

아침 식탁에서 무슨 생각으로 그랬는지, 나는 마팔다가 끼어들기 전에, 그가 숟가락으로 내리치기도 전에 그의 반숙 달걀을 깨뜨려 주었다. 평생 그런 적이 한 번도 없는데 껍질 하나라도 달걀 속으로 들어가지 않게 조심하면서 남의 달걀을 깨뜨려 준 것이다. 그가 좋아했다. 마팔다가 그에게 매일 먹는 *polpo*(낙지)를 내왔을 때 나도 흐뭇했다. 온 집안에 행복이 퍼졌다. 어젯밤에 그가 위에서 하게 해 줬다는 이유만으로.

그의 두 번째 달걀 윗부분을 다 잘랐을 때 아버지의 시선이 느껴졌다.

"미국인들은 제대로 못 하잖아요." 내가 해명했다.

"그래도 그들만의 방법이 있을 텐데……."

그때 테이블 아래에서 내 발 위에 올린 그의 발이 그만 하는 게 좋겠다고, 아버지가 뭔가 눈치챘을지도 모른다고 말했다.

"네 아버지는 바보가 아니야." 그날 오전 올리버가 B에 갈 채비를 하면서 말했다.

"같이 갈까요?"

"아니. 조용히 있는 게 좋겠어. 오늘은 하이든 작업을 하고 있어. 그럼 나중에."

"나중에요."

그가 막 나가려고 할 때 마르지아에게 전화가 왔다. 그는 전화기를 건네주면서 눈을 찡긋했다. 비꼬는 기색은 전혀 없었다. 착각이 아니라면(착각이 아니라고 확신한다) 우리 사이에는 친구 사이에만 존재하는 투명함이 있다는 사실을 일깨워 주었다.

어쩌면 우리는 친구였다가 연인이 된 것인지도 모른다.

원래 연인 사이는 이런 것인지도.

우리가 함께 한 마지막 열흘은 이른 아침의 수영, 나른한 아침 식사, 시내 자전거 나들이, 정원에서의 작업, 점심 식사, 오후 낮잠, 계속되는 오후 작업, 가끔 치는 테니스, 저녁 식사 후의 광장 나들이, 시간 가는 줄 모르고 매일 밤 나누는 사랑으로 이루어졌다. 그 시기를 떠올려 보면 올리버가 30분 정도 번역가를 만나러 가거나 내가 마르지아와 몇 시간 보낼 때를 빼고 우리는 항상 붙어 있었다.

"언제쯤 내 마음을 눈치챘어요?" 어느 날 그에게 물었다. '네 어깨를 꽉 쥐었는데 움찔했을 때'나 '네 방에서 얘기를 나누는 중에 네가 바지에 사정했을 때' 같은 대답을 기대했다. 하지만 그는 "네가 얼굴을 붉혔을 때."라고 대답했다. "내가요?" 그가 여기 온 첫째 주 어느 날 아침 일찍 시 번역에 대해 이야기했을 때라고 했다.

우리는 그날 평상시보다 일찍 작업을 시작했다. 린덴나무 아래 테이블에 아침을 차리는 동안 이미 자연스러운 대화를 즐겼는데 얼른 둘만의 시간을 보내고 싶어서였는지도 모른다. 그가 시를 번역해 본 적이 있냐고 물었다. 해 본 적 있다고, 왜 묻느냐고, 그는 해 봤느냐고 물었다. 그도 해 봤다고 했다. 레오파르디의 시를 읽는데 절대로 번역이 불가능한 몇 구절이 있다는 것이었다. 우리는 주거니 받거니 계속 이야기를 나누었다. 즉흥적으로 시작된 대화가 그렇게까지 깊어질 줄 둘 다 알지 못했다.

레오파르디의 세계로 깊이 들어갈수록 샛길이 계속 나와서 어릿광대짓을 좋아하는 서로의 유머 감각으로 자유 유희를 계속했다. 우리는 시 구절을 영어로 번역한 다음 영어를 다시 고대 그리스어로 옮기고 그것을 불확실한 영어에서 불확실한 이탈리아어로 번역했다. 그렇게 하다 보니 레오파르디의 시 〈달을 향해서 (Alla luna)〉 마지막 구절이 완전히 왜곡되었고, 우리는 말도 안 되는 이탈리어 번역 구절을 읊으며 박장대소를 했다. 그러다 갑자기 침묵이 감돌았다. 그를 보니 차갑고 무표정한 얼굴로 빤히 쳐다보고 있었다. 언제나 나를 불안하게 만드는 바로 그 표정이었다. 할 말을 떠올리려고 애쓰는데 그가 어떻게 그렇게 아는 것이 많으냐고 물었다. 교수의 아들이라 그렇다는 식으로 침착하게 대답했다. 나는 박식함을 과시하는 편이 아니었다. 쉽게 나를 움츠러들게 만드는 사람 앞에서는 더더욱 그랬다. 받아칠 말도 더할 말도 없었고, 진흙탕처럼 탁한 우리 사이로 다가갈 수도 없었고, 숨을 곳도 달아날 곳도 없었다. 물 한 모금 없는 세렝게티의 건조한 평원에 표류한 한 마리 양처럼 사방으로 노출된 기분이었다.

빤히 쳐다보는 그의 시선은 더 이상 대화나 시를 번역하는 노닥거림이 아니라 그 자체로 주제가 되었다. 감히 입 밖으로 꺼낼 수도 없고 꺼내고 싶지도 않다는 점만 달랐다. 그의 눈이 너무도 반짝여서 나는 시선을 돌려야만 했다. 다시 그를 쳐다보았을 때도 시선은 그대로였다. '그래서 시선을 딴 데로 돌렸다가 도로 가져왔군. 이제 또 돌릴 건가?'라고 말하는 듯 내 얼굴에 고정되어 있었다. 나는 골똘히 생각에 잠긴 것처럼 다시 고개를 돌렸다. 속으로는 할 말을 찾고 있었다. 열기 때문에 빠르게 말라 가는 탁한 연못에서 몸부림치는 물고기처럼. 그는 내 마음을 꿰뚫어 본 게 분명했다. 내가 얼굴을 붉힌 이유는 그의 시선을 끌려고 해 놓고 정작 시선이 향하자 안전하게 고개를 돌려 버린 걸 들켜서가 아니었다. 사실은 그가 나를 좋아할지도 모른다는, 내가 그를 좋아하는 것과 똑같은 식으로 그 역시 나를 좋아하는지도 모른다는 믿을 수 없으면서도 흥분되는 가능성 때문이었다.

나는 수 주일 동안이나 그의 시선을 노골적인 적대감으로 오해했다. 내 생각은 완전히 빗나간 것이다. 그의 시선은 상대방의 시선을 잡아 두려는 수줍음 많은 남자의 방식일 뿐이었다.

마침내 깨달았다. 우리가 세상에서 가장 수줍음 많은 두 남자였다는 사실을.

아버지는 유일하게 올리버가 수줍음 많은 성격이라는 것을 처음부터 알아본 사람이었다.

"레오파르디를 좋아해요?" 침묵을 깨뜨리기 위함이기도 했지

만 잠시 대화가 멈췄을 때 내가 딴 데 정신 팔린 것처럼 보인 이유
는 레오파르디 때문임을 암시하기 위해서이기도 했다.

"응. 많이."

"나도 레오파르디를 많이 좋아해요."

내가 좋다고 한 대상이 사실은 레오파르디가 아니었음을 그는
알았을까? 그는 어떨까? *그*가 좋다고 한 대상이 정말 레오파르디
였을까?

"내가 널 불편하게 만든다는 걸 알고는 있었지만 확신이 필요
했거든."

"그럼 지금까지 계속 내 감정을 알고 있었던 거예요?"

"거의 확신했다고 해 두지."

다시 말하자면 그가 여기 온 지 며칠 안 되었을 때였다. 그렇다
면 그 후 우리의 모든 행동은 연기였을까? 우정과 냉담 사이를 오
간 것은 뭐였단 말인가? 감정을 부정하면서 남몰래 서로를 주시
하고 있었단 말인가? 상대방에게 느끼는 감정이 정말로 무관심
이기를 바라면서 서로를 피하려고 했단 말인가?

"왜 신호를 보내지 않았어요?"

"보냈어. 적어도 시도는 했어."

"언제요?"

"언젠가 테니스 치고 난 후에. 널 만졌어. 그냥 내가 널 좋아한
다는 걸 보여 주려고. 그런데 내가 널 추행이라도 한 듯한 반응이
돌아왔어. 그래서 널 멀리하기로 결심했지."

우리에게 가장 좋은 시간은 오후였다. 점심을 먹고 커피가 나오려고 할 때 낮잠을 자러 2층으로 올라갔다. 점심 손님들은 돌아가거나 휴식을 취하기 위해 별채로 들어가고 아버지는 서재로 가거나 어머니와 낮잠을 자러 갔다. 오후 2시쯤 되면 집 안에, 아니 온 세상에 완전한 침묵이 내려앉았다. 가끔씩 비둘기 우는 소리나 안키세스가 너무 큰 소음을 내지 않으려고 조심하면서 망치를 두드리는 소리가 들릴 뿐이었다. 나는 오후에 안키세스가 일하는 소리를 듣는 게 좋았다. 쿵 하고 부딪히는 소리나 톱질 소리에 잠을 깰 때도 있고 수요일 오후면 칼 가는 사람이 숫돌을 돌리는 소리가 들렸지만, 먼 훗날 한밤중에 메사추세츠의 케이프코드에서 멀리서 울려오는 고동 소리를 들으며 느낀 것처럼 세상과 화해한 듯한 평화가 느껴졌다.

올리버는 오후에 창문과 덧문을 활짝 열고 세상과의 사이에 커튼 한 장만 남겨 두는 걸 좋아했다. 매일 누릴 수 있는 것도 아닌데 햇빛과 바깥 풍경을 가리는 것은 '범죄'라고 말했다. 내 방 침대에서 함께 벌거벗고 있을 때면 창 너머 보이는 언덕까지 이어지는 계곡의 구릉지가 올리브색으로 피어오르는 옅은 안개 속에 자리 잡은 듯 보였다. 해바라기와 포도나무, 라벤더밭, 울퉁불퉁하고 오래된 허수아비처럼 우리 창문을 멍하니 바라보는 땅딸막하고 소박한 올리브나무가 보였다. 내 땀 냄새이기도 한 그의 땀 냄새가 풍기는 가운데 옆에는 내 남자이자 내 여자가 누워 있고 나는 그의 남자이자 여자였다. 주변에는 마팔다의 캐모마일 향 세제 냄새가 가득했다. 오후가 되면 우리 집을 가득 메우는 향이었다.

그 시절을 돌아보면 조금의 후회도 없다. 위험천만한 모험, 수치심, 앞으로 일어날 일에 대한 무지, 그 무엇도 후회되지 않는다. 서정적으로 비추는 햇살, 한낮의 강렬한 열기에 고개를 꾸벅거리는 커다란 식물로 가득한 들판, 나무 바닥이 끽끽거리는 소리나 침대 옆 협탁의 대리석 평판으로 재떨이를 살짝 미는 긁히는 소리. 우리에게 주어진 시간은 제한적이었고 감히 헤아려 보지도 못했고 끝이 어떻게 될지 뻔히 알았지만 굳이 이정표를 살펴보고 싶지 않았다. 나는 생애 처음으로 돌아오는 길을 위하여 빵가루를 흘리는 대신 다 먹어 치웠다. 알고 보니 올리버가 소름 끼치는 인간일 수도 있고 나를 영원히 바꿔 놓거나 망쳐 버릴 수도 있으며 시간과 소문이 우리가 나눈 모든 것의 내장을 드러내고 물고기 뼈만 남을 때까지 다 갉아먹을 수도 있었다. 내가 나중에 이 시간을 그리워할 수도 있고 훨씬 더 잘 살 수도 있지만, 그 시절 내 방에서 보낸 오후마다 내가 순간을 붙잡고 있었다는 사실만큼은 항상 기억할 것이다.

어느 날 일어나 보니 까만 구름으로 뒤덮인 하늘이 B 전체에 내려앉아 있었다. 나는 그게 무슨 뜻인지 잘 알았다. 가을이 코앞으로 다가왔다는 의미였다.

몇 시간 후 구름이 완전히 걷히고 잠깐 장난친 것을 만회하려는 듯 날씨가 가을의 암시를 모조리 거두며 가장 온화한 여름 날씨를 선사했다. 하지만 나는 날씨의 경고에 주의를 기울였다. 채택될 수 없는 증언을 기록에서 삭제하기 전에 전해 들은 배심원처럼 갑자기 우리가 빌린 시간 안에 놓여 있다는 사실을 깨달았다. 우리는 항상 시간을 빌리면서 살아가고 갚을 준비가 덜 되었고 더 빌려야 할 때 할증료를 요구받는다. 나는 어느 순간부터 그의 모습을 머릿속에 담기 시작했고 탁자 아래로 흘린 빵 부스러기를 주우며 은신처를 준비하고 부끄럽게도 목록을 만들었다. 해안의 바위, 모네의 언덕, 침대, 재떨이 소리……. 총알이 바닥나자 다시는 쓸 일이 없다는 듯 총을 버리는 영화 속 군인이나 물을 아껴 가며 마시지 않고 한 번에 갈증과 더러움을 없앤 뒤 물병을 버리는 사막의 도망자가 되고 싶었다.

그 대신 작은 것들을 조금씩 아껴 두었다. 먼 훗날 힘들 때 과거의 희미한 불빛이 온기를 전해 주길 바라면서. 내키지 않았지만 미래에 내가 물어야 할 빚을 현재에서 조금씩 훔쳐 내 갚기 시작했다. 햇살 가득한 날 덧문을 닫는 것만큼이나 죄라는 것을 알고 있었다. 하지만 미신에 의지하는 마팔다의 세상처럼 최악을 기대하는 것이 최악을 막는 확실한 방법이라는 것도 알았다.

어느 날 밤 산책 중에 그가 곧 미국으로 돌아간다고 했을 때 내 선견지명이 얼마나 부질없는지 깨달았다. 폭탄은 절대로 같은 곳에 떨어지지 않는다고 생각했건만 예감은 완전히 빗나가서 내 은신처로 정확히 떨어졌다.

올리버는 8월 둘째 주에 미국으로 떠날 예정이었다. 8월이 된 지 몇 날 지났을 때 그가 로마에서 며칠 지내며 이탈리아 출판사와 퇴고 작업을 끝내고 싶다고 했다. 그 후에 미국으로 돌아갈 거라면서 나더러 로마에 함께 가겠는지 물었다.

좋다고 했다. 부모님에게 먼저 물어봐야 하지 않느냐는 그에게 괜찮다고, 우리 부모님은 절대 반대하는 일이 없다고 했다.

"그래도 혹시 반대하지……."

"반대 안 할 거예요."

어머니는 올리버가 예정보다 일찍 우리 집을 떠나 로마에서 며칠 묵고 싶다고 하자 카우보이가 허락만 한다면 엘리오가 따라가도 된다고 했다. 아버지도 반대하지 않았다.

어머니가 짐 싸는 일을 도와주었다.

"출판사에서 저녁 식사에 초대할지도 모르니 재킷이 필요하지 않을까?"

"그런 일은 없을 거예요. 있다고 해도 뭐 하러 나까지 초대하겠어요?"

어머니는 그래도 재킷을 가져가는 게 좋겠다고 했다. 나는 우리 또래가 으레 그렇듯 백팩에 짐을 챙기고 싶다고 했다. 어머니는 그러라고 했지만 내가 백팩에 챙긴 짐을 다 빼고 다시 쌌다. 정작 내가 가져가고 싶은 물건은 넣을 공간이 없었다.

"2~3일만 있다 올 거잖니."

하지만 올리버도 나도 우리의 마지막 날이 며칠이나 될지 확실히 알지 못했다. 어머니는 그날 아침 '2~3일'이라는 말이 얼마나 내 마음을 아프게 했는지 결코 알지 못하리라.

"어느 호텔에 묵을지 정했니?"

"민박집 같은 데 묵을 거예요."

어머니는 그런 건 들어 보지 못했다고 하면서도 자신이 뭘 알

겠느냐고 덧붙였다. 가만히 두고 볼 아버지가 아니었다. 아버지
가 직접 숙소를 예약해 주었다. 선물이라고 했다.

올리버는 더플백에 짐을 챙겼고 로마행 급행열차를 타는 당일
은 트렁크를 꺼내더니 그가 도착한 날 내가 그의 방에 가져다 놓
았던 바로 그 자리에 두었다. 그가 떠난 후 내 방을 되찾을 날을
미리 감기로 상상했다. 하지만 지금은 6월 하순의 그날 오후로 돌
아갈 수만 있다면 뭐든지 하고 싶었다. 여름 손님들에게 늘 하듯
집 안을 안내해 주고, 어쩌다 보니 버려진 기찻길까지 갔고, 그에
게 '나중에!'라는 말을 처음 들은 그날로. 내 또래라면 그날 집에
서 멀리 떨어진 곳까지 걷느니 차라리 낮잠이나 자려고 했을 것
이다. 나는 그에게 호감이 있다는 사실을 처음부터 알아차렸다.

대칭을 이루는 방, 아니 아예 뒤집어엎은 듯 텅 빈 방을 보니 목
이 메었다. 멋진 여행의 끝을 앞두고 짐꾼이 짐을 아래층으로 옮
겨 주기를 기다리는 호텔 룸보다는 퇴원을 앞두고 다음 환자를
위해 짐을 전부 챙겨 놓은 병실에 더 가까워 보였다.

마침내 다가올 우리의 이별을 미리 보는 것 같았다. 이틀 후면
호흡기를 떼야 하는 사람을 쳐다보는 기분이었다.

방을 되찾는다는 사실이 기뻤다. 나와 그의 방이면 우리가 함
께 한 시간을 떠올리기 쉬울 테니까.

아니, 지금 방을 계속 쓰는 편이 나을 수도 있었다. 적어도 그가
아직 옆방에 있는 척할 수 있을 테니까. 그가 방에 없어도 시시각
각으로 소리에 귀 기울여 가며 아직 외출 중인 그를 기다리는 밤
인 척 연기할 수 있었다.

옷장을 열어 보니 수영복 한 벌과 속옷 두 벌, 반바지, 깨끗한 셔츠가 옷걸이에 남아 있었다. 내가 펄럭이라고 부르는 셔츠였다. 수영복은 빨간색이었다. 오늘 마지막으로 수영하러 갔을 때 입은 수영복이었다.

"이 수영복에 대해 할 말이 있어요." 옷장을 닫으며 말했다.

"뭔데?"

"기차에서 말해 줄게요."

그러나 지금 말해 버렸다. "나한테 저걸 주고 간다고 약속해요."

"그게 다야?"

"오늘 계속 입고 있어요. 입고 수영하지는 말고."

"역겨운 변태 같으니."

"역겹고 아주아주 슬픈 변태예요."

"이런 모습은 처음 보는데."

"펄럭이 셔츠도 가질래요. 에스파듀도요. 선글라스도. 그리고 당신도요."

기차에서 온 가족이 그가 바다에 빠진 줄 알았던 날 내가 아버지에게 어떤 부탁을 하려고 했는지 말해 주었다. 어부들을 모아 그의 시신을 찾으면 앞쪽 해안에서 화장용 장작더미에 불을 붙이고 내가 마팔다의 부엌칼로 그의 심장을 도려내겠다고. 내 삶을 보여 줄 수 있는 건 그의 심장과 셔츠뿐일 터였다. 안키세스의 물고기처럼 축축한 셔츠에 뒤덮인 그의 심장.

산클레멘테 신드롬

The San Clemente Syndrome

우리는 수요일 밤 7시경 로마의 테르미니역에 도착했다. 로마는 오락가락해서 축축함이 가시지 않는 폭풍우에 뒤덮인 것처럼 공기가 후덥지근했다. 해 질 무렵이 한 시간도 남지 않은 거리가 짙은 후광으로 반짝거리는 가운데 불을 밝힌 상점들은 저마다 처음 보는 색깔로 적신 듯했다. 모든 사람의 얼굴과 이마에는 축축함이 붙어 있었다. 그의 얼굴을 쓰다듬고 싶었다. 빨리 호텔로 가서 샤워하고 침대에 눕고 싶었다. 에어컨이 없다면 샤워 후에도 기분이 나아지지 않을 테지만. 연인이 어깨에 올려놓은 피곤하고 떨리는 팔처럼 도시에 내려앉은 나른함이 마음에 들었다.

호텔 룸에 발코니가 있을지도 모른다. 발코니가 있으면 좋을 것 같았다. 차가운 대리석 계단에 앉아 로마의 일몰을 감상할 것이다. 미네랄워터나 시원한 맥주를 마시고 간단한 간식을 먹으면서. 아버지는 매우 비싼 호텔을 예약해 주었다.

올리버는 첫 번째 택시를 타고 싶어 했다. 나는 버스를 타자고 했다. 사람들로 북적거리는 버스가 그리웠다. 땀 흘리는 사람들 사이를 밀고 들어가고 그가 뒤에서 밀치며 따라왔으면 좋겠다는 생각이 들었다. 하지만 우리는 버스에 올라탄 지 얼마 되지

않아 내리기로 했다. 너무 현실적이라고 농담하면서. 나는 우리
가 왜 버스에 탔는지 알 리 없는 분노에 찬 사람들 사이에서 뒷걸
음치다 여자의 발을 밟았다. "E non chiede manco scusa, 미안하
다고도 안 해." 여자가 옆에 있는 사람들한테 씩씩거렸다. 사람들
이 거칠게 밀려들어서 그 사이에 꽉 낀 채 오도 가도 못 하는 지
경이 되었다.

마침내 우리는 택시를 잡았다. 택시기사는 호텔 이름과 우리
가 영어로 말하는 것을 듣더니 설명도 없이 몇 차례 뺑뺑 돌았다.
"Inutile prendere tante scorciatoie, 그렇게 지름길로 갈 필요 없어
요. 바쁘지 않거든요!" 내가 로마 사투리로 말했다.

나란히 붙은 우리의 호텔 룸 중에서 더 큰 룸에는 기쁘게도 발
코니와 창문이 있었다. 프렌치 창을 열자 광활하게 탁 트인 경치
속에서 수많은 교회의 돔 지붕으로 저무는 해가 반사되고 있었
다. 누군가 꽃다발과 과일 바구니를 보냈다. 메모를 보니 올리버
의 이탈리아 출판사였다. '8시 30분까지 서점으로 오세요. 원고를
가지고. 우리 작가분의 북 파티가 있어요. Ti aspettiamo, 기다리
고 있겠습니다.'

우리는 저녁을 먹고 거리를 돌아다니는 것 외에는 아무런 계
획이 없었다. "나도 초대받은 거예요?" 내가 약간 불편해하며
묻자 "이제 초대받은 거지." 하고 그가 대답했다.

우리는 TV 세트 옆에 놓인 과일을 집어서 서로에게 무화과를
까 주었다.

그가 샤워를 하겠다고 했다. 그의 알몸을 보고 나도 곧바로 옷

을 벗었다. "잠깐만요." 서로의 몸이 닿게 하면서 말했다. 그의 온몸에 붙은 축축함이 좋았다. "씻을 필요가 없으면 좋겠어요." 그의 체취는 마르지아의 체취를 생각나게 했다. 해변에 바람 한점 불지 않아 델 정도로 뜨거운 모래의 재 같은 냄새밖에 나지 않는 날이면 마르지아는 해변의 소금 냄새를 풍겼다. 그의 팔과 어깨, 등골을 따라 소금 맛이 나는 게 좋았다. 여전히 새로웠다.

"지금 누우면 북 파티는 못 갈 거야." 그가 말했다.

그 누구도 우리에게서 빼앗아 갈 수 없을 정도로 높은 곳에 자리한 행복에서 내려온 그 말은 내가 축축한 *페라고스토*(ferrsgosto, 성모마리아 승천일—옮긴이) 저녁에 그와 함께 호텔에 있는 현실을 실감하게 해 주었다. 우리는 벌거벗은 상태로 아직 남행 열차의 답답한 객실 냄새를 풍기며 창턱에 팔을 올려놓은 채 견딜 수 없이 뜨거운 로마의 늦은 오후 풍경을 내다보았다. 우리가 타고 온 기차는 지금쯤 나폴리에 가까워졌을 것이다. 나는 승객들 앞에서 그의 어깨에 기대어 잠을 잤다.

저녁 공기를 향해 몸을 기울인 그 순간, 우리에게 다시는 주어지지 않을지도 모르는 시간이라는 생각이 들었지만 그래도 믿을 수 없었다. 어깨가 닿은 채로 담배를 피우고 신선한 무화과를 먹으며 장엄한 도시 풍경을 훑던 그도 같은 생각을 했음이 틀림없었다. 우리는 그 순간을 기억할 만한 뭔가를 하고 싶었다. 당시에는 아주 자연스러웠던 충동에 이끌려 왼손으로 그의 엉덩이를 문지르다가 가운뎃손가락을 찔러 넣기 시작했다.

"계속 이러면 북 파티는 확실히 못 갈 거야."

나는 그에게 부탁 하나만 들어달라고, 그렇게 계속 창밖을 내다보되 몸을 조금만 숙여 달라고 했다. 손가락이 그의 몸으로 완전히 들어갔을 때 어떤 생각이 떠올랐다. 우리가 사랑을 나누기 시작하면 무슨 일이 있어도 끝나지 않으리라. 그 후 샤워를 하고 밖으로 나가 두 개의 벗겨진 전선처럼 서로 닿을 때마다 불꽃을 튀길 것이다. 오래된 주택들을 구경하고 서로 껴안은 채 길모퉁이 가로등에 개처럼 노상 방뇨를 하고픈 충동을 느낄 것이다. 지나가는 사람들에게 함께 로마에서의 첫 술을 마시거나 저녁 식사를 하자고 할 것이다. 그리고 가는 곳마다 에로스를 찾으려고 하겠지. 우리에게 날개 하나를 꺾인 그는 빙빙 돌면서 날 수밖에 없으니까.

우리는 함께 샤워해 본 적이 없었다. 같은 화장실에 있어 본 적도 없었다. "물 내리지 말아요. 보고 싶어요." 내가 본 것은 그와 그의 몸, 그의 삶에 대한 연민을 불러일으켜 갑자기 그 모든 것이 연약하고 부서지기 쉬운 것처럼 느껴졌다. "우리의 육체는 이제 비밀이 없을 거예요." 내 차례가 되어 앉았다. 그는 이미 욕조로 들어가서 샤워기를 틀려 하고 있었다. "당신이 내 것도 봐 줬으면 해요." 그는 그 이상을 했다. 욕조에서 내 입술에 키스하고 손바닥으로 내 배를 눌러 마사지하면서 처음부터 끝까지 지켜보았다.

우리 사이에 그 어떤 비밀도 칸막이도 없었으면 했다. '*내 육체가 곧 네 육체*'라고 맹세할 때마다, 우리를 더욱 끈끈하게 이어 주는 솔직함을 즐길 때마다 내가 예상치 못한 수치심의 자그만 불꽃이 다시 불붙는 것을 즐기고 있음은 알지 못했다. 어두운 게 낫다고 생각되는 부분에 정확히 빛을 비춰 주었다. 친밀함 바로 뒤엔 수치심이 도사리고 있었다. 더 이상 음란한 말과 행동을 하지 않고 우리의 육체에 교묘한 속임수가 통하지 않아도 친밀함이 계속 남을 수 있을까?

내가 그때 그런 질문을 떠올렸는지 모르겠고 지금 그 답을 아는지도 모르겠다. 우리의 친밀함은 잘못된 통화로 지불되었던 걸까?

친밀함은 어디에서 어떻게 구할 수 있고 어떤 식으로 지불하건 상관없이 귀한 상품일까? 암시장에서 구하건 세금을 내건 안 내건 은밀하게 몰래 구하건 특별 허가 없이 손쉽게 구할 수 있건 상관없이?

확실한 것은 그에게 숨길 것이 전혀 없다는 사실뿐이었다. 살면서 그렇게 자유롭거나 안전하다고 느낀 건 처음이었다.

우리는 사흘 동안 둘만의 시간을 보냈다. 로마에 아는 사람이 한 명도 없기에 어떤 사람이든 되어 어떤 말이나 행동이든 할 수 있었다. 갑자기 적군에게 풀려나 서류 작성이나 보고, 조사 과정도 필요 없이 버스나 통행권, 깨끗한 옷도 없이 무작정 걸어서 집으로 돌아가야 하는 상황에 처한 전쟁 포로가 된 기분이었다.

우리는 샤워를 했다. 서로의 옷을 입고 서로의 속옷을 입었다. 내가 그러자고 했다.

어쩌면 그는 이런 내 제안 때문에 어리석은 청소년기의 일탈을 두 번째로 맞이한 것인지도 모른다.

어쩌면 그는 '몇' 년 전 이미 경험했고 돌아가는 도중에 잠시 멈춘 것인지도 모른다.

어쩌면 그저 맞장구쳐 주면서 나를 지켜보았는지도 모른다.

어쩌면 그는 아무하고도 해 보지 않은 일인데 내가 아슬아슬하게 시간 맞춰 나타난 것인지도 모른다.

그는 원고와 선글라스를 챙겨서 호텔 룸을 나섰다. 우리는 두 개의 활선 같았다. 엘리베이터에서 내려 눈에 들어오는 사람들에게 환한 미소를 지어 보였다. 호텔 직원들, 거리의 꽃 파는 상인, 신문 가판대의 젊은 여자.

우리의 미소에 세상도 미소로 답했다. "올리버, 난 행복해요."

그가 감탄하면서 쳐다보았다. "넌 그냥 발정 난 거야."

"아니, 행복해요."

가는 길에 단테로 분장한 붉은 망토의 사내가 보였다. 과장된 매부리코와 경멸하는 듯 찌푸린 얼굴. 안 그래도 심각한 표정인데 붉은색 토가와 붉은색 둥근 모자, 두툼한 나무 테 안경 때문에 고해성사를 들어 주는 완고하고 주름 쭈글쭈글한 신부처럼 보였다. 베르길리우스 혹은 늦은 버스를 기다리는 것처럼 도전적으로 팔짱을 낀 채 똑바로 선 위대한 시인 주위로 인파가 몰려 있었다. 속을 움푹하게 파낸 책을 향해 한 관광객이 동전을 던지자 그는 베키오다리를 걷는 베아트리체를 염탐하는 단테가 되어 목을 길게 빼고는 불을 뿜어내는 거리의 곡예사처럼 곧바로 신음하듯 읊었다.

Guido, vorrei che tu e Lapo ed io

fossimo presi per incantamento,

e messi ad un vascel, ch'ad ogni vento

per mare andasse a voler vostro e mio.

귀도, 자네와 라포, 내가

강력한 마법에 의해 마법의 배를 끌어올렸으면 좋겠네.

그 배의 돛은 우리 생각이 가는 대로 바람과 함께

마음대로 움직일 수 있었으면 좋겠네.

맞는 말이었다. 올리버, 우리에게 소중한 것들이 있는 집에서

영원히 함께 살 수 있으면 좋겠어요……

저음으로 글귀를 읊조린 단테는 확고하면서도 경멸하는 듯한

본래의 자세를 천천히 취했다. 또 다른 관광객이 동전을 던지기

전까지.

E io, quando 'l suo braccio a me distese,

ficcaï li occhi per lo cotto aspetto,

sì che 'l viso abbrusciato non difese

la conoscenza süa al mio 'ntelletto;

e chinando la mano a la sua faccia,

rispuosi: "Siete voi qui, ser Brunetto?"

그가 나를 만지자 나는 더 이상 눈을 피하지 않았다.

그을리고 시든 그의 얼굴에 시선을 고정한다.

상처의 가면 아래에서
기억 속의 얼굴 윤곽이 드러날 때까지
그의 얼굴로 손을 내리고 답한다.
"시뇨르 브루네토, 여기 있습니까?"

단테는 여전히 일그러진 미소에 경멸하는 표정이었다. 인파가 흩어졌다. 그것이 단테가 옛 스승 브루네토 라티니를 만나는 〈지옥〉편 제15곡의 내용이라는 것을 알아차린 사람은 아무도 없는 듯했다. 미국인 둘이 마침내 배낭에서 동전 몇 개를 꺼내더니 단테를 향해 던졌다. 여전히 언짢고 짜증 나는 표정이었다.

Ma che ciarifrega, che ciarimporta,
se l'oste ar vino cia messo l'acqua:
e noi je dimo, e noi je famo,
"ciai messo l'acqua
e nun te pagamo."

여관 주인이 포도주에 물을 탔어도
우리는 상관하지 않으리.
그저 이렇게 말하리라.
"물을 탔으니까 돈을 내지 않겠소."

올리버는 사람들이 미국인 관광객들을 보며 웃는 이유를 이해하지 못했다. 단테로 분장한 남자가 낭송한 것은 바로 로마의 권주가였기 때문이다. 내용을 모르니 재미있을 리 없었다.

나는 그에게 서점으로 가는 지름길을 알려 주겠다고 했다. 그는 돌아가는 길이라도 상관없다고, 급할 것 없으니 먼 길로 가자고 했다. 돌아가는 게 낫다고. 올리버는 약간 초조해하면서 고집을 부렸다. "나한테 말 안 한 거 있어요?" 마침내 내가 물었다. 그가 신경 쓰이는 게 뭔지 입 밖으로 내게 만드는 요령 있는 질문이라고 생각했다. 뭐 불편한 거 있어요? 출판사하고 관계된 거? 아니면 다른 거? 아니면 내 존재? 혼자 가고 싶으면 나 혼자 있어도 괜찮아요. 그때 갑자기 그가 거슬려 하는 게 뭔지 떠올랐다. 나를 교수 아들이라고 소개해야 한다는 점이었다.

"그게 아냐, 바보야."

"그럼 뭔데요?"

걸으면서 그가 내 허리에 팔을 둘렀다.

"오늘 우리 사이를 변하게 만들거나 갈라놓는 게 없기를 원해."

"누가 바보인지 모르겠네요."

그가 나를 오랫동안 쳐다보았다.

우리는 내가 제안한 지름길을 향해 몬테치토리오광장에서 대로로 건너갔다. 벨시아나거리를 지나쳤다.

"이 근처에서 시작됐어요." 내가 말을 꺼냈다.

"뭐가?"

"그거요."

"그래서 여기로 오고 싶어 한 거야?"

"당신과 함께요."

이미 그에게 들려준 이야기였다. 3년 전 식품점 직원인지 잡일꾼인지 앞치마를 두르고 자전거로 좁은 길을 달리던 젊은 남자가 내 얼굴을 똑바로 쳐다보았다. 나도 그가 지나갈 때까지 빤히 쳐다보았다. 웃음기 없는 곤란한 표정으로. 그리고 나는 다른 사람들이 그런 상황에서 하는 행동이기를 바라는 행동을 했다. 몇 초간 기다렸다가 돌아선 것이다. 그 역시 나와 똑같은 행동을 했다. 타인에게 말을 거는 것은 우리 집 내력이 아니지만 그는 그런 집에서 자란 모양이었다. 그는 자전거 방향을 홱 돌려서 내가 있는 곳까지 페달을 밟았다. 별로 중요하지 않은 몇 마디로 그가 가벼운 대화를 시작했다. 그에게는 너무도 쉬운 일이었다. 말이 끊어지지 않도록 질문이 계속 이어졌고 나는 숨이 막혀서 '예'나 '아니오'를 내뱉는 것도 어려웠다. 그는 나에게 악수를 청했는데 손잡을 핑계를 만들기 위함이 분명해 보였다. 다음 순간 나에게 한 팔을 두르고 끌어당겼다. 재미있는 농담이 우리를 더욱 가까이 다가가게 만든 것처럼. 근처 영화관에서 영화를 보자고 했다. 나는 고개를 저었다. 함께 가게에 가자고 했다. 지금 같은 저녁 시간에는 주인이 자리를 비운다면서. 또 고개를 저었다. 그는 수줍음 많은 성격이냐고 물었다. 고개를 끄덕였다. 이 모든 질문을 할 때까지 그는 내 손을 꽉 잡은 채 어깨를 눌렀고 이미 포기했지만 아직 인정하고 싶지 않다는 듯 약간 거들먹거리면서도 너그러운 미소를 보이며 내 목덜미를 문질렀다. 왜 싫은지 그가 계속 물었다. 물론 나는 쉽게 응할 수도 있는 상황이었지만 그러지 않았다.

"난 거절했어요. 누굴 따라가 본 적이 없어요."

"날 따라왔잖아."

"당신이 그렇게 하도록 했으니까."

우리는 프라티나와 보르고그노나, 콘도티, 델레카로체, 델라크로체, 비토리아 거리를 지났다. 모두가 마음에 들었다. 서점이 가까워지자 올리버는 얼른 전화 한 통 하고 온다며 나더러 계속 가라고 했다. 호텔에서 할 수도 있었을 텐데 개인적인 일인지도 모른다. 나는 계속 걷다가 근처 바에 들러서 담배를 샀고, 커다란 유리문과 골동품처럼 보이는 그루터기에 올려놓은 로마인 점토 흉상 두 개가 보이는 서점에 도착하자 갑자기 초조해졌다. 안에는 사람들이 가득했다. 구릿빛 테두리를 두른 두꺼운 유리문 너머로 성인들이 모여 있는 게 보였다. 다들 프티푸르를 먹고 있었다. 안을 엿보는 나를 발견한 누군가가 들어오라고 손짓했다. 나는 고개를 저으며 주저하듯 저쪽에서 걸어올 누군가를 기다리고 있다는 손짓을 해 보였다. 하지만 서점 주인 혹은 직원으로 보이는 남자가 클럽 매니저처럼 한쪽 팔을 완전히 뻗어 유리문을 열더니 들어오라고 명령하듯 권했다. *"Venga, su, venga*(얼른, 얼른)*!"* 셔츠 소매는 어깨까지 접어 올린 상태였다.

아직 낭송이 시작되지 않았지만 서점은 꽉꽉 들어차 있었다. 다들 담배를 피우거나 큰 소리로 잡담을 나누거나 새 책을 훑어보거나 했다. 하나같이 스카치위스키처럼 보이는 게 담긴 작은 플라스틱 컵을 들고 있었다. 2층 갤러리도 꽉 들어찬 상태였다. 2층 난간에는 팔꿈치와 팔뚝을 드러낸 여자들이 줄지어 서 있었다. 나는

작가를 한 번에 알아보았다. 마르지아와 나에게 시집 《Se l'amore》
에 사인해 준 작가였다. 그가 몇몇 사람과 악수하고 있었다.

그가 옆을 지나갈 때 나도 모르게 손을 내밀어 악수한 뒤 그의
시집을 잘 읽었다고 말했다. 그가 책이 아직 나오지도 않았는데
어떻게 읽었느냐고 물었다. 옆에 있는 사람이 그 질문을 들었다.
거짓말쟁이라고 서점에서 쫓겨나는 것일까?

"몇 주 전 B에 있는 서점에서 구입했어요. 친절하게 사인도 해
주셨고요."

그는 그날 밤을 기억하고 "Un vero fan, 그렇다면 진짜 팬이군."
이라고 말했다. 주변 사람들에게도 들릴 정도로 큰 소리였다. 실
제로 다들 돌아보았다. "저 나이에는 팬보다 '빠'라는 표현이 더
어울리지." 갑상선증으로 목이 붓고 색깔이 요란한 옷 때문에 큰
부리새처럼 보이는 나이 지긋한 여자가 말했다.

"어떤 시가 가장 좋았어?"

"알프레도, 구두시험을 보는 선생처럼 굴고 있잖아." 30대 여자
가 나무랐다.

"어떤 시가 가장 마음에 들었는지 궁금해서 그런 것뿐이야. 물
어봐도 나쁠 것 없잖아, 안 그래?" 그가 화난 척하면서 우는소리
를 했다.

내 편을 들어 준 여자 덕분에 구출되었다고 생각했지만 착각
이었다.

"자, 말해 봐." 그가 다시 물었다. "어떤 시가 가장 좋았는지."

"삶을 산클레멘테에 비교한 시요."

"*사랑을 산클레멘테에 비교한 시.*" 그가 나의 대답에 담긴 깊이에 대해 생각하는 듯 정정했다. "〈산클레멘테 신드롬(The San Clemente Syndrome)〉이 가장 좋은 이유가 뭐지?" 시인이 나를 똑바로 쳐다보았다.

"맙소사, 가엾은 소년을 좀 그냥 내버려 둬." 방금 내 편을 들어준 여자의 말을 엿들은 다른 여자가 끼어들었다. 그녀가 내 손을 잡았다. "음식 있는 곳으로 데려다 줄게. 저렇게 큰 신발 본 적 있어? 그 발 사이즈만 한 에고를 가진 이 괴물한테서 벗어나도록 말이야. 알프레도, 신발 좀 어떻게 해 봐."

"내 신발이 어디가 어때서?" 시인이 물었다.

"너. 무. 커. 정말 거대해 보이지 않니?" 그녀가 나에게 물었다. "시인은 발이 그렇게 커서는 안 돼."

"내 발을 가만 내버려 둬."

누군가 시인 편을 들었다. "루치아, 알프레도의 발 가지고 놀리지 마. 알프레도 발은 아무 문제도 없어."

"극빈자의 발이지. 평생 맨발로 걸어 다녔고 아직도 사이즈보다 큰 신발을 사지. 내년 크리스마스가 되기 전까지 발이 더 클지도 모르니까!"

나는 그녀의 손을 놓지 않았고 그녀도 마찬가지였다. 도시에서 느끼는 동지애. 아무것도 모르는 여자의 손을 잡는다는 것은 얼마나 좋은 일인가. *Se l'amore.* 2층 갤러리에서 내려다보는 여자들의 태닝한 팔과 팔꿈치를 보라. *Se l'amore.*

서점 주인이 마치 부부 싸움 같은 대화에 끼어들었다. 그가

"*Se l'amore.*"라고 소리치자 다들 웃음을 터뜨렸다. 웃음의 이유가 부부 싸움이 끝났기 때문인지, *Se l'amore*에 '*이런 게 사랑이라면……*'이라는 뜻이 담겨 있어서인지는 확실하지 않았다.

하지만 사람들은 곧 시 낭송이 시작된다는 의미라는 것을 알아차렸다. 다들 편안한 구석 자리나 기댈 만한 벽을 찾아야 했다. 우리가 자리 잡은 구석 자리가 최고였다. 나선형 계단 오른쪽인데 다들 계단의 디딤판에 앉았다. 여전히 손을 잡고 있었다. 출판사 대표가 시인을 소개하려는 찰나, 끽 소리와 함께 문이 열렸다. 올리버가 화려한 모델 또는 영화배우처럼 보이는 멋진 여자를 둘이나 데리고 들어왔다. 서점으로 오는 길에 낚아채서 그와 나를 위해 한 명씩 데려온 느낌이었다.

"올리버! 드디어 왔군요!" 출판사 대표가 스카치 잔을 들며 소리쳤다. "환영해요, 환영해."

모두가 뒤돌아보았다.

"가장 젊고 가장 훌륭한 미국의 철학자가 내 사랑스러운 두 딸과 같이 왔군요. 내 딸들이 없었다면 《*Se l'amore*》는 세상의 빛을 보지 못했을 겁니다."

시인도 출판사 대표의 말에 동의했고, 시인의 아내는 나를 보며 속삭였다. "예쁜이들이야, 그렇지?" 출판사 대표는 작은 발판 사다리에서 내려와 올리버를 껴안았다. 그리고 올리버가 원고를 넣어 온 커다란 봉투를 받아 들었다.

"원고인가요?"

"원고입니다." 그가 올리버에게 오늘 밤의 주인공인 책을 건네

주었다.

"벌써 주셨습니다."

"그렇죠."

하지만 올리버는 정중하게 표지를 칭찬한 뒤 주위를 둘러보고 는 루치아 옆에 앉은 나를 포착했다. 그가 나에게 걸어와 어깨에 팔을 두르고 몸을 기울여 루치아에게 키스했다. 그녀는 나와 올 리버를 번갈아 보고는 상황을 간파했다. "올리버, *Sei un dissoluto,* 방탕하군요."

"*Se l'amore.*" 올리버는 짧게 말하고 시집의 표지를 내보였다. 자신의 행동은 이미 그녀의 남편이 쓴 시집에 다 들어 있으므로 허용된다고 말하는 것처럼.

"당신에게도 *Se l'amore.*"

나는 그가 방탕하다는 말을 들은 게 미녀를 둘이나 데리고 와 서인지, 나 때문인지 알 수 없었다. 둘 다일 수도 있었다.

올리버는 내게 두 여자를 소개해 주었다. 서로 잘 아는 사이이며 그녀들이 올리버를 위해 준다는 사실을 알 수 있었다. "Sei l'amico di Oliver, vero, 올리버 친구 맞지?" 둘 중 한 명이 말했다. "올리버 가 네 얘기를 해 줬어."

"무슨 얘기요?"

"좋은 얘기."

그녀는 시인의 아내 곁에 서 있는 내 옆에서 벽에 기대어 섰다.

"이 앤 내 손을 절대로 놓지 않을 거야, 그렇지?" 루치아는 자리 에 없는 제3자에게 전하듯 말했다. 어쩌면 그녀는 두 미녀가 알아

봐 주기를 바랐는지도 모른다.

당장은 그녀의 손을 놓고 싶지 않았지만 그래야 한다는 사실을 알고 있었다. 그래서 두 손으로 그녀의 손을 잡고 입술로 가져와 손바닥 끝에 키스한 뒤 놓아주었다. 오후 내내 그녀를 데리고 있다가 남편에게 놓아주는 기분이었다. 부러진 날개가 치료되기까지 오랜 시간이 걸린 새를 놓아주는 것처럼 말이다.

"*Se l'amore.*" 그녀는 질책하는 척하면서 고개를 저었다. "올리버만큼 방탕하고 더 다정해. 너희한테 넘길게."

두 딸 중 한 명이 억지로 깔깔거렸다. "그를 어떻게 할지 생각해 볼게요."

나는 천국에 온 듯한 기분이었다.

그녀는 이미 내 이름을 알고 있었다. 그녀의 이름은 아만다, 나머지 한 명은 아델이었다. "자매가 한 명 더 있어. 여기 어디쯤에 있을 텐데."

시인이 목을 가다듬었다. 감사의 말을 전하는 시간이 이어졌다. 마지막으로 자신의 눈에는 빛 같은 존재인 아내 루치아에게 감사를 전한다고 했다. 자신이 왜 저런 남편을 참고 살아야 하는지 모르겠다는 듯 아내가 애정 어린 미소로 씩씩거렸다.

"신발 때문이죠." 시인이 대답했다.

"바로 그거야."

"얼른 끝내, 알프레도." 목이 부어 큰부리새처럼 보이는 여자가 말했다.

"*Se l'amore.*《*Se l'amore*》는 타이에서 단테를 가르치며 보낸 한

계절을 바탕에 둔 시 모음집입니다. 많은 분이 알다시피 저는 타이를 좋아했지만 막상 도착해 보니 바로 그 순간부터 싫어지더군요. 아니, 다시 표현하겠습니다. 타이에 있을 때는 타이가 싫었지만 떠나오자마자 다시 사랑하기 시작했죠."

다들 웃음을 터뜨렸다.

여기저기로 음료가 건네졌다.

"방콕에서는 계속 로마가 생각났습니다. 길가의 이 작은 서점과 해가 저물기 직전의 주변 거리, 부활절이나 비 오는 날에 울려 퍼지는 교회 종소리가 떠올라 눈물이 날 지경이었죠. 루치아, 이런 날이면 당신을 그리워하고 변방으로 유배되었다가 세상을 떠난 오비디우스처럼 공허해하리라는 걸 알면서도 왜 나를 말리지 않았소? 나는 바보인 채로 떠났고 돌아올 때도 더 지혜로워지지 않았습니다. 타이 사람들은 아름답습니다. 그래서 술 한 잔에 지나가는 낯선 사람을 만지고 싶게 만들 정도로 외로움이 잔인해집니다. 그곳 사람들은 모두 아름답지만 술 한잔으로 미소의 대가를 지불해야 합니다." 시인은 생각을 정리하려는 듯 잠시 멈추었다. "나는 이 시들을 '트리스티아(Tristia, 비가悲歌)'라고 불렀습니다."

'트리스티아'는 20분의 시간 대부분을 차지했다. 마침내 박수갈채가 쏟아졌다. 출판사 대표의 두 딸 중 한 명은 forte(강한)라는 낱말을 사용했다. Molto forte(매우 강한). 큰부리새 여인은 시인의 한마디 한마디에 계속 고개를 끄덕이고 아직까지도 박수 치는 여자를 돌아보며 Straordinario-fantastico(이상하고 환상적인)라고 했다. 시인은 자리에서 내려와 물컵을 들고는 심한 딸꾹질을 멈추기 위해 숨을 참았다. 나는 딸꾹질이 아니라 숨죽여 우는 줄 알았다. 시인은 몸에 걸친 스포츠 재킷 주머니를 전부 뒤져서 아무것도 나오지 않자 검지와 가운뎃손가락을 딱 붙여 입가에 대고 서점 주인을 향해 흔들었다. 담배를 피우고 싶다는, 잠깐 동안 서점 안을 돌아다니며 사람들과 이야기를 나눠야겠다는 표시였다. Straordinario-fantastico라고 불린 여인이 시인의 신호를 막고는 곧바로 담배 케이스를 꺼냈다. *"Stasera non dormo, 오늘 밤은 잠들지 못할 거야. 시에 지불해야 하는 수당이지."* 그녀는 불면증의 원인을 시 탓으로 돌렸다.

이때쯤 다들 땀을 흘렸고 서점 안은 물론 바깥의 온실 같은 대기가 견디기 힘들 정도로 끈적거렸다.

"맙소사, 제발 문 좀 열어 줘요." 시인이 서점 주인에게 외쳤다. "숨 막혀 죽겠어요."

'미스터 얼른얼른'이 문을 열고 쐐기 모양의 나무를 벽과 구릿빛 테두리 사이에 받친 뒤 공손하게 물었다. "좀 낫나요?"

"아뇨. 하지만 적어도 문이 열린 건 알 수 있으니까."

올리버가 '괜찮았어?'라고 묻는 듯한 표정으로 쳐다보았다. 나중으로 판단을 보류하려는 것처럼 어깨를 으쓱했다. 하지만 진심이 아니었다. 사실 무척 즐거웠다.

어쩌면 저녁 시간이 더 좋았다. 모든 것이 나를 흥분시켰다. 나를 지나치는 모든 시선이 칭찬처럼 다가왔다. 혹은 나와 주변 세계 사이에 걸려 있는 질문이나 약속처럼 느껴졌다. 악의 없는 놀림과 아이러니, 시선, 내 존재를 기뻐하는 듯한 미소가 나를 열광시켰다. 유리문과 프티푸르, 플라스틱 컵에 담긴 스카치위스키가 자아내는 옅은 황금빛 마법의 주문, '미스터 얼른얼른'의 걷어 올린 소매, 시인, 미인 자매와 함께 다 같이 모여 있는 나선형 계단까지 서점의 공기 중에 떠 있는 모든 부표가 동시에 강하게 빛나면서 넋을 잃고 흥분하게 만드는 듯했다.

그들의 삶이 부러웠고 매일 똑같은 점심 식사와 고역의 저녁 식사를 함께 하는 부모님의 전혀 자극적이지 않은 삶, 인형의 집 같은 우리 집에서 이루어지는 인형 같은 일상, 곧 다가올 고등학교 졸업반 생활이 떠올랐다. 지금 여기서 벌어지는 일에 비하면 모든 게 어린아이의 놀이 같았다. 왜 굳이 1년 후 미국의 대학에 가야 하는가? 앞으로 4년 동안 이런 낭송회에서 사람들을 만나 이야기를 나눌 수 있는데 말이다. 대서양 너머의 큰 대학보다 이렇게 좁아터진 서점에서 배우는 게 더 많아 보였다.

듬성듬성 자란 턱수염에 폴스타프처럼 배가 뚱뚱한 노신사가 스카치위스키를 담은 플라스틱 컵을 가져다주었다.

"Ecco(자)!"

"저한테 주시는 건가요?"

"물론 너한테 주는 거지. 시가 마음에 들었니?"

"무척요." 왜인지 모르겠지만 모순적이고 가식적으로 보이려 하면서 대답했다.

"난 시인의 대부이고 네 의견을 존중한다." 그는 내가 처음에 허세 부리듯 뱉은 말을 들은 듯했다. "하지만 네 젊음을 더 존중

하지."

"몇 년만 지나도 젊음이 별로 남아 있지 않을 텐데요." 나는 산전수전을 다 겪은 남자의 체념한 듯한 아이러니를 보이면서 응수했다.

"그래. 하지만 그때쯤이면 나는 세상에 없을 테니 모르겠지."

추근거리는 건가?

"그러니까 받아라." 그가 다시 플라스틱 컵을 내밀었다.

나는 잠시 망설이다 받아 들었다. 집에서 아버지가 마시는 것과 똑같은 상표의 스카치였다.

루치아가 나를 보고 한마디 했다. "스카치 한 잔이 방탕함을 씻어 줄 수는 없어."

"나도 내가 방탕했으면 좋겠어요." 나는 노신사를 외면한 채 루치아를 돌아보며 말했다.

"네 삶에서 빠진 거라도 있니?"

"삶에서 빠진 거요?" 나는 전부 다라고 말하려다 마음을 바꾸었다. "친구요. 여기에서는 다들 금방 친구가 되는 것 같아요. 당신의 친구들 같은, 당신 같은 친구가 있으면 좋겠어요."

"이런 우정을 맺을 시간은 앞으로도 많아. 친구들이 네 방탕을 막아 줄까?" 그 말이 내 인성에 깊고 추악한 결함이 있다는 고발처럼 느껴져서 계속 생각났다.

"영원히 잃지 않을 수 있는 친구가 있으면 좋겠어요."

루치아는 사색 어린 미소로 나를 바라보았다. "너는 책 이야기를 하는구나. 오늘은 짧은 시에 대한 얘기만 하자고." 그리고 계속 나를 쳐나보았다. "가여운 것 같으니." 그녀는 내가 친아들이라도 되는 것처럼 손바닥으로 내 얼굴을 애달프게 오랫동안 쓰다듬었다.

그것도 마음에 들었다.

"넌 아직 어려서 내 말을 이해하지 못할 거야. 하지만 곧 우리가 다시 이야기를 나눈다면 좋겠구나. 그럼 내가 과연 오늘 한 말을 취소할 정도로 어른스러운지 알 수 있을 테니까. *Scherzavo*, 농담이야." 그녀는 말을 맺으며 내 뺨에 키스해 주었다.

이렇게 멋진 세상이 있다니. 그녀는 나보다 나이가 두 배나 많지만 지금 당장 그녀와 사랑을 나누고 함께 눈물을 흘릴 수 있을 것 같았다.

"축사 안 하나요?" 누군가 한 귀퉁이에서 소리쳤다.

아수라장 같은 소리가 울려 퍼졌다.

누군가 내 어깨에 손을 올려놓았다. 아만다였다. 허리에는 다른 손이 놓였다. 너무도 잘 아는 손이었다. 어쩌면 오늘 밤 절대로 나를 놓지 않을 손. 친애하는 올리버, 나는 그 손의 손가락, 손톱을 하나하나 다 경배합니다. 아직은 나를 놓지 마세요. 나는 그 손이 아직 거기에 있기를 바라니까. 순간 등줄기에 전율이 퍼져 나갔다.

"난 에이다야" 누군가 사과하는 듯이 말했다.

그녀는 우리 일행이 있는 쪽으로 다가오는 데 너무 오랜 시간이 걸린다는 사실을 자신도 아는 듯했다. 자신이 모든 사람의 입에 오르내리는 바로 그 에이다라는 것을 알려 주면서 우리 쪽으로

오고 있었다. 요란하면서 쾌활한 그녀의 목소리 때문인지, 에이
다라는 이름을 느릿느릿 발음하기 때문인지, 북 파티나 소개, 우
정 등 모든 것을 가볍게 여기는 듯한 태도 때문인지 불현듯 오늘
밤 내가 정말로 황홀한 세계에 발을 디뎠음을 확신할 수 있었다.

내가 한 번도 와 본 적 없는 세계였다. 하지만 이 세계가 좋았
다. 이 세계의 언어를 배우고 더욱 좋아졌다. 그것은 내 언어이고
호칭이었다. 가장 깊은 곳의 갈망이 정감 어린 농담으로 은밀하
게 전해지는 세계. 두려운 일에 미소를 보이는 것이 더 안전해서
가 아니라, 내가 새로 발 들인 세계에선 모든 욕망이 오로지 유희
로만 전달될 수 있기 때문이었다.

이곳에서는 모두가 자신을 내주었고 로마라는 도시처럼 언제
든 자신을 내주는 삶을 살았다. 남들도 다 그럴 거라고 여겼다. 나
도 그들처럼 되고 싶었다.

서점 주인이 금전등록기의 벨을 울리자 모두 조용해졌다.

시인이 입을 열었다. "원래 오늘 이 시를 낭송할 예정이 아니었
습니다만 누군가……." 이쯤에서 그의 목소리가 약간 바뀌었다.
"누군가 때문에 꼭 읽고 싶다는 유혹이 들었습니다. 〈산클레멘트
신드롬〉이라는 시입니다. 작가가 자신의 작품을 평가해도 된다
면, 감히 제가 가장 좋아하는 시라는 말씀을 드리고 싶군요." 나
중에 알게 된 사실이지만 그는 자신을 가리켜 시인이라고 한 적
이 한 번도 없었다. "가장 어려운 시이면서 끔찍한 향수병에 시달
리게 만든 시이자 타이에서 저를 구해 준 시이고 제 모든 인생을
설명해 주는 시이기 때문입니다. 산클레멘테를 그리며 하루하루

를 썼습니다. 이 긴 시를 완성하지 못하고 로마에 돌아간다는 생각이 방콕공항에서 일주일 더 떠돌아야 한다는 사실보다 무서웠습니다. 하지만 아이러니하게도 산클레멘테의 바실리카에서 200미터도 떨어지지 않은 로마의 집에 도착해서야 마무리 손질을 했습니다. 영겁의 시간처럼 느껴지는 방콕에서 시작한 시인데 그때는 로마가 은하수 너머에 있는 것처럼 느껴졌기 때문이지요."

시인이 낭송하는 시를 들으며 나는 그와 달리 하루를 세지 않으려 했다는 걸 떠올렸다. 우리는 사흘 후면 헤어져야 하고 내가 올리버와 나눈 모든 것은 공기 중으로 사라져 버릴 것이다. 우리는 미국에서 만나자는 이야기를 했고 전화와 편지로 연락하자는 약속도 했다. 하지만 이 모든 것을 우리 둘 다 의도적으로 애매하게 유지했기에 이상하리만치 비현실적인 느낌이 있었다. 준비되지 않은 일들이 벌어졌을 때 자신이 아니라 상황을 탓하기 위해서가 아니었다. 우리 사이의 모든 것을 계속 살려 두려는 계획을 하지 않는다면 그것이 죽는 것 또한 피할 수 있기 때문이었다. 우리 둘 다 그러한 회피의 마음가짐으로 로마에 왔다. 로마는 각자의 일상으로 돌아가기 위한 마지막 파티였다. 잠시 모든 것을 미루고 파티를 마감 시간까지 연장하는 방법일 뿐이었다. 어쩌면 우리가 함께 하는 것은 짧은 휴가가 아니라 사랑의 도피였다. 서로 돌아갈 목적지가 다른 티켓을 쥐고 있을 뿐.

어쩌면 그가 나에게 주는 선물인지도 모른다.

어쩌면 아버지가 우리 두 사람에게 준 선물인지도 모른다.

내가 과연 배나 엉덩이에 올린 그의 손을 잃은 채 살아갈 수 있을까? 다 나으려면 몇 주는 걸릴 그의 엉덩이 상처에 키스하고 핥아 주지 않아도 살 수 있을까? 내가 내 이름으로 부를 사람이 또 나타날까?

물론 새로운 사람은 계속 생길 것이다. 하지만 열정의 순간에 상대방을 내 이름으로 부르는 것은 가식처럼 느껴질 터였다.

텅 빈 옷장과 침대 옆에 놓인 그의 여행가방이 떠올랐다. 나는 곧 올리버의 방에서 잘 것이다. 그의 셔츠를 옆에 놓거나 입고서.

낭송이 끝나고 또 박수갈채가 나왔으며 사람들은 더욱 유쾌해진 분위기에서 또 술을 마셨다. 곧 문을 닫을 시간이었다. 마르지아와 B의 서점에 간 일이 떠올랐다. 너무나 멀고 달랐다. 그녀의 존재가 철저하게 비현실적으로 느껴졌다.

누군가 다 같이 저녁을 먹으러 가자고 했다. 모두 서른 명쯤 되었다. 다른 사람이 알바노호수에 있는 레스토랑을 제안했다. 중세 후기의 채색본에 나오는 별빛 가득한 밤 풍경이 내다보이는 레스토랑이 상상되었다. 누군가 너무 멀다고 했다. 멀긴 하지만 호수 야경이 끝내준다는 말에 끝내주는 호수 야경은 나중에 봐야 할 것 같다는 말이 나왔다. 누군가 카시아거리에 있는 레스토랑은 어떠냐고 제안했다. 그래도 차가 문제였다. 모든 인원이 다 타고 갈 수 없었다. 잠깐 동안 서로의 무릎에 앉아서 가면 되지 않겠느냐는 의견이 나왔다. 당연히 괜찮았다. 특히 아름다운 두 여성 사이에 앉을 수 있다면. 하지만 뚱보 신사가 미녀들 무릎에 앉으면 어떡하지?

차는 다섯 대뿐이었다. 게다가 제각각 서점에서 멀지 않은 작은 샛길에 주차되어 있었다. 다 함께 출발할 수 없으니 밀비오다리에서 만나기로 했다. 그리고 카시아거리에서 식당까지 함께 갈 참이었다. 식당의 위치는 딱 한 명만 알고 있었다.

식당에 도착하기까지 45분도 더 걸렸다. 호수 야경을 볼 수 있는 알바노에 가고도 남을 시간이었다. 널따란 야외 식당의 체크무늬 테이블보에는 모기 퇴치용 양초가 군데군데 놓여 있었다. 분명히 11시가 넘었을 텐데 아직도 공기가 축축했다. 얼굴이며 옷에서도 표시가 났다. 우리는 모두 축 처지고 질척해 보였다. 테이블보마저 축 처지고 질척해 보였다. 식당이 언덕에 자리한 터라 이따금씩 나무 사이로 숨 막히는 바람이 불어와 내일은 비가 내리겠지만 찌는 더위는 그대로일 것임을 알려 주었다.

육십이 가까워 보이는 웨이트리스가 우리 일행의 숫자를 재빨리 세더니 말발굽 모양의 테이블을 양쪽으로 붙여서 자리를 준비해도 되는지 물었다. 곧바로 자리가 준비되었고 음료와 식사 주문이 이어졌다. 시인의 아내는 남편이 결정할 테니 우리가 메뉴를 결정하지 않아도 되어 다행이라고 했다. 한 시간은 먹을 텐데 그때쯤이면 주방의 음식이 다 사라질 거라고도 했다. 그녀는 기나긴 전채요리 메뉴를 읊었고 빵과 와인, 미네랄워터, 후리잔테에 이어 주문한 요리가 금방 나왔다. 출판사 대표는 소박함을 지향한다면서 "올해도 또 적자네."라고 말했다. 또다시 시인과 출판사 대표를 위한 건배를 했다. 다음은 서점 주인, 시인의 아내, 출판사 대표의 딸들 그리고 또 누가 있었지?

웃음과 화기애애한 분위기가 계속되었다. 에이다는 즉흥적으

로 짧은 연설을 했다. 사실 별로 즉흥적인 것은 아니라고 그녀도
인정했다. 뚱보 신사와 큰부리새는 자신들이 도움을 주었음을 밝
혔다. 아이스크림 소스를 곁들인 토르텔리니가 30분도 넘어서 나
왔다. 그때쯤 나는 와인을 마시지 않기로 했다. 급하게 벌컥벌컥
마신 스카치위스키 두 잔이 제대로 효과를 발휘하기 시작했던 것
이다. 세 자매가 우리 사이에 앉았는데, 우리 쪽 벤치는 다들 다닥
다닥 붙어 앉았다.

두 번째 코스는 훨씬 나중에 나왔다. 포트로스트와 콩, 샐러드
였다. 치즈도 있었다.

어쩌다 보니 방콕이 화제에 올랐다.

"모두가 아름다워요. 근데 여러 가지가 혼합된 아름다움이죠.
그곳에 또 가고 싶은 이유입니다." 시인이 입을 열었다. "아시아
인도 아니고 백인도 아니죠. 유라시아인은 너무 단순한 호칭이
고. 그곳 사람들은 가장 순수한 의미로 이국적이면서 생경하지
않아요. 한 번도 본 적 없지만 한눈에 알아볼 수 있고, 그들이 내
마음을 휘저어 놓는 것이나 무엇을 원하는지 도저히 말로 표현
할 수 없죠."

그의 말이 계속되었다.

"처음에는 그들이 다르게 생각하는 줄 알았어요. 그런데 그들
은 다르게 느낀다는 것을 깨달았죠. 말할 수 없이, 상상도 할 수
없이 다정하다는 것도 알아챘고요. 오, 우리도 열정적인 지중해
사람의 방식으로 친절하고 다정하고 따뜻할 수는 있죠. 하지만
그들은 아무런 사심 없이 온 마음으로 온몸으로 다정합니다. 아

무런 슬픔이나 악의 없이 다정하고 아이처럼 아이러니나 수치심 없이 다정하지요. 내가 그들에게 가졌던 느낌이 부끄러워졌어요. 내가 꿈꿔 온 천국이 바로 그곳일지도 모른다는 생각이 들었죠. 내가 묵은 초라한 호텔에서 야간 근무를 하는 챙 없는 모자를 쓴 스물네 살 직원은 온갖 손님이 드나드는 걸 보았을 텐데도 나를 빤히 쳐다보기에 나도 그를 빤히 쳐다보았습니다. 생김새가 여자 같았어요. 남자 같은 여자처럼 생겼죠. 아메리칸익스프레스 직원 이 나를 쳐다보면 나도 쳐다보죠. 그녀는 여자처럼 생겼지만 알 고 보면 남자인 그런 남자애 같아 보였어요. 남자, 여자나 어린아 이들은 항상 내가 쳐다보면 싱긋 웃습니다. 이탈리아어가 능숙한 영사관 여직원도, 아침마다 같은 버스를 기다리는 대학생들도 나 를 쳐다보고 나도 그들을 쳐다봅니다. 이 모든 시선이 모여 내가 생각하는 의미가 됩니다. 좋건 싫건 감각에 관한 한 모든 인간은 똑같이 끔찍한 언어를 사용하니까요."

이때쯤 그라파와 삼부카가 한 차례 더 나왔다.

"나는 타이의 모두와 자고 싶었습니다. 알고 보니 타이의 모두 가 나에게 추파를 던지고 있더군요. 휘청거리며 사람들한테 부딪 히지 않고는 한 발자국도 떼기가 힘들었어요."

"그라파 한 잔 하고 마녀의 짓이 아니라고 말해 줘요." 출판사 대표가 끼어들었다.

시인은 웨이터에게 한 잔 더 따르라고 했다. 이번에는 천천히 마셨다. 뚱보 신사는 한 번에 쭉 들이켰고 Straordinario-fantastico 는 꿀꺽꿀꺽 소리를 내며 식도로 넘겼다. 올리버는 입맛을 다셨다.

시인은 그라파를 마시면 젊어진다고 했다. "밤이면 그라파를 즐겨 마십니다. 원기가 회복되거든요. 하지만 넌……." 나를 쳐다보며 말을 이었다. "이해하지 못하겠지. 그 나이에는 원기 회복이 필요 없을 테니까." 이번에는 내가 든 그라파 잔의 아랫부분을 쳐다보았다. "느껴지니?"

"뭐가요?"

"원기."

나는 그라파를 벌컥벌컥 마셨다. "아뇨."

"아뇨." 그가 어리둥절하고 실망스러운 표정으로 내 말을 따라 했다.

"저 나이 때는 이미 원기가 있기 때문이죠." 루치아가 끼어들었다.

"맞아요. 원기가 없는 사람한테나 그라파를 마시면 원기가 생기는 거지." 누군가 동의했다.

"방콕에서는 원기를 쉽게 얻었죠. 어느 따뜻한 날 밤 호텔 룸에 있는데 미쳐 버릴 것 같았어요. 외로움이나 바깥에서 들리는 사람들 소리 때문이거나 악마의 소행이었던 겁니다. 바로 그때 산클레멘테가 떠올랐어요. 정의되지 않은 모호한 느낌으로 다가왔죠. 흥분되기도 하고 향수병이기도 하고 은유이기도 한. 어떤 곳을 여행하고 싶은 이유는 머릿속에 그리는 것을 그 나라 전체와 합치고 싶기 때문입니다. 하지만 막상 가 보면 그곳 사람들과 아무런 공통점이 없다는 걸 깨닫죠. 모든 인류가 공유한다고 생각한 기본 신호마저도 이해할 수가 없어요. 그곳을 찾아간 건 실수었다고, 착각이었다고 생각하죠. 하지만 조금만 깊이 들어가면 이성적인 의구심에도 불구하고 아직 그곳을 원하는 자신을 발견합니다. 아니면 그곳도 나에게 뭔가를 원하는 것 같죠. 그곳 사람들이 한마음이라도 된 듯 나를 쳐다보니까요. 하지만 내 착각일 거라고 생각합니다. 그곳의 모든 신호가 나를 미치게 해서 다시 짐을 챙겨 로마로 돌아가겠다 결심합니다. 하지만 지하 비밀 통로에 묻혀 있던 비밀처럼 갑자기 뭔가를 깨닫습니다. 그 사람들도 나처럼 절실하게 나를 원한다는 사실을요. 하지만 최악은 모든 경험과 아이러니, 수줍음을 극복하는 능력에도 불구하고 오도 가도 못 하는 기분이 든다는 겁니다. 나는 그들의 언어를 알지 못했습니다. 그들의 마음의 언어도, 내 마음의 언어도 몰랐습니다. 어딜 가나 베일만 보였죠. 내가 원하는 것, 내가 원하는지 몰랐던 것, 내가 원한다는 걸 알고 싶지 않았던 것, 내가 원한다는 것을 처음부터 알았던 것, 이 모든 것은 기적이거나 지옥이거나 둘 중 하나입니다."

그가 말을 이어 갔다.

"평생 지워지지 않는 모든 경험이 그렇듯이 나는 속이 드러난 채로 끌어당겨졌습니다. 이게 평생 나라는 존재의 전부입니다. 일요일 오후면 가족과 친구들을 위해 노래 부르거나 채소볶음 요리를 하는 나, 추운 밤 잠에서 깨어나 스웨터 위에 담요를 걸치고 책상 앞에 앉아 남들이 모르는 나에 대한 글을 쓰는 나, 타인의 알몸과 함께 알몸으로 있기를 갈망하는 나, 수많은 조각으로 나뉘어 저마다 다 나라고 소리치는 나. 나는 그것을 산클레멘테 신드롬이라고 불렀습니다. 산클레멘테의 바실리카는 한때 박해받는 기독교도의 피신처였던 곳에 들어섰습니다. 로마 집정관 티투스 플라비우스 클레멘스의 집은 네로 황제 때 불탔죠. 로마인은 재가 되어 버린 그 옆, 지하 납골당이었을 곳에 아침의 신, 세상의 빛, 미트라를 위한 지하 이교도 신전을 지었습니다. 초기 기독교도는 그 위에 또 다른 클레멘트, 교황 성 클레멘트에게 바치는 또 다른 교회를 지었습니다. 우연인지 아닌지 더 파헤쳐 볼 문제지만. 또다시 불타 없어진 교회 위에 지금의 바실리카를 세웠죠. 파헤치는 것은 무수히 계속될 수 있습니다. 잠재 의식처럼, 사랑과 기억처럼, 시간처럼, 우리 모두처럼 교회는 복원을 반복한 폐허 위에 지어집니다. 최저점도 없고 최초도 없고 마지막도 없습니다. 그저 층과 비밀 통로, 서로 연결된 방만 있을 뿐입니다. 기독교의 카타콤처럼, 유대인의 카타콤처럼. 하지만 친구들이여, 나는 니체처럼 이 이야기를 하기 전에 도덕에 대해 말했습니다."

"알프레도, 내 사랑, 제발 짧게 해요."

식당 매니저는 우리가 곧 일어서지 않으리라는 것을 알고 또다시 모두를 위해 그라파와 삼부카를 내왔다.

"내가 미쳐 간다고 생각한 따뜻한 그날 밤, 초라한 호텔의 초라한 바에 앉아 있었습니다. 내 옆 테이블에 챙 없는 이상한 모자를 쓴 야간 근무 직원이 앉았더군요. 비번이냐고 물었더니 그렇다고 하더군요. 왜 집에 가지 않느냐고 물었더니 여기 사는데 자기 전에 한잔 마시러 왔다고 하더라고요.

나는 그를 빤히 쳐다보았습니다. 그도 나를 빤히 쳐다보았죠.

그가 갑자기 한 손에는 술을, 또 한 손에는 디캔터를 들었습니다. 내가 방해되거나 해서 멀리 떨어진 자리로 옮기려는 줄 알았죠. 그런데 놀랍게도 내 테이블로 와서 옆자리에 앉는 겁니다. 한번 마셔 볼 건지 묻더군요. 못 할 것 없다고 생각했지요. 로마에서도 하는데 타이에서야. 물론 별별 얘기를 다 들어서 뭔가 수상쩍다는 생각도 들었지만 동조하는 척하기로 했죠.

그는 손가락으로 딱 소리를 내더니 다짜고짜 작은 잔을 주문하더군요. 말이 떨어지기가 무섭게 잔이 나왔습니다.

'한잔 해 보세요.'

맛이 내 마음에 들지 않을 수도 있다고 말했습니다.

어쨌든 마셔 보라면서 그는 나에게 따라 주고 자기 잔에도 따랐죠.

술은 정말 맛있었어요. 잔은 양말을 꿰맬 때 쓰는 할머니의 골무보다 큰 정도였죠.

'한 잔 더 하세요. 맛도 다시 확인할 겸.'

나는 두 번째 잔도 마셨습니다. 의심의 여지가 없었죠. 그라파와 약간 비슷했어요. 좀 더 강하고 시큼한 맛이 적은 걸 빼면.

그 야간 직원은 계속 나를 쳐다보았습니다. 그렇게 빤히 쳐다보니까 별로 기분이 좋지 않더군요. 그의 시선을 견디기 어려울 정도였죠. 곧 킥킥거리며 웃을 것 같았거든요.

'날 빤히 쳐다보는군요.' 마침내 내가 말했습니다.

'네, 그렇습니다.'

'왜 쳐다보는 거죠?'

그는 내 쪽으로 몸을 기울이고 대답했죠. '당신이 좋아서요.'

'저기, 이봐요.'

'한 잔 더 하세요.' 그가 자기 잔과 내 잔을 다시 채우더군요.

'다시 말하는데 난……'

그가 내 말을 가로막았습니다.

'당신이 마셔야 할 이유가 더 많지요.'

내 머릿속에서는 위험 신호가 요란하게 울리고 있었죠. 취하게 만든 다음 어딘가로 데려가서 금품을 털어 간다는 말이 떠올랐어요. 신고해 봤자 경찰도 타락하기는 똑같아서 온갖 누명을 씌우고 사진까지 증거로 내민다는 거죠. 또 다른 걱정거리가 떠올랐습니다. 주문한 사람은 색소 넣은 차를 마시면서 술 취한 척하고 계산서에 엄청난 금액이 나오는 거 말입니다. 매우 오래된 수법이죠. 그런 수법에 속을 내가 아니고요.

'별로 관심이 안 생기네요. 그만……'

'한 잔 더 하세요.'

나는 그냥 미소만 지었습니다.

피곤할 정도로 계속 거절했지만 그는 한 잔 더 하라고 할 뿐이었죠. 이제는 웃음이 터질 지경이었어요.

그는 내 미소를 보더니 이유는 상관하지 않고 내가 웃는다는 데만 신경 썼죠.

그가 자기 잔을 또 채웠습니다.

'이봐요, 친구. 내가 이 술값을 낼 거라고 생각하지 않았으면 좋겠군요.' 내 안의 속물이 드디어 입 밖에 꺼낸 말이었습니다. 외국인에게 잘해 주는 척하다가 결국 등쳐 먹는 경우를 너무도 잘 알고 있었거든요.

'술값을 내라고 한 적 없습니다. 돈을 달라고 한 적도 없고요.'

아이러니하게도 그는 불쾌해하지 않았어요. 그런 말이 나오리라고 예상한 듯했습니다. 아마 수없이 해 본 일일 테지요. 어쩌면 직업상 말이죠.

'한 잔 더 하세요. 우정의 이름으로.'

'우정이라고요?'

'나를 두려워하지 않아도 됩니다.'

'난 당신하고 잘 생각이 없습니다.'

'그럴지도 모르지요. 그렇지 않을지도 모르고요. 밤은 길어요. 전 아직 포기하지 않았어요.'

어느 시점에 이르러 그가 모자를 벗더니 머리카락을 내리더군요. 저렇게 숱 많은 머리가 그렇게 작은 모자 속에 들어갔다는 게 신기했죠. 그는 여자였습니다.

'실망했나요?'

'아뇨. 그 반대입니다.'

가느다란 손목, 수줍음 타는 분위기, 불빛 아래 보드라운 피부, 눈빛에서 뿜어져 나오는 다정함. 헤픈 사람의 능글맞은 대담함이 아니라 침대에서 무척 다정하고 순결할 것 같은 애처로움이었죠. 실망했느냐고요? 어쩌면. 톡 쏘는 느낌이 사라졌으니까요.

그녀가 한 손을 내밀어 내 뺨에 갖다 댔습니다. 충격과 놀라움을 달래 주려는 듯이.

'좀 나아졌나요?'

나는 고개를 끄덕였습니다.

'당신은 한 잔 더 마셔야 해요.'

'당신도요.' 이번에는 내가 그녀의 잔에 술을 따라 주었죠.

왜 일부러 남자로 보이게 하고 다니는지 물었습니다. '직업상 안전하거든요'라거나 '이런 순간을 위해서죠'라는 방탕한 대답을 기대했죠.

그러자 깔깔거리는 웃음이 들려왔습니다. 진심으로 웃는 소리였죠. 짓궂은 장난을 쳤는데 불쾌하거나 놀라운 결과가 나오지 않은 것처럼.

'하지만 난 남자인걸요.'

그녀는 믿지 못하는 나에게 고개를 끄덕였습니다. 고개를 끄덕이는 것도 짓궂은 장난인 것처럼.

'당신이 남자라고요?' 나는 그녀가 여자라는 걸 알았을 때만큼이나 실망했죠.

'미안하지만 사실이에요.'

그는 양쪽 팔꿈치를 테이블에 대고 자신의 코가 내 코에 닿을 정도로 가까이 몸을 기울였습니다. '난 당신이 무척 좋아요, 시뇨르 알프레도. 당신도 나를 무척 좋아하죠. 우리 모두 그 사실을 알고 있다는 게 아름다운 일이죠.'

나는 그를, 아니 그녀를 쳐다보고 한 잔 더 하자고 말했습니다. 자신도 막 그러자고 하려던 참이었다며 짓궂게 응수하더군요. '당신은 내가 남자이기를 바라나요, 여자이기를 바라나요?' 그녀 또는 그가 물었죠. 유전자 계통으로 거슬러 올라갈 수 있다는 듯한 질문이었습니다.

뭐라고 대답해야 할지 모르겠더군요. 그래서 당신이 인테르메조(intermezzo, 간주곡 또는 막간극―옮긴이)였으면 좋겠다는 마음으로 '둘 다 혹은 중간이었으면 좋겠네요.'라고 대답했습니다.

그는 놀란 듯했죠.

'응큼해, 정말 응큼하군요.'

그날 밤 내가 아주 방탕한 말로 처음 그를 놀라게 한 것 같았습니다.

화장실에 가려고 일어선 그를 보니 치마를 입고 하이힐을 신은 여자였습니다. 사랑스러운 발목의 아름다운 피부를 쳐다보지 않을 수가 없었죠.

그녀는 또다시 나를 속여 넘기고는 거리낌 없이 킥킥 웃기 시작했습니다.

'잠시 내 핸드백 좀 봐 줄래요?'

그녀는 자신의 물건을 봐 달라고 부탁하지 않으면 그사이 내가 계산하고 나가 버릴 줄 알았던 겁니다.

요약하자면 이게 바로 내가 산클레멘테 신드롬이라고 부르는 일입니다."

박수갈채가 쏟아졌다. 애정이 담긴 박수갈채였다. 사람들이 이야기가 마음에 들었을 뿐 아니라 이야기를 들려준 사람도 마음에 들어 한다는 뜻이었다.

"Evviva il sindromo di San Clemente(산클레멘테 신드롬 만세)."

Straordinario-fantastico가 말문을 열었다.

"*Sindromo*는 남성형이 아니라 여성형이야. *La sindrome*." 그녀 옆에 앉은 누군가가 정정했다.

"*Evviva la sindrome di San Clemente!*" 그저 소리 지르고 싶었던 게 분명한 누군가가 외쳤다.

그는 몇 사람과 함께 매우 늦게 도착했는데 레스토랑 주인한테 로마 사투리로 "*Lassatece passà*, 들어갑시다."라고 말함으로써 자신이 도착했다는 사실을 일행에게 알렸다. 일행은 이미 오래전에 식사를 시작한 터였다. 그는 밀비오다리에서 방향을 잘못 든 데다 레스토랑을 금방 찾지 못했다. 결과적으로 처음 두 코스를 놓쳤다. 그는 테이블의 맨 끄트머리에 앉았고 서점에서 데려온 사람들과 함께 레스토랑에 마지막 남은 치즈를 받았다. 한 사람당 플란 두 개도 주어졌다. 남은 음식이라곤 그것뿐이었기 때문이다. 그는 음식을 놓친 서운함을 와인으로 달랬다. 다행히 시인의 산클레멘테 이야기는 거의 다 들었다.

"클레멘테 타령이 꽤나 매력적이긴 하지만 그 은유가 어떤 도움이 되는지 모르겠네요. 어떻게 그게 우리가 누구이고 뭘 원하고 어디로 향하는가를 이 와인보다 잘 알려 주는지 말입니다. 하지만 이 와인처럼 두 겹으로 보게 해 주는 게 시의 역할이라면 다시 한번 건배를 청합니다. 세상이 네 개의 눈으로 보이도록 취할 때까지, 조심하지 않으면 여덟 개로 보일 때까지."

"*Evviva*(만세)!" 아만다가 늦게 온 손님의 입을 닫으려는 절박한 시도로 건배를 외쳤다.

"*Evviva!*" 다른 사람들도 건배했다.

"빨리 새 시집을 내야겠어요." Straordinario-fantastico가 말했다.

누군가 레스토랑에서 멀지 않은 곳에 있는 아이스크림 가게에 가자고 제안했다. 아이스크림 말고 커피를 마시러 가기로 했다. 다 같이 우르르 나와서 차를 타고 롱고테베레를 지나 판테온으로 향했다.

차 안에서 나는 행복했다. 하지만 바실리카가 우리의 밤과 비슷하다는 생각이 자꾸 들었다. 일련의 사건이 이어져서 전혀 예측하지 못한 일이 생기고, 주기가 끝났다고 생각한 순간 갑자기 새로운 일이 일어나고, 그 후에 또 다른 일이 생겨서 결국은 깨닫게 된다. 처음에 시작한 옛 로마의 한가운데로 쉽게 돌아올 수 있다는 것을. 어제 우리는 달빛이 비출 때 수영을 하러 갔는데 오늘은 이곳에 있다. 며칠 후면 그가 떠나고 없을 것이다. 그가 1년 후 오늘 돌아올 수 있다면. 나는 올리버에게 팔을 두르고 에이다에게 기댔다. 그 상태에서 잠이 들었다.

우리 일행이 산에우스타키오 카페에 도착한 것은 새벽 1시가 훌쩍 지난 시간이었다. 모두 커피를 주문했다. 산에우스타키오의 커피가 왜 그렇게 유명한지 이해되었다. 어쩌면 이해하고 싶은데 잘 모르겠는지도 모른다. 맛이 있는 건지도 잘 알 수 없었다. 사실 다른 사람들도 마찬가지지만 다들 맛있다니까 어쩔 수 없이 죽고 못 사는 맛이라고 맞장구치는지도 모른다. 로마의 유명한 카페 산에우스타키오 주변에 많은 사람이 서거나 앉아서 커피를 마시고 있었다. 가벼운 옷차림으로 가까이 서 있는 사람들을 보는 게 좋았다. 모두에게는 기본적인 공통점이 있었다. 이 밤을 사랑한다는 것, 이 도시와 이 도시의 사람들을 사랑한다는 것, 누구하고든 짝을 짓고 싶은 욕구, 이곳에 삼삼오오 모인 사람들이 떠나가지 않았으면 하는 바람.

우리 일행이 커피를 마시고 이제 그만 헤어질까 이야기하는 도중에 누군가 "아직 헤어질 순 없지."라고 했다. 근처 술집에 가자는 의견이 나왔다. 로마 최고의 맥주를 파는 곳이라고. 다들 좋다고 했다. 우리는 캄포데피오리 재래시장 쪽으로 이어지는 길고 좁은 골목길을 따라 걸었다. 루치아는 나와 시인 남편 사이에서 걸었다. 올리버는 우리 뒤에서 자매와 이야기하며 걸었다. 노신사는 Straordinario-fantastico와 친해져서 산클레멘테에 대해 이야기했다.

"삶에 대한 멋진 은유예요!" Straordinario-fantastico가 말을 꺼냈다.

"좀! 이것저것 다 *클레멘테화*하려고 과장할 필요 없어요. 그냥 비유의 표현일 뿐이니까." 뚱보 신사가 말을 받았다. 그도 오늘 밤 대자(代子)의 덕을 톡톡히 보았을 것이다.

나는 에이다가 혼자 걷는 것을 보고 그녀에게 다가가 손을 잡았다. 하얀 옷을 입은 그녀의 태닝한 피부는 윤기가 흘러서 온몸의 숨구멍 하나하나를 다 만져 보고 싶게 만들었다. 우리는 말을 나누지 않았다. 그녀의 하이힐이 시멘트 바닥에 닿는 소리가 들렸다. 어둠 속에서 그녀는 흡사 유령처럼 보였다.

나는 이 길이 영원히 끝나지 않았으면 했다. 조용하고 사람이 없는 골목길은 어두컴컴했고 고대에서 내려온 듯 움푹움푹 팬 자 갈길은 축축한 공기 속에서 반짝였다. 고대의 운반공이 도시가 땅속으로 사라지기 전에 항아리에서 끈적끈적한 물질을 꺼내 뿌려 놓은 것 같았다. 모두가 로마를 떠났다. 너무 많은 것, 모든 것을 본 텅 빈 도시는 이제 우리만의 것이었다. 하룻밤 동안 시인이 그만의 이미지로 불러낸 도시 같았다. 찌는 듯한 더위라도 오늘 밤을 망칠 수는 없었다. 우리는 원한다면 동그랗게 서서 걸을 수도 있었다. 그렇게 걷는다 해도 뭐라고 할 사람이 없었다.

가끔 가다 불을 밝힌 거리의 텅 빈 미로를 따라 걸으면서 나는 시인의 산클레멘테 이야기가 우리와 무슨 상관인지 의아해하기 시작했다. 우리가 시간을 따라 움직이고 시간도 우리를 따라 움직이며 우리는 변화를 거듭하다가 똑같은 자리로 돌아온다. 늙을 때까지 무엇 하나 배우지 못해도 이것만은 배운다. 이것이 시인의 가르침이라고 추측했다. 한 달 후든 언제든 로마를 다시 찾는다면 오늘 일이 완전히 다른 나에게 일어난 일인 듯 비현실적으로 느껴질 것이다. 또한 3년 전 식료품점 직원이 삼류 영화관에 가자고 제안했을 때 생겨난 내 바람은 지금부터 3개월 후에도 3년 전과 똑같이 충족되지 않은 듯 느껴질 것이다. 그는 왔다 갔고 아무것도 변하지 않았다. 나도 바뀌지 않았다. 세상도 바뀌지 않았다. 하지만 그 무엇도 똑같지 않을 것이다. 꿈을 만드는 것과 낯선 추억만 남았다.

우리가 도착했을 때 바는 문을 닫으려는 중이었다.

"2시에 닫아요."

"그래도 한잔 할 시간은 있겠네."

올리버는 마티니, 미국식 마티니를 마시고 싶어 했다. 시인이 멋진 생각이라고 했다.

"나도요." 누군가 끼어들었다.

커다란 주크박스에서는 7월 내내 들은 여름 유행곡이 흘러나왔다.

'마티니'라는 말을 듣고 노신사와 출판사 대표도 같은 것을 주문했다.

"Ehi, Taverniere(여기요, 주인장)!" 폴스타프(Falstaff, 셰익스피어의 작품에 등장하는 허풍쟁이 뚱뚱보 기사—옮긴이)가 외쳤다.

웨이터는 와인하고 맥주만 가능하다고 했다. 어머니가 위중한 상태로 병원에 실려 가서 바텐더가 초저녁에 퇴근했다는 것이다. 잘 알아들을 수 없는 웨이터의 설명에 다들 웃음을 참았다. 올리버는 마티니 가격을 물었다. 웨이터가 소리쳐 묻자 카운터에 있는 여자가 가격을 알려 주었다.

올리버가 제안을 하고 나섰다. "마티니는 내가 만들고 술을 마음대로 섞는 대신 그 가격 그대로 받으면 어때요?"

웨이터와 카운터 여직원은 잠시 망설였다. 사장은 집에 간 지 오래였다.

"안 될 거 없죠. 손님이 만들 줄 알면 faccia pure, 그렇게 하세요." 여직원이 허락했다.

올리버에게 박수갈채가 쏟아졌다. 그는 바 안쪽으로 천천히 걸어갔고 진과 약간의 베르무트에 얼음을 더해 칵테일 믹서를 열심히 흔들기 시작했다. 바 옆의 작은 냉장고에는 올리브가 없었다. 여직원이 다가와서 확인해 보고 보울을 꺼냈다.

"올리브예요." 그녀는 올리버의 얼굴을 똑바로 쳐다보며 말했다. '바로 코앞에 있잖아요. 제대로 찾아봤어요? 또 뭐가 필요한데요?'라고 쏘아붙이는 듯했다.

"너한테도 마티니 한잔 권하고 싶은걸." 올리버가 나를 보며 부드럽게 권했다.

"정신이 하나도 없는 하루였어요. 한잔 마신다고 더 나빠질 건 없겠죠. 작은 걸로 주세요."

"가르쳐 줄까?" 올리버는 얼음을 넣지 않은 드라이마티니를 만드는 복잡한 방법을 설명하기 시작했다. 바텐더로 변신한 상황을 개의치 않았다.

"이런 건 어디서 배웠어요?" 내가 물었다.

"칵테일 입문 수업에서. 하버드 덕분이지. 대학 시절 주말마다 바텐더로 일하면서 생활비를 벌었거든. 그 후에는 셰프가 되었고 또 그다음에는 케이터링을 했어. 포커는 계속했고."

그는 대학 시절을 이야기할 때마다 눈부시도록 밝은 신비함을 발산했다. 이미 과거이기 때문에 내가 다가갈 수 없는 삶으로 들어간 것처럼. 그런 과거의 존재는 지금처럼 칵테일 기술로 드러나거나 아케인 그라파를 구분하거나 모든 여자와 이야기를 나누거나 우리 집에 묵는 동안 세계 각지에서 그에게 보내온 불가사의한 네모 봉투 같은 데서 드러났다.

나는 과거의 그를 질투한 적도 위험을 느낀 적도 없었다. 그의 과거는 내가 태어나기 훨씬 전에 우리 아버지의 삶에서 일어난 사건들처럼 불가사의한 면이 있었지만 현재까지 계속 울려 퍼졌다. 내가 태어나기 이전의 삶을 부러워하지도 않았고 그가 내 또래였던 시간으로 가고 싶지도 않았다.

열다섯 명이 남은 우리 일행은 바에서 가장 큰 투박한 나무 테이블을 차지했다. 웨이터가 두 번째로 곧 문 닫을 시간임을 알렸다. 10분도 채 되지 않아 다른 손님들은 바를 떠났다. 영업 종료 시간이 되자 웨이터는 벌써 철문을 내리기 시작했다. 주크박스의 플러그도 뽑았다. 만약 대화가 계속 이어진다면 우리는 새벽까지 있을지도 모른다.

"나 때문에 놀랐니?" 시인이 물었다.

"저요?" 테이블에 있는 사람들 중에서 내게 말을 걸어온 건지 확인하며 물었다.

루치아가 우리를 쳐다보았다. "알프레도, 이 아이는 당신보다 젊음의 타락에 대해 잘 알아요. E un dissoluto assoluto(그리고 절대 방탕)." 그녀는 한동안 계속 그랬듯이 내 뺨에 손을 가져갔다.

"이 시는 오로지 한 가지만 이야기하고 있어요." Straordinario-fantastico가 한마디 했다.

"산클레멘테가 이야기하는 건 네 가지예요. 적어도!" 시인이 소리쳤다.

웨이터가 세 번째로 영업 종료를 알렸다.

"이봐요." 서점 주인이 웨이터에게 말했다. "계속 있게 해 주면 안 됩니까? 여자분은 우리가 갈 때 택시에 태워 드릴게요. 택시비도 우리가 내고. 마티니 딱 한 잔씩 더 하고요."

"그렇게 하시죠." 웨이터가 앞치마를 벗으며 말했다. 그는 이제 우리를 포기했다. "저는 집에 갑니다."

올리버가 나에게 와서 피아노 연주를 해 달라고 청했다.

"뭐가 듣고 싶은데요?"

"아무거나."

내 인생의 가장 아름다운 밤에 고마움을 표현하는 방법이 될 터였다. 두 번째 마티니를 들이켰다. 술과 담배에 찌들어 살다가 영화 마지막에는 객사한 채 발견되는 재즈 피아니스트처럼 타락한 기분이었다.

브람스를 연주하고 싶었다. 하지만 조용하고 사색적인 곡이어야 함을 직감했다. 나를 조용한 사색의 세계로 이끌어 주는 바흐의 〈골든베르크 변주곡(Goldberg Variations)〉을 연주했다. 열다섯 명의 일행 사이에서 깊은 숨소리가 흘러나왔다. 내가 마법 같은 오늘 밤에 보답할 수 있는 유일한 방법이라 기뻤다.

한 곡 더 연주해 달라는 요청에 브람스의 카프리치오를 제안했다. 다들 좋다고 했다. 하지만 내 안의 사악함이 발동해 시작 부분의 마디를 연주한 후 별안간 스토르넬로(stornello, 이탈리아 토스카나주에서 전승된 서정시에 곡을 붙인 민요조의 노래—옮긴이)를 연주하기 시작했다. 너무도 대조되는 분위기에 다들 깜짝 놀랐고 함께 노래하기 시작했다. 저마다 자신이 아는 스토르넬로를 부르는 바람에 한목소리가 되지는 않았지만. 후렴구에 이르러 우리는 약속이나 한 듯 똑같은 가사를 노래했다. 단테로 분장한 남자가 우리에게 들려준 바로 그 글귀였다. 다들 황홀경에 빠졌다. 다른 곡을 연주해 달라는 주문이 또다시 들어왔다. 로마의 스토르넬리는 보통 외설적이고 경쾌한 노래다. 가슴이 찢어지게 아픈 나폴리의 아리아가 아니다. 세 번째 연주 후 올리버에게 밖으로 나가 신선한 공기를 쐬고 싶다고 했다.

"왜 그래, 어디가 안 좋은 거야?" 시인이 올리버에게 물었다.

"아뇨. 그냥 신선한 공기를 쐬고 싶어서 그럽니다. 그대로들 계세요."

여직원이 몸을 완전히 숙이고 한 손으로 롤링 셔터를 들어 올렸다. 나는 셔터 아래로 빠져나갔다. 텅 빈 골목에서 시원한 바람이 불어왔다.

"잠깐 걸을까요?" 올리버에게 물었다.

우리는 어두운 골목을 걸었다. 단테에 나오는 두 그림자 같았다. 좀 더 젊은 쪽과 좀 더 나이 먹은 쪽. 여전히 무더웠고 거리의 가로등 불빛이 올리버의 이마에서 반짝였다. 우리는 쥐 죽은 듯 고요한 길로 좀 더 깊숙이 들어갔다. 그리고 또 다른 길을 지났다. 인사불성이 되거나 경이감에 휩싸였을 때 들어가는 황천길로 이어지는 듯 보이는 비현실적이고 끈적거리는 마귀의 길에 끌려 들어가는 것처럼. 길고양이 울음소리와 가늘게 흐르는 물소리만 들렸다. 로마 어디서나 대리석 분수대를 쉽게 찾아볼 수 있었다.

"물이 필요해요." 내가 헐떡거리며 말했다. "난 마티니 체질이 아니에요. 완전히 취했어요."

"넌 마시지 말았어야 해. 스카치에 와인에 그라파에 진까지 마셨잖아."

"분위기 잡으려고 하는 것치곤 힘드네요."

그가 킥킥거렸다. "창백해 보인다."

"토할 것 같아요."

"그럴 땐 하는 게 상책이지."

"어떻게요?"

"몸을 숙이고 손가락을 목구멍에 집어넣어."

나는 고개를 저었다. 절대로 그러고 싶지 않았다.

인도에 쓰레기통이 있었다. "저기다 해."

평상시라면 토하지 않으려고 애쓸 테지만 지금은 너무나 수치
스러워 어린애처럼 굴 수가 없었다. 그 앞에서 토한다는 사실이
불편했다. 아만다가 우리를 따라오지 않은 건지 확신할 수도 없
었다.

"어서 숙여. 내가 머리 잡아 줄게."

나는 저항했다. "이러다 말 거예요, 분명히."

"입 벌려."

나는 입을 벌렸다. 그의 손가락이 목구멍에 닿는 순간 욱 하고
올라왔다.

그가 내 머리를 잡고 있어서 다행이었다. 토하는 사람의 머리
를 잡는 것은 얼마나 사심 없는 용기인가. 그를 위해 똑같이 해 줄
용기가 나에게도 있을까?

"다 한 것 같아요."

"더 나오나 보자고."

또다시 욱 하면서 오늘 먹은 음식물이 더 나왔다.

"콩은 안 씹나 봐?" 그가 웃으며 물었다.

그런 식으로 놀림받는 게 얼마나 좋았는지.

"나 때문에 신발이 더러워진 게 아니길 바랄 뿐이에요."

"신발이 아니라 샌들이야."

둘 다 웃음을 터뜨릴 뻔했다.

주변을 둘러보니 내가 파스퀴노 동상 바로 옆에서 토했음을 알수 있었다. 로마에서 가장 존경받는 풍자 작가의 동상 옆에 토하다니 과연 나다웠다.

"콩을 전혀 씹지 않아서 배고플 때 먹어도 되겠더라."

또다시 웃음이 터졌다. 분수대의 물로 얼굴을 씻고 입 안을 헹궈 냈다.

바로 앞에 또다시 살아 있는 단테 조각상이 보였다. 그는 망토를 벗었고 검은 머리가 길게 흘러내렸다. 저런 옷이라면 땀을 한바가지는 흘렸을 법했다. 이제는 네페르티티 여왕으로 분장한 사람과 싸움을 벌이고 있었다. 가면을 벗은 여왕도 땀에 절어 긴 머리가 떡이 졌다. "오늘 짐 가지러 갈 거야. 잘 자. 속이 다 시원하군." "나도 속이 다 시원하니까 썩 꺼져." "엿이나 드시지, 짜증나." 네페르티티는 투덜거리면서 단테에게 동전 한 줌을 던졌다. 단테는 동전을 주우려고 몸을 숙였는데 하나가 얼굴에 맞자 "아야!" 하고 외쳤다. 결국 두 사람은 주먹다짐을 할 것 같았다.

우리는 역시나 어둡고 인적이 없으며 반짝이는 옆 골목으로 돌아가서 산타마리아델아니마로 접어들었다. 작고 낡은 모퉁이 건

물의 벽에 걸린 희미한 가로등이 비추고 있었다. 과거에는 저 자리에 가스등이 있었으리라.

내가 멈추자 그도 멈췄다. "내 인생에서 가장 멋진 날인데 구토로 끝났네요."

그는 듣고 있지 않았다. 나를 벽으로 밀어붙이고 키스하기 시작했다. 엉덩이를 내 쪽으로 밀어붙이고 두 팔로 나를 들어 올리려고 했다. 나는 눈을 감았지만 그가 지나가는 사람이 있는지 주변을 살피기 위해 키스를 멈추었다는 걸 알 수 있었다. 눈을 떠서 확인하고 싶지 않았다. 걱정은 그더러 하라고 하자. 우리는 다시 키스했다. 여전히 눈을 감은 채였지만 두 노인의 목소리가 들린 것 같았다. 저 둘 좀 보라면서 옛날에는 저런 모습을 볼 수나 있었느냐고 못마땅해하는 목소리였다. 하지만 나는 그들을 신경 쓰고 싶지 않았다. 걱정하지 않았다. 그가 걱정하지 않는다면 나도 걱정되지 않았다. 평생 이렇게 살 수 있을 것 같았다. 한밤중에 로마에서 두 눈을 꽉 감고 한 다리를 그에게 휘감은 채로 이렇게. 몇 주 후나 몇 달 후에 이곳에 다시 와야겠다고 생각했다. 이제 이곳은 우리만의 추억의 장소니까.

바로 돌아가 보니 다들 떠나고 없었다. 이미 새벽 3시가 지난 시간이었을 것이다. 간간이 보이는 차를 제외하고 도시는 쥐 죽은 듯 고요했다. 실수로 판테온 근처의 로톤다광장에 이르렀는데 항상 북적이는 그곳도 비어 있었다. 커다란 배낭을 메고 가는 몇몇 관광객과 술 취한 사람, 마약상들만 보일 뿐이었다. 올리버가 노점에서 레몬소다를 사 주었다. 쓰고 상큼한 레몬 맛에 기분이 한결 나아졌다. 올리버는 쓴 오렌지 음료와 수박 한 조각을 샀다. 한입 먹어 보라고 했지만 거절했다. 지금처럼 흐릿한 새벽에 반쯤 취한 채로 레몬소다를 마시며 누군가와 어깨동무를 하고 로마의 반짝이는 자갈길을 걷는다는 건 얼마나 멋진 일인가. 페보광장을 향해 좌회전하자 어렴풋하게 기타 치는 사람이 보였다. 가까이 다가가 보니 록이 아니라 나폴리 전통 민요를 부르고 있었다.

"〈Fenesta ca lucive(불 꺼진 창)〉이네요." 시간이 좀 걸렸지만 무슨 노래인지 알 수 있었다.

어릴 때 마팔다가 불러 준 자장가였다. 내가 나폴리에 대해 아는 거라고는 마팔다와 그녀의 측근이 전부였다. 부모님과 함께 나폴리로 가벼운 여행을 떠난 적은 몇 번 있지만 나폴리 사람과 어울려 본 적은 한 번도 없었다. 하지만 이 애절한 노래는 잃어버린 사랑과 삶에서 잃어버린 것들, 우리 할아버지처럼 나보다 오래전에 산 사람들의 삶에 대한 향수를 깊이 자극했다. 나는 갑자기 마팔다의 조상처럼 옛 나폴리의 좁은 골목에서 초조하게 종종걸음 치는 소박한 사람들의 가난하고 울적한 세계로 돌아갔다. 그들의 기억을 지금 올리버와 나누고 싶었다. 내가 올리버를 외국의 항구 도시에서 만났고 그가 마팔다와 만프레디, 안키세스, 나처럼 남부 사람이며 이 옛 노래가 죽은 자들을 위한 고대의 기도처럼 무슨 뜻인지 모르는 사람조차 눈물짓게 만든다는 사실을 이해해 줄 것처럼 말이다.

그는 이 노래가 이스라엘 애국가를 떠올린다고 했다. "〈몰다우

(Die Moldau, 베드르지흐 스메타나의 교향시 〈나의 조국〉 중 제2악장—옮긴이)〉에서 영감받은 건가? 다시 생각해 보니 벨리니의 《몽유병 여인(La Sonnambula)》에 나오는 아리아에서 영향받은 것 같기도 하군."

나는 벨리니의 느낌이 난다고들 하지만 따뜻하면서도 차갑다고 말했다.

"우리도 클레멘테화를 하고 있군." 그가 말했다.

나는 나폴리어를 이탈리아어로, 그것을 다시 영어로 번역해 주었다. 한 청년이 사랑하는 여인의 창문 아래를 지나가다 여인의 언니에게 넨넬라가 죽었다는 말을 듣는다는 내용이었다.

한때 꽃이 만발했던 입에서 구더기가 나올 뿐.
안녕, 창문이여,
나의 넨나는 더 이상 창문으로 내다볼 수가 없으니.

일행 없이 혼자인 데다 꽤 술에 취한 듯한 독일인 관광객이 내가 노랫말을 영어로 번역해 주는 걸 듣고 다가와서는 자꾸 끊어지는 영어로 독일어 번역도 해 달라고 간청했다. 호텔로 돌아가는 길에 올리버와 독일인 관광객에게 후렴구를 가르쳐 주었다. 우리 세 사람은 몇 번이고 후렴구를 열창했다. 제각각 엉망으로 나폴리어를 발음하는 우리의 노랫소리가 로마의 좁고 축축한 골목길에 울려 퍼졌다. 우리는 나보나광장에 이르러 독일인과 헤어졌다. 호텔로 가는 길에 후렴구를 부드럽게 다시 불렀다.

Chiagneva sempe ca durmeva sola,
mo dorme co'li muorte accompagnata.

그녀는 늘 홀로 잠든다고 눈물 흘렸는데
지금은 죽은 자들과 함께 잠들었구나.

오랜 세월이 흐른 지금까지도 동틀 무렵이 가까운 시간에 젊은 남자 둘이 나폴리어로 이 노래를 부르던 목소리가 들리는 듯하다. 두 사람은 그날이 서로 사랑을 나누는 마지막 날이 되리라는 것도 모른 채 옛 로마의 어두운 길에서 서로를 꼭 껴안고 키스했다.

"내일은 산클레멘테에 가요."

"내일이 오늘이지."

텅 빈 자리

Ghost Spots

안키세스가 역에서 나를 기다리고 있었다. 기차가 만을 따라 길게 커브를 돌면서 속도를 늦추자마자 안키세스가 보였다. 기차는 내가 좋아하는 키다리 사이프러스나무를 스치듯 지나쳤고, 사이프러스나무 사이로 언제나 다정한 한낮의 눈부신 바다를 맛보기로 볼 수 있었다. 창문을 내리자 얼굴에 바람이 불어왔고 저 멀리 느려 터진 우리 차가 언뜻 보였다.

B에 도착하면 언제나 행복했다. 매 학년을 마치고 6월 초 이곳에 도착한 순간을 떠올리게 한다. 바람과 열기, 제1차 세계대전 때 영영 부서져 버린 역장의 오두막이 있는 반짝거리는 회색 플랫폼은 한가하고 사랑스러운 시간 속에서 내가 가장 좋아하는 계절이 왔음을 알려 주었다. 곧 여름이 시작되려 하고 있었고, 어떤 일도 아직 일어나지 않은 듯했다. 머릿속에선 아직도 벼락치기로 공부한 내용이 윙윙거렸다. 올해 들어 처음 바다를 보는 거였다. 올리버가 누군지도 몰랐지.

기차가 잠시 머무는 동안 승객 다섯 명이 내렸다. 보통 우르르 울리는 소리가 나고 엔진이 덜커덕거리는 시끄러운 소리가 들렸다. 그런 다음에야 기차는 쉽게 멈춘 것처럼 끽 소리와 함께 역을 빠져나갔다. 하나씩 스르르 나아갔다. 그리고 완전한 침묵이다.

건조하게 마른 나무 캔틸레버 아래에 잠시 서 있었다. 판자로 지은 막사를 비롯해 기차역 전체에서 석유와 타르, 벗겨진 페인트, 오줌 냄새가 났다.

그리고 언제나처럼 찌르레기와 소나무, 매미가 있었다.

아직 여름이다.

다가오는 새 학년은 생각하지 않았다. 뜨거운 여름 안에 있으니 새 학년이 되려면 몇 달이나 남은 것 같아 감사했다.

내가 도착한 지 몇 분도 안 되어 반대편에서 로마행 급행열차가 들어왔다. 언제나처럼 정확하게 시간을 맞췄다. 사흘 전 우리는 바로 저 기차를 탔다. 로마행 기차 안에서 창밖을 보며 '며칠 후면 넌 혼자 돌아갈 거야. 그 느낌이 엄청 싫을 테니까 철저하게 준비하도록 해.'라고 각오한 사실이 떠올랐다. 나는 경고대로 그를 옆에 두고 조금씩 잃어버리는 연습을 하여 고통을 막으려고 했을 뿐만 아니라 미신을 믿는 사람들처럼 최악의 상황을 상상해도 과연 충격이 약해지지 않을지 지켜보았다. 야간 전투 훈련을 받는 군인처럼 어둠이 찾아왔을 때 앞이 보이지 않는 일이 없도록 어둠 속에서 살았다. 고통을 줄이기 위해 고통을 연습했다. 동종요법이었다.

다시 한번 연습해 보자. 만의 풍경. 확인.

소나무 향기. 확인.

역장의 오두막. 확인.

저 멀리 보이는 언덕은 아침에 함께 자전거를 타고 B로 갔던 일을 떠올리게 했다. 내리막길을 빠르게 달리다 집시의 딸을 칠 뻔한 일. 확인.

오줌과 석유, 타르, 에나멜 페인트 냄새. 확인, 확인, 확인.

안키세스가 내 백팩을 잡더니 대신 들어 주겠다고 했다. 괜찮다고 했다. 백팩은 원래 당사자만 메기로 되어 있는 것이라고. 그는 이해하지 못했지만 내게 다시 백팩을 내밀었다.

그는 시뇨르 울리바가 떠났는지 물었다.

"네. 오늘 아침에요."

"슬프네."

"네. 조금요."

"*Anche a me duloe,* 나도 슬프네."

나는 그의 시선을 피했다. 그가 올리버 이야기를 하거나 올리버를 화제에 올리는 걸 원치 않았다.

집에 도착하자 어머니는 우리의 여행에 대해 낱낱이 듣고 싶어 했다. 특별한 것은 없었고 카피톨과 보르게세공원, 산클레멘테를 구경했다고 대답했다. 그 외에는 많이 걷고 분수도 많이 보고 밤이면 모르는 곳에도 많이 갔다고. 저녁 만찬도 두 번이나 있었다고.

"저녁 만찬?" '거봐, 내 말이 맞았지?'라고 하는 듯했다. "누구하고?"

"사람들요."

"어떤 사람들?"

"작가들, 출판사 사람들 그리고 올리버 친구들요. 매일 밤새 놀왔어요."

"아직 열여덟 살도 안 됐는데 la dolce vita(달콤한 인생)를 누리고 있네." 마팔다가 톡 쏘는 반어법으로 끼어들었다.

어머니도 동의했다.

"원래 네 방으로 바꿔 놨어. 네가 빨리 원래 방을 쓰고 싶어 할 거 같아서."

그 말을 듣자마자 슬프고 화가 났다. 무슨 권리로 그런단 말인가? 분명히 어머니와 마팔다는 같이 혹은 따로따로 이것저것 뒤져 보았을 것이다.

원래 내 방으로 돌아갈 거라는 사실은 알고 있었다. 하지만 올리버가 오기 전의 생활로 돌아가는 일은 가급적 천천히 하고 싶었다. 침대에 누워 그의 방으로 가기 전에 용기를 그러모으던 일을 떠올릴 것이다. 하지만 마팔다가 이미 그의 침대 시트를 갈았다는 사실을 예측하지 못했다. 다행히 그날 아침 그에게 펄럭이 셔츠를 달라고 다시 부탁했다. 로마에 머무는 동안 내내 입게 했다. 호텔에서 비닐봉지에 넣어 두었고 죽을 때까지 그 누구도 뒤져 보지 못하도록 꽁꽁 숨길 것이다. 비닐이나 내 옷 냄새가 배지 않도록 보관해 두고 가끔씩 밤에 꺼내서 옆에 둘 것이다. 셔츠의 긴 소매로 내 몸을 두르고 어둠 속에서 그의 이름을 부를 것이다. 울리바. 울리바. 울리바. 마팔다와 안키세스의 발음이며 나를 자신의 이름으로 부르는 올리버의 목소리였다. 내가 그의 이름을 부르는 방식이기도 했다. 그가 이어서 내 이름을 불러 주기를 바라며. 엘리오. 엘리오. 엘리오.

그가 없다는 사실을 확인하기 싫어서 발코니가 아니라 안쪽 계단을 이용해 방으로 들어갔다. 방문을 열고 백팩을 바닥에 내려놓은 뒤 햇살이 따뜻하게 비추는 침대로 몸을 던졌다. 아, 다행이다! 아직 시트를 갈지 않았다. 순간 집에 돌아온 것이 슬프지 않았다. 펄럭이는 셔츠와 냄새, 올리버도 다 잊고 곧바로 잠들 수 있을 것 같았다. 지중해의 햇살이 가득한 오후 2~3시의 낮잠을 누가 뿌리칠 수 있을까?

피곤하니까 작곡 노트는 나중에 꺼내서 하이든 편곡을 계속하기로 했다. 아니면 테니스장의 따뜻한 벤치에 앉아서 온몸으로 퍼지는 행복의 떨림을 느끼고 같이 테니스 칠 사람이 있나 봐야겠다. 항상 그럴 만한 대상이 있기 마련이었다.

그토록 평화롭게 잠을 환영해 보기는 처음이었다. 슬퍼할 시간은 앞으로도 많다. 들은 대로 이별의 아픔은 교활하고 쉽게 떨쳐지지 않을 수도 있을 터였다. 슬픔으로 슬픔을 중화시키는 것은 시시하고 비열한 일이다. 나는 이미 그 방면의 고수니까. 슬픔이 맹렬하게 덮치고 절대로 사라지지 않으면 어떡하지? 슬픔이 떠나지 않고 계속 머물러 그에 대한 갈망으로 내 삶과 육체에서 뭔가 중요한 것이 빠진 듯한 기분에 빠져든 밤처럼 영향을 미친다면? 그를 잃은 건 집 안에 있는 모든 사진에서 보이는 내 손을 잃은 듯한 느낌일 것이다. 그것이 없으면 나는 다시 내가 될 수 없으리라. 잃을 걸 예상하여 준비까지 했지만 없으면 살 수 없다. 생각나지 않길 바라는 것도 꿈꾸지 않길 기도하는 것만큼 아프다.

문득 이상한 생각이 들었다. 내 육체와 심장만이 그의 육체와 심장을 갈구하는 것이라면? 그때는 어떻게 해야 하지?

매일 밤 그를 내 옆에, 내 안에 두지 않고는 살아갈 수 없다면 그때는 어떡하지?

고통이 닥치기 전에 먼저 고통을 떠올렸다.

내가 무엇을 하고 있는지 알았다. 자면서도 알고 있었다. 넌 면역력을 기르려고 하는 거다. 이런 식으로는 전체가 다 죽고 말 거야. 교활한 녀석 같으니. 넌 교활하고 비정한 녀석이다. 나는 그 목소리에 미소 지었다. 이제 내 몸에 햇살이 내리쬐고 있었다. 나는 땅에 대한 토속 신앙에 가까운 마음으로 태양을 사랑했다. 내가 그토록 땅과 태양, 바다를 사랑하는지 몰랐다. 사람과 사물, 심지어 예술마저도 그다음인 듯했다. 아니면 내가 나 자신을 속이는 걸까?

한낮이 되었을 때 내가 잠을 즐기고 있다는 사실을 알았다. 단지 잠에서 안식처를 찾으려는 게 아니었다. 꿈속의 꿈처럼 잠 속의 잠이 더 좋을 수도 있을까? 순수한 기쁨처럼 강렬한 무언가가 나를 움켜잡았다. 수요일이라고 생각했다. 확실히 수요일이었다. 날붙이를 가는 사람이 마당에 자리 잡고 우리 집의 날붙이란 날붙이는 다 모아서 갈기 시작했다. 마팔다는 그가 숫돌에 칼을 가는 동안 레모네이드 잔을 들고 서서 수다를 떨었다. 한낮의 열기 속에서 거친 마찰음이 탁탁거리고 쉿쉿거리는 소리가 내 방 안까지 행복의 물결을 보냈다. 나는 올리버가 내 복숭아를 삼킨 날 내가 얼마나 행복했는지 끝까지 인정하지 못했다. 물론 감동을 받고 잘난 기분이 든 건 사실이었다. '내 몸의 모든 세포를 걸고 말하건대 네 몸의 세포는 절대로 죽어서는 안 돼. 만약 죽어야 한다면 내 몸 안에서 죽게 해 줘.'라고 말하는 듯한 행동이었다. 그는 살짝 열어 놓은 발코니 문을 열고 들어왔다. 그날은 우리가 서로 말을 피하던 때였다. 그는 들어가도 되는지 묻지 않았다. 어떻게 해야 하지? 들어오지 말라고 할까? 나는 한 손을 들어 그를 맞이했고 더 이상 토라지지 않겠다고 말했으며 이불을 들어 그가 침대로 들어오게 했다. 매미 소리 사이에서 숫돌에 칼 가는 소리가 들려오자 일어나든지 계속 자든지 둘 중 하나라는 것을 깨달았다. 어느 쪽이든 좋았다. 꿈을 꾸건 잠을 자건 똑같았다. 둘 중 하나 혹은 둘 다 할 것이다.

일어났을 때는 5시가 가까워져 있었다. 테니스도 치고 싶지 않았고 하이든 편곡 작업을 하고 싶은 마음도 없었다. 수영하러 갈 시간이었다. 수영복을 입고 계단을 내려갔다. 비미니가 자기 집 옆의 낮은 벽에 앉아 있었다.

"왜 수영하러 가는 거야?" 비미니가 물었다.

"몰라. 그냥 그러고 싶어서. 같이 갈래?"

"오늘은 안 돼. 밖에 있으려면 이 말도 안 되는 모자를 써야 한대. 이걸 쓰니까 꼭 멕시코 노상강도 같아."

"판초 비미니, 내가 수영하러 가면 넌 뭐 할 거야?"

"구경할래. 바위까지 가는 걸 오빠가 도와주면 거기 앉아 있을래. 물에 발 담그고 모자 쓰고서."

"그럼 가자."

비미니한테는 손을 달라고 할 필요가 없었다. 비미니는 앞 못

보는 사람이 옆 사람의 팔꿈치를 잡듯 항상 자연스럽게 손을 내
밀었다. "너무 빨리 걷지만 마."

우리는 계단을 내려갔고 바위에 이르러 비미니가 가장 좋아하
는 곳을 찾아 주고 옆에 앉았다. 비미니가 올리버와 있을 때 가장
좋아한 곳이었다. 바위는 따뜻했고 오후 이맘때면 피부에 닿는
햇살이 좋았다. "돌아오니 좋다."

"로마에서 재미있었어?"

고개를 끄덕였다.

"우리는 오빠가 보고 싶었어."

"우리라니 누구?"

"나랑 마르지아 언니. 며칠 전에 마르지아 언니가 오빠를 만나
러 왔어."

"아……"

"어디 갔는지 내가 말해 줬지."

"아……"

비미니가 내 표정을 살피는 걸 알 수 있었다. "오빠가 언니를
별로 안 좋아한다는 걸 언니도 아는 것 같아."

반박할 여지가 없는 말이었다.

"그리고?"

"그게 다야. 난 그냥 언니가 안됐을 뿐이야. 오빠가 급하게 떠
났다고 말해 줬어."

비미니는 자신의 발 빠른 대처가 자랑스러운 듯 보였다.

"마르지아가 그 말을 믿었어?"

"그런 것 같아. 솔직히 거짓말은 아니잖아."

"무슨 소리야?"

"둘 다 인사도 안 하고 갔으니까."

"그래, 그랬지. 별 뜻이 있어서 그런 건 아니야."

"오빠는 그래도 괜찮아. 하지만 올리버가 그런 건 서운해. 많이 서운해."

"왜?"

"왜라니? 엘리오 오빠, 이런 말 미안하지만 오빠 항상 별로 똑똑하지 못했어."

비미니가 무슨 말을 하려는 건지 이해하는 데 시간이 좀 걸렸다. 그리고 떠오르는 사실이 있었다.

"나 역시 올리버를 다시는 못 만날지도 몰라."

"아니, 오빠는 만날 수 있을 거야. 난 모르겠지만."

목이 메어 와서 비미니를 바위에 올려 두고 물속으로 천천히 들어가기 시작했다. 내가 정확히 예측한 일이었다. 그날 저녁의 바다를 바라보며 그가 더 이상 이곳에 없다는 사실을 잠시 잊었다. 뒤돌아 그의 모습이 채 사라지지 않은 발코니를 올려다봐도 소용없다는 것을. 하지만 불과 몇 시간 전까지만 해도 그의 몸과 내 몸이……. 지금쯤 그는 이미 두 번째 기내식을 먹고 JFK에 도착할 준비를 할 것이다. 피우미치노공항의 화장실에서 마지막으로 키스할 때 그가 슬픔으로 가득하다는 것을 알 수 있었다. 비행기에서는 술과 영화로 주의를 돌릴 수 있었겠지만 뉴욕의 집에 도착해 혼자가 되면 그 또한 슬플 터였다. 그가 슬퍼할 생각을 하니 싫었다. 그 역시 너무도 빨리 내 방이 되어 버린 그의 방에서 내가 슬퍼할 생각을 하면 싫을 것이다.

누군가 바위 쪽으로 오고 있었다. 슬픔을 떨쳐 버릴 수 있는 생각을 하려다가 아이러니하게도 지금 비미니와 나를 갈라놓은 거리가 나와 올리버의 거리랑 똑같다는 사실을 깨달았다. 7년, 7년 후면……. 갑자기 무언가 목에서 콱 하고 올라와 물속으로 잠수했다.

저녁 식사 후에 전화벨이 울렸다. 올리버는 무사히 도착했다.

"응, 뉴욕이야. 응, 여전히 똑같은 아파트, 똑같은 사람들 그리고 똑같은 소음(불행하게도 같은 음악이 이곳 창밖에서도 흐르고 있었다)까지." 그는 한번 들어 보라며 전화기를 창밖으로 내밀어 온 식구가 뉴욕의 히스패닉 음악을 들을 수 있게 해 주었다. "114번가는 늘 이렇지." 그가 덧붙였다. 이어서 그는 친구들과 늦은 점심을 먹으러 갈 거라고 했다.

어머니와 아버지는 거실에서 각자 다른 전화기로 올리버와 대화했다. 나는 부엌에 있는 전화기를 이용했다.

"여기요? 알다시피 평상시와 다름없이 손님들이 저녁을 먹고 방금 떠났어요." 어머니가 먼저 대답했다.

"그래, 여기도 아주아주 덥지." 아버지는 이게 생산적이었기를 바란다고 했다.

"'이거'라니요?"

"여기서 우리 집에 머문 시간 말이네." 아버지가 설명했다.

"제 인생 최고였어요. 가능하다면 백팩에 셔츠랑 수영복이랑 칫솔만 넣어서 당장 비행기에 오르고 싶어요."

다들 웃음을 터뜨렸다.

"당연히 환영이지."

농담이 왔다 갔다 했다.

"우리 집 전통 알지? 꼭 다시 와야 해. 단 며칠만이라도." '단 며칠만이라도'는 사실 '며칠 이상은 안 돼'라는 뜻이었지만 어머니는 문자 그대로의 의미였고 그도 알고 있었다. "*Allora ciao, Oliver, e a presto*(그럼 안녕, 올리버, 나중에 봐요)."

아버지도 비슷한 말을 하고 나서 덧붙였다. "*Dunque, ti passo Elio. Vi lascio*(그럼 엘리오한테 넘겨 줄게. 이만 끊을게)."

전화기 두 대가 동시에 딸깍 끊는 소리가 들리고 나만 남았다. 아버지는 요령이 있었다. 하지만 시간의 장벽 너머에서 너무나도 갑자기 찾아온 자유라 나는 어쩔 줄 몰랐다. 잘 갔어요? 그래. 기내식은 영 아니었어요? 그래. 내 생각 했어요? 질문이 바닥난 상태에서 질문을 하나 더 해서는 안 되었다.

"어떨 것 같은데?" 그가 모호하게 대답했다. 누군가 어쩌다 수화기를 들면 어쩌나 싶어서?

"비미니가 안부 전해 달래요. 속이 많이 상했어요."

"내일 선물 사서 국제 특급 우편으로 보내려고."

"죽을 때까지 로마를 잊지 못할 거예요."

"나도."

"거기 방은 마음에 들어요?"

"그럭저럭. 창문이 시끄러운 안뜰 쪽으로 나 있어. 햇빛이 하나도 안 들어와. 꽉 차서 여유 공간이 하나도 없어. 내가 책이 이렇게 많은 줄 몰랐네. 침대도 너무 작고."

"우리가 그 방에서 다시 시작할 수 있으면 좋겠네요. 로마에서 그런 것처럼 어깨가 맞닿은 채 둘 다 저녁 창문을 내다보는 거예요. 내 삶의 모든 나날 동안."

"내 삶의 모든 나날 동안에도."

"나도 셔츠와 칫솔, 작곡 노트만 챙겨서 비행기에 오르고 싶으니까 유혹하지 말아요."

"네 방에서 뭘 가져왔어."

"뭘요?"

"절대로 모를걸."

"뭔데요?"

"직접 알아내 봐."

나는 그 말을 했다. 그 말을 그에게 하고 싶어서가 아니라 무거워지는 침묵 속으로 파고드는 가장 손쉬운 방법이기 때문이었다. 그렇지 않더라도 말했을 것이다. "난 당신을 잃고 싶지 않아요."

서로 편지도 쓸 거고 내가 우체국에서 전화도 할 것이다. 그 편이 더 사생활을 보장할 테니까. 크리스마스와 추수감사절에 대한 이야기도 있었다. 크리스마스. 그때까지만 해도 언젠가 한번 키아라가 그의 어깨에서 벗겨 낸 허물 정도의 두께로만 느껴졌던 그와의 거리가 갑자기 몇 광년이나 떠밀려 멀어진 듯했다. 크리스마스가 되면 서로 상관없는 사람이 되어 버릴지도 모른다. 창밖에서 나는 소음을 다시 한번 들려 달라고 했다. 뭔가 갈라지는 소리가 들렸다. 그 소리를…… 내 줘요. 희미하고 소심한 목소리로 집에 친구들이 왔다고 했다. 우리 둘 다 웃음을 터뜨렸다. 친구들이 점심 먹으러 나가려고 기다린다고 했다. 차라리 그가 전화하지 말았으면 했다. 그가 다시 내 이름을 부르는 소리를 듣고 싶었다. 그리고 이제 이렇게 떨어졌으니 그와 키아라 사이에 무슨일이 있었는지도 물어보려고 했다. 빨간색 수영복을 어디에 놨는지 물어보는 것도 잊어버렸다. 어쩌면 그도 잊어버리고 가져갔을 것이다.

전화를 끊고 가장 먼저 한 일은 방으로 올라가 그가 과연 나를 떠올리기 위해 무엇을 가져갔는지 찾아보는 거였다. 그런데 벽에 누렇지 않은 공간이 눈에 띄었다. 1905년으로 거슬러 올라가는 모네의 언덕을 그려 넣은 앤티크 엽서가 담긴 액자를 가져간 것이다. 미국에서 온 여름 손님이 2년 전 파리의 벼룩시장에서 발견해 기념으로 나에게 보내 준 엽서였다. 빛바랜 그 엽서의 소인이 찍힌 것은 1914년이었다. 뒷면에 급하게 휘갈겨 쓴 세피아색 독일어 몇 줄이 있고 받는 사람은 영국에 사는 의사였다. 내게 엽서를 보내 준 미국인 학생은 그 옆에 검은색 잉크로 인사말을 써놓았다. 언젠가 나를 *생각해 주기를.* 그 엽서를 보고 그는 내가 처음으로 마음을 고백한 날 아침을 떠올릴 수 있겠지. 또는 우리가 모르는 척하면서 모네의 언덕을 지나쳐 온 날 혹은 우리가 그곳에 소풍 가기로 하고 서로의 몸을 만지지는 않기로 했지만 차라리 그냥 침대에 누워 있는 편이 낫겠다고 결정한 날을 떠올릴 수 있을 것이다. 나는 그가 평생 그 그림을 항상 보이는 곳에 두었으면 했다. 책상 앞에, 침대에, 어디에나. 가는 곳마다 걸어 놓기를.

그날 밤 자는 중에 그런 상황이 늘 있었다는 사실을 깨달았다. 그 전까지는 생각해 본 적이 한 번도 없었다. 그 엽서가 2년 내내 내 얼굴을 쳐다보고 있었다는 것을. 그의 이름은 메이너드였다. 어느 이른 오후 그는 다들 쉬고 있다는 걸 확인한 뒤 내 창문을 두드리고는 검은 잉크가 있는지 물었다. 자신은 검은 잉크밖에 쓰지 않는데 떨어졌다면서. 나도 검은 잉크만 사용한다는 것을 그는 알고 있었다. 그가 방으로 들어왔다. 나는 수영복만 입은 채 책상으로 가서 잉크병을 가져와 그에게 건넸다. 그는 나를 쳐다보며 어색한 분위기에 잠깐 서 있다가 잉크병을 받았다. 그날 밤 그는 내 발코니 문 바로 앞에 잉크병을 놓아두었다. 다른 사람 같으면 노크를 하고 잉크병을 돌려주었을 것이다. 그때 나는 열다섯 살이었지만 그를 거절하지는 않았을 것이다. 그와 대화하는 중에 내가 가장 좋아하는 언덕의 그 자리를 말한 적이 있었다.

올리버가 그 그림을 가져가기 전까지 메이너드에 대해 생각한 적이 한 번도 없었다.

늦은 저녁을 먹고 얼마 지나지 않아서 아버지가 아침 식탁의 늘 앉는 자리에 앉아 있는 모습을 보았다. 바다 쪽으로 향하도록 의자를 돌려 앉았고 무릎에는 가장 최근에 쓴 책의 교정쇄가 놓여 있었다. 평상시와 다름없이 캐모마일차를 마시며 밤을 즐기고 있었다. 옆에는 커다란 시트로넬라 양초 세 개가 있었다. 모기가 맹렬하게 달려드는 밤이었다. 아래층으로 내려가 아버지가 있는 곳으로 다가갔다. 이맘때면 늘 아버지와 같이 앉았는데 한 달 내

내 아버지를 방치했다.

"로마 얘기를 해 주렴." 내가 옆에 앉으려 하는 걸 보고 아버지가 말했다. 아버지가 하루 중 마지막 담배를 피우는 시간이기도 했다. 아버지는 '이제야 벗어나 보는군.'이라고 말하는 듯 피로한 기색으로 원고를 치워 버리고 악동처럼 시트로넬라 양초에 담뱃불을 붙였다. "그래, 어땠니?"

할 말이 없었다. 어머니에게 한 말을 반복했다. 호텔, 카피톨, 보르게세공원, 산클레멘테, 저녁을 먹은 레스토랑.

"잘 먹었고?"

고개를 끄덕였다.

"잘 마셨고?"

또 고개를 끄덕였다.

"할아버지가 허락하실 일만 했고?" 나는 웃음을 터뜨렸다. 이번에는 그러지 않았다고 했다. 파스퀴노 근처에서 있었던 사건을 들려주었다. "말하는 동상 앞에서 토하다니 기발한걸!"

"영화는? 콘서트는?"

아버지의 질문이 아버지 자신도 의식하지 못한 사이에 뭔가를 밝혀낼지도 모른다는 생각이 들어 오싹해졌다. 아버지가 계속 질문하며 멀리서 주제에 접근할 때면 앞에서 무엇이 나타날지 보이지 않을 때부터 얼버무리는 수법을 쓰는 나 자신을 발견하기 때문이었다. 연중 내내 지저분하고 낡은 로마의 광장들에 대해 이야기했다. 뜨거운 열기, 날씨, 교통체증, 지나치게 많은 수녀, 문 닫은 교회들, 널브러진 잔해투성이, 너저분한 리모델링에 대해 얘기했다. 그리고 로마인과 관광객들, 야구 모자를 쓰고 카메라를 든 무수한 사람들이 타고 내리는 미니버스에 대해서도 불평했다.

"내가 말한 안뜰에는 가 봤고?"

아버지가 말한 안뜰에는 가 보지 못했다.

"조르다노 브루노의 동상에 경의를 표시했고?"

그것은 확실히 했다. 그날 그 앞에서도 토할 뻔했다.

우리는 함께 웃었다.

잠시 말이 끊겼고, 아버지가 담배를 한 모금 더 빨았다.

그리고 올 것이 왔다.

"너희 둘은 참 좋은 우정을 나눴지."

예상보다 훨씬 대담한 발언이었다.

"네." 나는 '네'라는 대답을 허공에 띄우려고 애썼다. 부정적인 수식 어구에 의해 물에 떠 있지만 결국은 진압당할 터였다. 아버지가 내 목소리에 담긴 약간 적대적이고 얼버무리고 지친 듯한 '네, 그래서요?'라는 말을 눈치채지 못하기를 바랐다.

한편 아버지가 내 대답에서 '네, 그래서요?'라는 말을 알아채고 자주 그렇듯 내가 친구라고 할 수 있는 사람들에 대해 지나치게 가혹하거나 무심하거나 비판적이라고 충고하기를 바랐다. 그러면 아버지는 보통 때처럼 좋은 친구는 쉽게 만날 수 있는 것이 아니며, 시간이 좀 지나서 그들을 견디는 게 힘들어지더라도 대부분은 좋은 의도이며 서로에게 도움이 될 만한 부분이 있기 마련이라고 덧붙일 것이다. 사람은 섬이 아니므로 타인에게서 자신을 고립시키면 안 된다며 사람에게는 사람이 필요하다는 등의 이야기를 할 것이다.

하지만 내 추측이 틀렸다.

"넌 똑똑하니까 너희 두 사람의 우정이 얼마나 드물고 특별한지 알 거다."

"올리버는 그냥 올리버였어요." 내가 한마디로 요약이라도 하듯이 말했다.

"Parce que c'etait lui, parce que c'etait moi(그가 단지 그이기 때문에, 내가 단지 나이기 때문에)." 아버지가 덧붙였다. 몽테뉴가 에티엔 드 라 보에티와의 우정을 한마디로 표현한 말을 인용한 것이었다.

나는 에밀리 브론테의 말을 떠올렸다. '그가 나보다 더 나와 닮았기 때문에.'

"올리버는 지적이기는 하지만……." 내가 입을 열었다. 또다시 솔직하지 못한 억양이 아버지와 나 사이에 눈에 보이지 않는 '하지만'이라는 말을 걸어 놓았다. 아버지가 이 문제에 대해 더 이야기하는 걸 막으려면 뭐든지 해야 했다.

"지적이라고? 올리버는 지적인 것 이상이야. 너희 두 사람의 우정은 지성하고 아무런 관계가 없어. 그는 좋은 사람이고 너도 좋은 사람이기에 너희 둘이 운 좋게도 서로 만날 수 있었던 거야."

아버지는 이런 식으로 좋은 사람이라는 말을 쓴 적이 없었다. 그것이 나를 무장해제시켰다.

"전 그가 저보다 나은 사람이라고 생각해요, 아버지."

"분명 올리버도 너에 대해 그렇게 얘기할 거다. 두 사람 모두

영광스러운 일이지."

아버지는 담배를 끄려고 재떨이 쪽으로 몸을 기울이다가 내 손을 만졌다.

"앞으로 아주 힘든 시간이 기다리고 있을 거다." 아버지는 어조를 바꿔서 입을 열었다. '다 얘기하지 않아도 되지만 내가 무슨 말을 하는지 서로 모르는 척은 하지 말자꾸나.' 하는 듯한 말투였다.

"사실 어떤 감정인지 모르겠어요. 감정을 느끼는지조차 모르겠어요."

모호하게 말하는 것이 아버지에게 진실을 털어놓을 수 있는 유일한 방법이었다.

"두려워하지 마라. 그런 시간이 올 거야. 적어도 나는 오기를 바란다. 전혀 예기치 못한 상황에 올 거다. 자연은 교활하게도 우리의 가장 약한 부분을 찾아내거든. 이것만 기억해라. 난 항상 여기 있다. 지금은 네가 아무것도 느끼고 싶지 않을 수도 있어. 이런 느낌이 찾아오기를 바라지 않았을 수도 있겠지. 어쩌면 이런 이야기를 하고 싶은 대상이 내가 아닐 수도 있고. 하지만 네가 한 일을 느껴 보려고 하려무나."

나는 아버지를 쳐다보았다. 아버지가 완전히 잘못 짚었다고 거짓말을 해야만 하는 시점이었다. 막 그러려는 찰나였다.

"애야." 아버지가 가로막았다. "너희 둘은 아름다운 우정을 나눴어. 우정 이상일지도 모르지. 난 너희가 부럽다. 내 입장에서 말하자면 대부분의 부모는 그냥 없던 일이 되기를, 아들이 얼른 제자리로 돌아오기를 바랄 거다. 하지만 난 그런 부모가 아니야. 네

입장에서 말하자면 고통이 있으면 달래고 불꽃이 있으면 끄지 말고 잔혹하게 대하지 마라. 밤에 잠을 못 이룰 만큼 자기 안으로 침잠해 들어가는 건 끔찍하지. 타인이 너무 일찍 나를 잊는 것 또한 마찬가지야. 순리를 거슬러 빨리 치유되기 위해 자신의 많은 부분을 뜯어내기 때문에 서른 살이 되기도 전에 마음이 결핍되어 새로운 사람을 만나 다시 시작할 때 줄 것이 별로 없어져 버려. 무엇도 느끼면 안 되니까 아무것도 느끼지 않으려고 하는 건 시간 낭비야!"

나는 아버지의 말을 이해해 보려고 할 수도 없었다. 놀라서 아무것도 할 수 없었다.

"내가 너무 주제넘었나?"

나는 고개를 저었다.

"그럼 한마디만 더 하자꾸나. 분위기가 좀 나아질 거다. 가깝기는 했는지 몰라도 난 네가 가진 것을 갖지 못했다. 언제나 뭔가가 나를 저지하거나 길을 막아섰지. 네가 네 삶을 어떤 식으로 사는지는 네 마음이다. 하지만 기억해. 우리의 가슴과 육체는 평생 한 번만 주어지는 거야. 대부분의 사람은 두 개의 삶을 살 수 있는 것처럼 살아가지. 하나는 실물 모형의 삶, 또 하나는 완성된 형태. 하지만 그 사이에 온갖 유형이 존재하지. 하지만 삶은 하나뿐이다. 자신도 모르는 사이에 가슴이 닳아 버리지. 육체의 경우에는 아무도 바라봐 주지 않고 가까이 오려고는 더더욱 하지 않는 때가 온다. 그러면 슬픔뿐이지. 나는 고통이 부럽지 않아. 네 고통이 부러운 거야." 아버지는 잠시 숨을 고르고 말을 이었다. "우리는 이 문제에 대해 다시는 이야기하지 않을지도 모르지. 그렇다고 나를 원망하는 일은 없으면 좋겠구나. 어느 날 네가 나에게 문이 닫혀 있었거나 충분히 열려 있지 않았다는 이야길 한다면 나는 형편없는 아버지가 되겠지."

어떻게 알았는지 묻고 싶었다. 아니, 모를 수가 있었을까? 아버지가 아니라 누구라도 당연히 알아차리지 않았을까?

"어머니도 알아요?" '알다' 대신 '의심쩍어하다'라는 말을 쓰려고 했지만 그러지 않았다.

"내 생각엔 아는 것 같지 않구나." 아버지의 목소리는 '어머니가 안다고 해도 내 반응과 비슷했을 거다.'라고 말하는 듯했다.

우리는 잘 자라는 인사를 했다. 2층으로 올라가다 아버지의 이야기를 물어봐야겠다는 생각을 했다. 아버지가 젊은 시절에 사귄 여자들 이야기는 다 들어서 알고 있지만 다른 일이 있었으리라고는 전혀 눈치채지 못했다.

아버지는 다른 사람이었을까? 아버지가 다른 사람이라면 나는 누구일까?

올리버는 약속을 지켰다. 크리스마스 직전에 와서 새해 첫날까지 있었다. 처음에는 시차 때문에 고생했다. 그에게 시간이 필요하다고 생각했다. 나 또한 그랬다. 그는 우리 부모님과 느긋하게 몇 시간을 보낸 뒤 비미니와 시간을 보냈다. 비미니는 두 사람 사이에 변한 게 없다는 것을 알고 매우 기뻐했다. 파티오에서 사교적인 인사를 나눌 때 회피와 무관심으로 무장한 그를 보며 나는 우리가 처음으로 돌아가는 게 아닌가 두려워지기 시작했다. 그는 왜 전화 통화에서 이럴 거라고 나를 준비시켜 주지 않았을까? 우리 우정의 새로운 취지는 내 책임인가? 부모님이 그에게 뭐라고 한 걸까? 그는 나를 보러 온 걸까, 아니면 우리 부모님과 이 집 때문에 온 걸까, 아니면 단지 일상을 벗어나고 싶어서? 그는 책을 위해 돌아온 것이었다. 그의 책은 이미 영국과 프랑스, 독일에서 출간되었고 이탈리아에서도 곧 출간할 예정이었다. 책은 품격이 있었고 B의 서점을 비롯해 모두가 기뻐해 주었다. 서점 주인은 내년 여름에 북 파티를 열겠다고 약속했다.

"어쩌면. 두고 봐야지." 올리버가 나와 같이 서점에서 자전거를 멈추고 말했다.

아이스크림 가게는 겨울이라 문을 닫았다. 꽃 가게와 모네의 언덕에서 그가 긁힌 상처를 보여 준 후에 들렀던 약국도 마찬가지였다. 모두가 다른 생애에서 일어난 일처럼 느껴졌다. 시내는 텅 빈 듯했고 하늘은 잿빛이었다.

어느 날 밤 그는 아버지와 긴 이야기를 나누었다. 나에 대한 이야기를 나누었을 가능성이 컸다. 혹은 내 대학 입학 계획이나 지난여름, 그의 책에 대해서. 그들이 문을 열었을 때 아래층 복도에서 웃음소리가 들렸고 어머니가 올리버에게 키스하고 있었다.

잠시 후 방문을 두드리는 소리가 들렸다. 프렌치 창이 아니라. 프렌치 창은 영원히 닫힌 듯했다.

"얘기할래?"

나는 이미 자려고 누운 터였다. 스웨터 입은 걸 보니 산책하러 가려는 듯했다. 침대에 걸터앉은 그는 무척 불안해 보이는 표정이었다. 이 방이 그의 방이었을 때의 나도 저런 표정이었으리라.

"올봄에 결혼할 것 같아."

너무 놀라서 말도 제대로 나오지 않았다. "아무 말도 없었잖아요."

"2년 동안 만났다 헤어졌다 하면서 이어진 사이야."

"잘된 일이네요." 누군가 결혼한다는 것은 언제나 좋은 소식이니까. 결혼은 좋은 것이고 두 사람을 위해 잘된 일이라고 생각했다. 내 얼굴의 환한 미소는 충분히 진심이었다. 하지만 잠시 후 그것이 우리 둘 사이에 좋은 징조가 못 된다는 사실이 떠올랐다.

"괜찮겠어?" 그가 물었다.

"바보처럼 굴지 말아요." 다소 긴 침묵이 흘렀다. "지금 잘 거예요?"

그는 조심스럽게 나를 쳐다보았다. "조금 이따가. 하지만 아무것도 하기 싫어."

'나중에'. '어쩌면'의 세련된 업데이트 버전처럼 들리는 말이었다. 역시나 냉랭했던 초기로 돌아간 건가? 그를 흉내 내고 싶은 충동이 일었지만 참았다. 그는 스웨터를 입은 채로 이불 밖에서 내 옆에 누웠다. 벗은 건 로퍼뿐이었다.

"이게 얼마나 갈 거라고 생각해?" 그가 냉담한 말투로 물었다.

"오래가진 않길 바라요."

그가 내 입에 키스했지만 산타마리아델아니마거리의 벽에 나를 세게 밀치고 했던 그 키스는 아니었다. 익숙한 맛이었다. 그 맛이 얼마나 그리웠는지, 또 얼마나 오래 그리워했는지 그제야 깨달았다. 그를 영원히 잊어버리기 전에 내가 그리워할 목록에 또 하나가 채워졌다.

내가 이불 밖으로 몸을 빼려는 차였다. "난 못 하겠어."라며 그가 자릴 박차고 물러섰다.

"난 할 수 있어요."

"그래. 하지만 난 못 해." 내 눈에 차가운 면도날이 서렸고, 그는 내가 무척 화났다는 것을 알고 있었다. "세상 그 무엇보다 네 옷을 벗기고 싶고 적어도 껴안고 싶어. 하지만 난 못 해."

두 손을 그의 머리로 가져가 움켜쥐었다. "그럼 여기 있지 말아요. 집에서도 우리 사이를 알고 있으니까."

"그럴 줄 알았어."

"어떻게요?"

"네 아버지가 말하는 걸 보고. 넌 운이 좋아. 우리 아버지라면 날 교화 시설로 보낼 텐데."

그를 바라보았다. 한 번 더 키스하고 싶었다.

그를 잡을 수도 있었고 잡았어야 했다.

다음 날 우리 사이에는 공식적으로 냉랭한 기운이 감돌았다. 그 주에 작은 일이 하나 일어나긴 했다. 점심을 먹고 거실에 앉아 커피를 마시는데 아버지가 커다란 마닐라지 서류철을 들고 왔다. 여섯 명의 지원자에 대한 서류가 들어 있었다. 지원자의 여권 사진도 포함해서. 다음 여름 손님 후보들이었다. 아버지는 올리버의 의견을 듣고 싶다면서 어머니와 나, 점심을 먹으러 들른 교수와 그의 아내에게 차례로 서류철을 건네주었다. 아버지의 대학 동료인 그 교수는 한 해 전에도 지금 같은 이유로 우리 집에 들른 적이 있었다.

"제 후임입니다." 올리버가 지원서 하나를 골랐다.

아버지는 본능처럼 내 쪽을 쳐다보고는 이내 거두었다.

1년 전에도 똑같은 일이 있었다. 메이너드의 후임인 파벨이 크리스마스에 우리 집을 방문하여 지원자들의 서류를 보고 시카고의 지원자를 강력 추천했다. 잘 아는 사이라고 했다. 파벨을 비롯해 그날 그 자리에 있던 사람들은 소크라테스 이전 시대 전공이고 컬럼비아대학 포닥 과정이라는 지원자에게 별 관심이 없었다. 나는 그의 사진을 필요 이상으로 오래 바라보았고 아무것도 느껴지지 않아서 다행이었다.

하지만 지금 생각해 보면 올리버와 나 사이의 모든 것은 바로 이 거실에서 크리스마스 휴가 때 시작된 것이었다.

"저도 이렇게 선택된 건가요?" 올리버가 성실하면서도 어색한 솔직함으로 물었다. 그것은 항상 우리 어머니를 무장해제시키곤 했다.

"나는 당신이기를 바랐어요." 그날 저녁 나는 만프레디가 그를 기차역까지 데려다 주기 직전에 짐 싣는 걸 도와주면서 그에게 말했다. "꼭 당신을 뽑게 했어요."

그날 밤 나는 아버지의 서류함을 뒤져서 작년 지원자들의 서류가 담긴 서류철을 찾았다. 그의 사진을 찾았다. 열린 셔츠 칼라, 펄럭이 셔츠, 긴 머리, 마지못해 파파라치에게 찍힌 영화배우

같은 당당한 태도. 나는 당연히 이 사진을 빤히 쳐다봤을 것이다.
1년 전 그날 오후에 내가 그의 사진을 보고 정확히 무엇을 느꼈
는지 기억하고 싶었다. 넘치는 열정, 곧바로 뒤이은 두려움. 열정
의 해독제는 두려움이니까. 진짜 올리버, 매일 수영복 색깔이 달
라질 때마다 달라진 올리버, 침대에 발가벗고 누운 올리버, 로마
의 호텔에서 창가에 기댄 올리버가 그의 사진을 처음 보고 가졌
던 곤혹스럽고도 혼란스러운 이미지를 가로막고 있었다.

　다른 지원자들의 사진도 보았다. 이 사람도 나쁘지 않네. 올리
버 말고 다른 사람이 왔다면 어떻게 되었을지 의아했다. 로마에
가지 않았을 것이다. 하지만 다른 곳에 갔을지도 모른다. 산클레
멘테에 대해서도 알지 못했을 것이다. 대신 그동안 놓쳤거나 몰
랐던 다른 것을 알았을 수도 있다. 전혀 바뀌지 않거나 지금의 내
가 되지 않거나 다른 사람이 되었을 것이다.

　그 다른 내가 지금 어떤 사람이 되었을지 궁금했다. 그는 더 행
복할까? 몇 시간, 며칠이라도 그의 삶에 살짝 발을 담가서 직접
알아보고 싶다. 다른 삶이 더 행복한지, 혹은 다른 나의 삶과 지금
나의 삶이 올리버로 인해 얼마나 멀어졌는지 가늠해 보기 위해서
일 뿐만 아니라, 언젠가 짧게 다른 나의 삶을 방문했을 때 그에게
무슨 말을 할지 생각해 보기 위함이었다. 나는 그가 마음에 들까?
그는 내가 마음에 들까? 왜 우리가 지금의 모습이 되었는지 이해
할까? 우리 둘 다 사실은 남자건 여자건 이런저런 유형의 올리버
를 만났고, 그 여름 우리 집에 누가 왔건 우리는 여전히 똑같은 사
람이라는 사실을 깨닫고 놀랄까?

운명의 팔을 비튼 것은 어머니였다. 파벨을 싫어한 어머니는 그가 추천하는 사람은 무조건 퇴짜 놓아야 한다고 아버지를 압박했다. 우리는 조심스러운 유대인이지만 파벨은 반유대주의자라며 우리 집에 반유대주의자를 또다시 들일 수는 없다고 못을 박았다.

그 대화가 기억났다. 그 대화는 사진 속 그의 얼굴에 각인되어 있었다. 그도 유대인이구나.

그러고 나서 그날 밤 아버지의 서재에서 하려고 했던 것을 했다. 올리버라는 이 남자를 알지 못하는 척했다. 오늘이 작년 크리스마스이며 파벨이 친구를 우리 여름 손님으로 추천한다. 여름은 아직 시작되지 않았다. 올리버는 택시를 타고 올 것이다. 내가 그의 짐을 옮겨 주고 방을 안내하고 바위로 내려가는 계단을 통해 해변으로 데려간다. 시간이 허락하면 옛 철로가 있는 곳까지 주변을 안내해 주고 사보이 왕가의 문장이 새겨진 폐철로에 집시가 산다는 이야기를 해 준다. 다시 몇 주 후 시간이 있으면 함께 자전거를 타고 B에 갈 것이다. 잠시 멈춰 마실 것을 산다. 그를 서점으로 안내한다. 그리고 모네의 언덕을 보여 준다. 아직 아무 일도 일어나지 않았다.

우리는 다음 해 여름에 그의 결혼 소식을 들었다. 부모님이 결혼 선물을 준비하고 내가 짧은 경구를 넣었다. 여름이 왔다 지나갔다. 나는 그에게 그의 '후임'에 대해 이야기하고 싶은 충동을 자주 느꼈다. 발코니로 이어진 새 이웃과의 사건을 꾸며서 들려

주고 싶었지만 편지를 한 통도 보내지 않았다. 그에게 보낸 유일한 편지는 그다음 해에 비미니가 죽었다는 소식을 알리는 거였다. 그는 우리 모두에게 편지를 보내 안타까운 마음을 전했다. 그는 아시아를 여행하는 중이었으므로 그의 편지가 도착했을 때쯤엔 그의 위로가 벌어진 상처를 달래 주기보다 저절로 치유된 상처를 상기시키는 듯했다. 그에게 비미니의 소식을 전하는 편지는 우리 사이의 마지막 다리를 건너는 것과 같았다. 우리 사이에 존재한 것에 대해 앞으로 언급하지 않으리라는 게 확실해졌고, 실제로 언급하지 않았다. 그에게 쓰는 편지는 내가 미국의 어느 대학에 다니는지 알리는 방법이기도 했다. 우리 집에 머문 모든 손님과 활발하게 연락을 주고받는 아버지가 그에게 말해 주지 않았다면 말이다. 아이러니하게도 올리버는 이탈리아 주소로 내게 답장을 보냈다. 연락이 지연된 또 다른 이유였다.

그 후 아무것도 없이 텅 빈 몇 년이 지나갔다. 잠자리를 함께 한 사람들로 내 인생을 분류한다면, 그것을 올리버 이전과 이후처럼 두 가지 범주로 나눈다면, 삶이 준 가장 큰 선물은 시간이 흐르면서 그 구분선을 움직여 준 것이었다. 많은 이가 X 이전과 X 이후로 삶을 나누도록 도와주었고 많은 이가 기쁨과 슬픔을 가져왔으며, 또 많은 이가 내 삶을 진로에서 벗어나게 했으며 반면 아무런 변화도 만들어 내지 못한 이들도 있었다. 다시 말해서 오랫동안 내 삶의 지렛대 같았던 올리버의 후임 중에는 그의 존재를 가리거나 그를 과거의 이정표나 큰길을 앞둔 작은 갈림길, 명왕성 너머로 떠나는 작고 불같은 수성으로 만드는 사람이 있었다. 마음에 드는 일이라고 할 수도 있었다. '올리버와 함께였을 때는 아직 누구누구를 만나지 못했으니까. 그런데 누구누구가 없는 삶은 생각할 수도 없어.'라고 말할 수 있게 됐으니까.

그의 마지막 편지를 받은 지 9년이 흐른 어느 여름날, 부모님이 미국에 있는 내게 전화를 걸었다. "누가 이틀 동안 우리 집에 머무는지 알면 깜짝 놀랄 거야. 옛날 네 방에서 말이지. 그 사람이 지금 바로 내 앞에 서 있단다." 누구인지 알 수 있었다. 하지만 모르는 척했다. "이미 눈치챈 사실을 말하지 않으려고 한다는 사실이 많은 걸 얘기해 주지." 아버지가 전화를 끊기 전에 작게 웃으며 말했다. 누가 수화기를 건네줄 것인지 아버지와 어머니의 짧은 다툼이 있다가 마침내 그의 목소리가 수화기에서 흘러나왔다.

"엘리오."

수화기 너머에서 부모님과 어린아이들의 목소리가 들려왔다. 내 이름을 그런 식으로 부를 수 있는 사람은 아무도 없었다.

"엘리오." 나도 똑같이 말했다.

전화를 받는 사람이 내가 맞는다는 뜻에서 한 말이기도 했지만 우리가 예전에 했던 놀이를 다시 불러일으켜 내가 그 무엇도 잊어버리지 않았다는 사실을 보여 주기 위함이기도 했다.

"올리버야." 그가 말했다. 그는 잊어버린 것이다.

"여기서 네 사진을 봤는데 하나도 안 변했더군."

올리버는 여덟 살과 여섯 살 두 아들이 우리 집 거실에서 어머니와 놀고 있다고, 자신의 아내를 내가 만나 봐야 한다고, 그곳을 다시 찾아서 얼마나 기쁜지 모른다고 말했다. 세상에서 가장 아름다운 곳이라고 내가 말을 받았다. 그가 그곳을 찾아 행복한 건 그 장소 때문이라는 것을 암시하는 척하면서.

"내가 여기에 와서 얼마나 행복한지 넌 이해 못 해." 그의 목소리가 갈라졌다.

그는 수화기를 다시 어머니에게 건넸고 어머니는 수화기를 든 채 애정 가득한 목소리로 올리버에게 말했다. 그러고 나서 수화기 너머의 내게 말했다. "*Ma s'e tutto commensso*, 올리버가 목이 메었구나."

"저도 거기 있으면 좋을 텐데." 나는 그동안 전혀 생각지 않은 사람 때문에 감정이 북받쳐 오르는 것을 느끼며 말했다. 시간은 우리를 감성적으로 만든다. 어쩌면 우리가 괴로운 이유는 시간 때문인지도 모른다.

4년 후 그의 대학이 있는 도시를 지나면서 평상시답지 않은 일을 했다. 그에게 들르기로 결심한 것이다. 그의 오후 강의가 있는 강의실에 앉았다가 강의가 끝난 뒤 책을 치우고 흩어진 종이를 폴더에 넣는 그에게 다가갔다. 누구인지 맞혀 보라고 할 의도는 아니었지만 순순히 밝힐 생각도 없었다.

질문하고 싶어 하는 학생이 있었다. 그래서 차례를 기다렸고, 마침내 학생이 나갔다.

"아마도 날 기억하지 못할 거예요." 나는 그를 보며 천천히 말문을 열었다.

그는 순간 한 발짝 물러났다. 굳이 기억하고 싶지 않은 장소에서 만난 사람을 다시 마주하여 두려움이라도 일어난 듯했다. 모순되고 머뭇거리며 의심스런 표정, 불편한 듯 억지스러운 미소를 지었는데, '아무래도 나를 다른 사람이랑 착각한 것 같군요.'라는 말을 하려고 준비하는 듯했다. 그러더니 멈칫했다.

"맙소사, 엘리오!" 그는 수염 때문에 알아보지 못했다고 말했다. 나를 껴안고는 오래전 그 여름보다도 어린 나를 대하듯 털이 수북한 얼굴을 몇 번이나 톡톡 두드렸다. 내 방에 찾아와서 결혼한다고 말한 그날 밤에는 하지 못했던 식으로 나를 껴안았다. "이게 몇 년 만이지?"

"15년이요. 어젯밤 이쪽으로 오면서 세 봤어요." 그리고 덧붙였다. "아니, 항상 알고 있었죠."

"15년이군. 몰라보겠어!" 그가 덧붙였다. "자, 한잔 하지. 저녁도 먹고. 아내와 아들들도 소개해 줄게. 꼭 그래 줘. 꼭."

"그러고 싶은데……."

"잠깐 사무실에 들렀다가 바로 가자. 주차장까지 가는 길이 근사해."

"내 말은 그러고 싶은데 그럴 수가 없다는 거예요."

'그럴 수 없다'는 것은 시간이 없다는 말이 아니라 내키지 않는다는 뜻이었다.

그는 종이 뭉치를 가죽 가방에 넣으면서 나를 쳐다보았다.

"아직도 나를 용서하지 못했군, 그렇지?"

"용서요? 용서하고 말 것도 없어요. 오히려 감사하죠. 난 좋은 것만 기억해요."

영화에서 그런 대사를 들은 적이 있었다. 그러면 상대방에게도 통하는 것 같았다.

"그럼 왜 그러지?"

우리는 강의실을 나가 탁 트인 공유지로 들어섰다. 동해안의 길고 나른한 석양이 주변 언덕에 빛나는 오렌지색 그림자를 드리웠다.

그의 집으로 가서 가족을 만나 보고 싶은 마음이 간절하면서도 그럴 수 없는 이유를 그나 나 자신에게 어떻게 설명해야 할까? 올리버의 아내. 올리버의 아들. 올리버의 반려동물. 올리버의 서재, 책상, 책, 세계, 삶. 난 무엇을 기대했을까? 포옹, 악수, 형식적인 재회 그리고 피할 수 없는 '나중에!'라는 말?

그의 가족을 만날 수 있다는 생각이 들자 경각심이 일었다. 너무나 현실적이고 갑작스럽게, 바로 코앞에 닥친 일이 되어 버렸다. 리허설이 충분하지 않았다. 그동안 그를 영원한 과거 속에 넣어 두었다. 과거완료 시제의 연인으로 정지시켜 놓고 얼음에 올려 기억과 좀약으로 가득 채웠다. 내 수많은 저녁의 망령과 잡담을 나누는 저주받은 장식품처럼. 가끔 그를 털어내고 다시 벽난로 선반에 올려놓았다. 그는 더 이상 지상에도 삶에도 속하지 않았다. 이제 내가 실감하게 될 것은 서로가 택한 길이 얼마나 동떨어져 있는가만이 아니었다. 꽤 큰 상실감이 내게 몰려올 터였다. 추상적으로 생각하는 것은 상관없지만 정면으로 마주하면 아플 터였다. 잃어버린 것에 대해 생각하지 않고 전혀 신경 쓰지 않은 지도 오래되었는데 갑자기 향수가 아프게 다가오는 것처럼 말이다.

아니면 그의 가족이나 그가 일군 삶, 내가 공유한 적도 결코 알 수도 없는 것들이 질투 나서였을까? 그가 갈망했고 사랑했고 잃어버린 것들 혹은 상실에 가슴 아파 했지만 내가 곁에서 지켜보지도 못했고 전혀 알지도 못하는 사람들에 대한 질투? 그가 그 모든 것을 얻을 때도 포기해야 할 때도 나는 곁에 없었다. 아니면 그보다 훨씬 단순한 이유일까? 나는 여전히 감정이 느껴지는지, 뭔가 아직 살아 있는지 보려고 왔다. 문제는 그 무엇도 살아 있기를 원하지 않는다는 거였다.

그동안 그가 생각날 때마다, B나 로마의 마지막 날을 떠올릴 때마다 두 장면으로 이어졌다. 고뇌로 가득한 발코니, 그가 나를 오래된 벽에 밀어붙이고 키스할 때 한쪽 다리로 그의 다리를 감쌌던 산타마리아델아니마. 나는 로마에 갈 때마다 그 장소를 찾는다. 그날의 일은 여전히 내 안에 살아 있었다. 에드거 포의 이야기에 나오는 훔친 심장이 로마 골목의 자갈길에서 팔딱거리며 나에게 일깨워 주었다. 마침내 나에게 맞는 삶과 마주쳤지만 끝내 갖지 못했다는 사실을. 나는 뉴잉글랜드의 그를 생각할 수 없었다. 잠시 뉴잉글랜드에 사느라 그와 80킬로미터도 떨어지지 않았을 때조차 이탈리아 어딘가에서 비현실적으로 망령처럼 지내는 그를 상상했다. 이탈리아가 아닌 다른 곳의 그는 활기가 없었고, 그가 사는 곳 또한 죽은 곳처럼 느껴져 그곳을 떠올릴 때마다 허공으로 사라져 버려 비현실적이고 망령이 사는 곳처럼 여겨졌다. 하지만 이제 보니 뉴잉글랜드는 살아 있었고 그 역시 마찬가지였다. 그가 결혼했건 안 했건 나는 오래전에 그에게 나를 던질 수 있었다. 겉모습에도 불구하고 비현실적이며 망령 같은 삶을 사는 게 내가 아니었다면 말이다.

아니면 내가 온 이유는 좀 더 하찮은 것일까? 나를 기다리며 B로 돌아가기를 갈망하면서 혼자 사는 그를 보고 싶어서? 우리 둘 다 인공호흡기를 달고 서로 다시 만날 날을 기다리며 피아베 전쟁기념비에 돌아갈 날을 기다리며 살고 있었다.

나도 모르게 이 말이 튀어나왔다. "사실 아무 느낌도 없는지 잘 모르겠어서요. 당신의 가족을 만나려면 당신에게 아무 느낌도 없는 게 좋겠죠." 극적인 침묵이 이어졌다. "어쩌면 그동안 계속 그대로였어요."

내가 사실을 말하고 있는가, 아니면 강렬하고 여린 순간이 스스로 인정한 적 없고 전적으로 사실이라고 확신할 수 없는 말들을 하게 만들었을까? "감정이 사라지지 않았어요." 다시 반복했다.

"그래서." 그의 '그래서'는 내 당혹스러운 상황을 요약해 주는 유일한 단어였다. 어쩌면 오랜 시간이 지났는데도 여전히 그를 원한다는 사실이 별로 충격적이지 않다는 의미에서 '그래서?'일지도 모른다.

"그래서요." 안달복달하는 제3자가 된 내 변덕스러운 아픔과 슬픔을 가리키는 것처럼 따라 말했다.

"그래서 한잔 하러 갈 수 없다는 거야?"

"그래서 한잔 하러 갈 수 없다는 거예요."

"이런 바보 같으니라고!"

그가 예전에 한 말인데 완전히 잊어버리고 있었다.

그의 사무실에 도착했다. 그가 부서 동료 두셋을 소개해 주었는데 놀랍게도 내 커리어에 대해 속속들이 잘 알고 있었다. 중요하지 않은 사항까지 빠짐없이 전부 다 알았다. 인터넷 서핑으로 캐내야만 알 만한 정보도 있었다. 감동이었다. 그가 나를 완전히 잊었을 거라고 생각했는데.

"보여 주고 싶은 게 있어." 그의 사무실에는 커다란 가죽 소파가 있었다. 올리버의 소파. 그가 앉고 읽는 곳. 소파와 바닥에는 종이가 널브러져 있었다. 천연 대리석 램프 아래의 구석 자리만 예외였다. 올리버의 램프. B에서 그의 방바닥에 정렬되어 있던 종이 뭉치가 떠올랐다.

"뭔지 알겠어?"

벽에는 보관 상태가 나쁜, 수염 난 미트라교도의 프레스코화를 컬러 복제한 그림 액자가 걸려 있었다. 산클레멘테에 갔을 때 아침에 하나씩 산 거였다. 너무도 오랜만이었다. 그 옆에 있는 건 모네의 언덕을 그려 넣은 엽서 액자였다. 곧바로 알아볼 수 있었다.

"내 거였는데 당신이 나보다 훨씬 오랫동안 가지고 있었네요." 우리는 서로의 것이었지만 너무도 멀리 떨어져 살았고 이제는 다른 이의 것이었다. 우리 마음의 진짜 주인은 무단으로 점유한 사람뿐이었다.

"역사가 깊죠."

"그래. 다시 액자에 넣을 때 뒷면에 새겨 넣은 글귀를 봤어. 그래서 지금 이렇게 카드 뒷면을 읽을 수 있지. '언젠가 날 생각해 줘.'라고 적은 메이너드라는 남자에 대해 자주 생각했어."

"당신의 전임이죠." 내가 놀리듯 말했다. "아니, 그런 사이는 아니었어요. 언젠가 누구한테 줄 건가요?"

"아들 녀석이 나중에 레지던트 과정을 밟으러 올 때 직접 가져갔으면 좋겠다고 생각한 적은 있지. 나도 이미 몇 글자 적었지. 넌 볼 수 없지만. 시내에 머물고 있나?" 그는 레인코트를 입으며 화제를 바꿨다.

"네. 하루 동안요. 대학에서 누굴 만나고 떠날 거예요."

그는 나를 쳐다보았다. 크리스마스 휴가 차 방문한 그날 밤을 생각한다는 걸 알 수 있었다. 내가 안다는 사실을 그도 알았다. "그럼 이제 난 용서를 받은 거군." 그가 침묵의 사과로 입술을 꾹 다물었다.

"내가 묵는 호텔에서 한잔 해요."

그가 불편해하는 기색이 느껴졌다.

"같이 자자는 게 아니라 한잔 하자는 거예요."

나를 보는 그의 얼굴이 붉어졌다. 나는 그를 빤히 쳐다보았다. 그는 여전히 놀라울 정도로 잘생겼고 머리도 빠지지 않았고 살도 찌지 않았고 아침마다 조깅을 한다고 했고 그때처럼 피부가 부드러웠다. 손등에 흑점 몇 개가 있을 뿐이었다. 흑점. 머릿속을 떠나지 않았다.

"이게 뭐예요?" 먼저 그의 손을 가리키고는 만져 보았다.

"온몸에 있어."

흑점. 마음이 아파 왔다. 하나하나 나의 입맞춤으로 날려 버리고 싶었다.

"젊을 때 햇빛을 너무 쐬어서 그래. 그게 아니라도 놀랄 일이 아니지. 난 늙고 있어. 3년 후면 큰아들이 그때의 네 나이가 돼. 사실 내 아들이 지금의 너보다 *우리가 함께였을 때* 내가 알던 엘리오에 더 가깝지. 묘하다니까."

'*우리가 함께였을 때*'라고 하는군요.

오래된 뉴잉글랜드 호텔의 바에서 우리는 강과 그 달에 한창인 꽃이 만발한 널따란 정원이 내려다보이는 조용한 자리를 찾았다. 마티니 두 잔을 주문하고(그는 사파이어 진이라고 구체적으로 말했다) 말발굽 모양의 부스에서 서로 가까이 앉았다. 아내들이 잠깐 화장실 간 사이 불편하게 붙어 앉은 남편들 같았다.

"8년 후면 난 마흔일곱, 넌 마흔이 되는군. 또 5년 후면 난 쉰둘, 넌 마흔다섯. 그때는 저녁을 먹으러 오겠어?"

"네. 약속해요."

"신경 쓰이지 않을 정도로 나이 들면 오겠다는 말이군. 내 아이들이 독립하고 없거나 내가 할아버지가 되었을 때 말이야. 우린 저녁에 같이 앉아서 너희 아버지가 밤에 내놓곤 하던 그라파처럼 강한 브랜디를 마시겠지."

"그러고는 몇 주 동안 행복했고 남은 일생 동안 그 행복의 그릇에 대고 면봉을 찍으면서 살아가는 두 청년의 이야기를 하겠죠. 행복이 다 사라질까 봐 두려워서 의식적인 기념일에도 감히 극소량 이상은 마실 엄두조차 못 내면서요." 하지만 절대로 없었던 그것이 아직도 손짓한다고 말하고 싶었다. 없었던 일로 할 수도 없고, 지울 수도 없고, 안 살았다 할 수도 없고, 다시 경험할 수도 없는 것이었다. 여름 들판의 반딧불이가 밤을 찾듯 꼭 달라붙어 계속 속삭였다. '그렇게 살 수도 있었어'. 돌아가는 것은 잘못이다. 앞으로 가는 것도 잘못이다. 다른 쪽을 보는 것도 잘못이다. 잘못된 것을 바로잡으려는 시도 또한 잘못이다.

잠시 침묵이 흘렀다.

"로마에 도착한 첫날 저녁 식사 때 테이블 건너편에서 다들 우릴 부러워했지. 남녀노소 할 것 없이 테이블에 앉은 사람 모두 입을 벌리고 쳐다봤어. 우리가 매우 행복해서."

"그들은 이미 우리보다 훨씬 더 멀리 보고 있었죠."

"나이 들어 만난 저녁에 우리는 그 두 젊은이에 대해 얘기하겠지. 막 기차에서 만난 두 사람인 듯 말이야. 우리가 동경하고 도와주고 싶어 하는 완전히 낯선 사람들. 우린 그걸 질투라고 부르겠지. 후회라고 하면 가슴 아플 테니까."

또다시 침묵이 감돌았다.

"하지만 난 그들을 낯선 사람이라고 부를 준비가 아직 안 된 것 같아요."

"위로가 될지 모르겠는데 우리 둘 다 영원히 그럴 거야."

"한 잔 더 해야겠어요."

그는 집에 가야 한다고 주장하기도 전에 수긍했다.

우리는 대화의 서두를 생략했다. 그의 삶, 나의 삶, 그가 한 일과 내가 한 일, 좋은 일과 나쁜 일. 그는 어디에 있고 싶고 나는 어디에 있고 싶은지. 부모님 이야기는 피했다. 나는 그가 알 거라고 추측했다. 물어보지 않음으로써 그렇다고 말한 것이다.

한 시간이 지났다.

"가장 좋았던 순간이 언제지?" 마침내 그가 물었다.

나는 잠시 생각에 잠겼다. "첫날밤이 가장 기억에 남아요. 내가 워낙 서툴러서인지도 모르겠어요. 로마도 마찬가지예요. 로마에 갈 때마다 산타마리아델아니마에 들르는 곳이 있어요. 거길 보고 있으면 갑자기 되살아나죠. 당신이 바로 돌아가는 길에 키스한 그날 밤으로 돌아가요. 지나가는 사람들이 있었지만 나도 당신도 신경 쓰지 않았죠. 그 키스는 아직 거기에 각인되어 있어요. 다행히도. 그게 나한테 남은 당신의 전부예요. 당신의 셔츠와 함께."

그도 기억했다.

"당신은 언제죠?"

"나도 로마. 나보나광장에서 동이 틀 때까지 함께 노래 불렀을 때."

나는 완전히 잊고 있었다. 그날 우리가 부른 노래는 나폴리 민요만이 아니었다. 독일인 젊은이들이 기타를 꺼내 비틀스 노래를 연이어 불렀고 분수 가까이 있던 사람들 모두가 따라 불렀다. 우리도 그랬다. 단테까지 다시 나타나서 어설픈 영어로 따라 불렀다. "그들이 우리에게 세레나데를 불러 준 게 맞나요, 아니면 내가 만들어 낸 건가?"

그가 어리둥절한 얼굴로 쳐다보았다.

"너한테 세레나데를 불러 주었지. 넌 그때 정신 나갈 정도로 취했어. 급기야 그중 한 명에게 기타를 빌려 연주를 시작하더니 갑자기 노래를 불렀지. 다들 입이 떡 벌어져서 쳐다봤고. 온 세상의 마야중독자들이 순하게 헨델의 곡에 귀 기울였어. 독일 여자는 완전히 빠져 버렸어. 넌 그녀를 호텔로 데려오고 싶어 했지. 그녀도 따라가고 싶어 했고. 대단한 밤이었어. 결국 우린 광장 뒤쪽 문 닫은 카페의 텅 빈 테라스에 앉았어. 나하고 너, 그 여자 이렇게 셋이서 의자에 털썩 주저앉아 동트는 모습을 지켜봤지." 그가 나를 쳐다보았다. "네가 와서 기뻐."

"나도 오길 잘했다고 생각해요."

"뭐 하나 물어봐도 돼?"

왜 갑자기 긴장이 되는 걸까? "그러세요."

"할 수 있다면 다시 시작하겠어?"

나는 그를 쳐다보았다. "그걸 왜 물어요?"

"그냥. 대답이나 해."

"할 수 있다면 다시 시작하겠느냐고요? 바로 그러겠죠. 하지만 벌써 이걸 두 잔 마셨고 세 번째 잔을 주문할 거예요."

그가 미소 지었다. 이제 내가 그에게 물을 차례였지만 그를 당혹스럽게 하고 싶지는 않았다. 내가 가장 좋아하는 올리버니까. 나와 똑같이 생각하는 사람.

"지금 이렇게 널 보고 있으니까 20년 동안 혼수상태에 있다가 깨어난 것 같아. 일어나 보니 아내는 떠나 버리고 자식들은 커 가는 모습도 보지 못한 채 장성했고 부모님은 오래전에 돌아가시고 친구는 하나도 남지 않았어. 고글을 쓰고 나를 쳐다보는 자그만 얼굴이 내 손자인 거지. 할아버지가 오랜 잠에서 깨어난 걸 축하해 주러 온 거야. 거울 속에 비친 얼굴은 립 밴 윙클처럼 하얗게

세어 버렸어. 하지만 주변 사람들보다 20년 젊다는 장점이 있지. 곧바로 스물네 살이 될 수 있는 거야. 몇 년 더 밀어붙이면 내 큰아들보다 젊어질 수 있지."

"이 이야기가 당신이 살아온 삶이랑 무슨 연관이 있죠?"

"일부분은, 단지 일부분은 혼수상태였지만 평행적 삶이라고 부르는 게 더 좋아. 더 좋게 들리거든. 문제는 대부분의 사람이 두 개 이상의 평행적 삶을 가지고 있고, 살아간다는 거지."

술기운 때문인지, 아니면 진실이기 때문인지, 상황이 모호해져 버리는 걸 원하지 않아서였는지 모르지만 말해야만 한다고 느꼈다. 그 말을 해야 하는 순간이었고 내가 그를 만나러 온 이유도 그 말을 하기 위해서라는 생각이 갑자기 들었던 것이다. "당신은 내가 죽을 때 작별 인사를 하고 싶은 유일한 사람이에요. 그래야만 내 삶이 이치에 맞을 것 같아요. 그리고 당신이 죽었다는 소식을 듣는 순간 내가 아는 내 삶, 지금 당신과 이야기하는 나는 더 이상 존재하지 않을 거예요. 가끔 꿈을 꿔요. B의 집에서 깨어나 바다를 내려다보는데 파도를 타고 '그가 어젯밤에 죽었어'라는 소식이 들려오는 꿈을요. 우린 너무 많은 것을 놓쳤어요. 그건 혼수상태였어요. 내일 나는 내 혼수상태로, 당신은 당신의 혼수상태로 돌아가겠죠. 실수, 기분 나빠하지 마요. 당신은 혼수상태가 아니죠."

"아니지. 평행적 삶이야."

내가 살면서 알았던 모든 슬픔이 갑자기 이 슬픔을 향해 몰려들기로 작정한 듯했다. 슬픔을 물리쳐야 했다. 그가 내 슬픔을 보

텅 빈 자리 305

지 못한다면 단지 그가 슬픔에 면역되지 않아서일 것이다.

나는 즉흥적으로 토머스 하디의 《가장 사랑하는 여인(The Well-Beloved)》을 읽어 봤는지 물었다. 그는 읽어 보지 않았다고 했다. 남자가 오래전에 떠난 사랑하는 여인의 죽음을 전해 듣는다. 그는 그녀의 집을 찾아갔다가 여인의 딸을 만나 사랑에 빠진다. 하지만 여인의 딸 또한 잃고 수년 후 그녀의 딸을 만나 또 사랑에 빠진다.

"이런 것들은 저절로 소멸되는 걸까요, 아니면 몇 세대와 삶을 거쳐야만 저절로 정리가 되는 걸까요?"

"난 내 아들이 너랑 잠자리를 갖는 건 싫은걸. 네 아들이, 네가 아이를 가질 거라면 말이지, 내 아들하고 잠자리를 하는 것도 싫고."

우리는 같이 웃었다. "하지만 우리의 아버지에 대해서는 잘 모르겠군."

그는 잠시 생각하더니 미소를 지었다.

"난 당신 아들에게서 '그리고 아버지가 당신에게 돌려주라고 부탁한 엽서를 동봉합니다.'와 같은 나쁜 소식이 담긴 편지를 받고 싶지 않아요. 그리고 '아무 때나 오세요. 아버지도 당신이 아버지 방에서 묵어 가길 원하셨을 겁니다.'라는 글에 답장을 쓰고 싶지도 않고요. 제발 이런 일이 없게 해 주세요."

"약속하지."

"엽서 뒷면에 뭐라고 썼어요?"

"놀라게 해 주려고 했는데."

"그러기엔 내가 너무 컸어요. 게다가 놀라움은 항상 날카로운 모서리를 가지고 나타나서 아프거든요. 난 당신 때문에 아프고 싶지 않아요. 그냥 말해 줘요."

"두 단어야."

"한번 맞혀 볼게요. *나중이 아니면 언제?*"

"두 낱말이라니까. 게다가 그 말은 너무 잔인하고."

잠시 생각해 보았다.

"포기할래요."

"*Cor cordium*(마음 중의 마음). 누군가에게 이렇듯 진실한 말을 하는 건 처음이야."

나는 그를 빤히 쳐다보았다.

우리가 공공장소에 있는 게 다행이었다.

"그만 가야겠어." 그가 옆자리에 접어 둔 레인코트를 집어 들고 일어서려는 자세를 취하기 시작했다.

나는 호텔 로비 밖까지 그를 배웅하고 그가 돌아가는 모습을 지켜볼 생각이었다. 이제 곧 작별의 인사를 해야 할 시간이었다. 갑자기 내 삶의 일부가 나에게서 떨어져 나갔고, 다시는 돌려받지 못할 터였다.

"차까지 배웅해 줘야겠죠." 내가 말했다.

"우리 집에 저녁을 먹으러 갔어야지."

"그런 것 같네요."

밖은 어둠이 빠르게 깔리고 있었다. 산꼭대기의 희미한 저녁놀과 어스레한 강이 있는 시골의 평화와 적막이 마음에 들었다. 올리비의 동네, 라고 생각했다. 반대편의 얼룩진 불빛이 강물에 어른거리는 모습은 고흐의 〈아를의 별이 빛나는 밤(Starry Night)〉을 연상시켰다. 가을 분위기, 새로운 학기의 시작, 인디언 서머 그리고 언제나 그렇듯 인디언 서머의 해 질 녘에는 아직 끝나지 않은 여름의 일과 아직 끝나지 않은 숙제, 여름이 몇 달 남은 것 같은 착각이 합쳐져 맴돌지만 해가 지는 순간 자연스레 사라져 버린다.

그의 행복한 가정, 숙제하느라 바쁘거나 야구 연습을 끝내고 터덜터덜 돌아와 흙 묻은 운동화로 대문을 쿵쾅거리는 두 아들 등 전형적인 가정의 모습이 머릿속을 빠르게 지나갔다. 그가 '아빠가 이탈리아에서 묵었던 집 아들이야.'라고 나를 소개하면 10대 아들들은 이탈리아에서 온 남자건 이탈리아의 집이건 무슨 상관이냐는 듯 투덜거리며 헛기침을 하겠지. 하지만 '아, 너희만 할 때 매일 아침 하이든의 〈마지막 일곱 말씀〉 편곡 작업을 하면서 조용히 시간을 보내던 여기 이 사람은 밤이면 내 방으로 몰래 들어와 미치도록 정사를 나눴단다. 그러니 악수하고 얌전히 굴어라.'라고 말하면 아이들은 충격으로 비틀거릴 것이다.

그러다 문득 드는 생각이 있었다. 불빛 비치는 강을 따라 강가에 위치한 곧 무너질 듯한 뉴잉글랜드의 호텔로 돌아가는 야간 드라이브가 우리 모두에게 B의 만을 떠올리게 해 주기를, 밤에 바닷가 바위에 앉아 있는 그에게 가서 그의 목에 키스한 일, 그가 떠나야 하는 시간을 더 이상 미룰 수 없음을 감지하며 함께 해안 도로를 걷던 일을 떠올리게 해 주기를.

그의 차에 탄 채로 이런 질문을 하는 내 모습을 상상했다. 어쩌면 내가, 어쩌면 그가 술이 결정해 주기를 원했을지도 모른다고. 그날 저녁 내내 서로가 똑같은 걱정을 하고 있다는 걸 알기에, 일이 일어나기를 바라면서도 일어나지 않기를 바라고 술기운이 결정해 주기를 바란다는 것을. 와인 병을 따거나 음악을 바꾸면서 시선을 돌리는 그를 떠올리며 얼굴 표정을 읽을 수 있었다. 그 역시 내 마음에서 질주하는 생각을 파악할 것이고 그도 똑같이 고민하고 있다는 걸 알아주기를 바랄 것이기 때문이다. 그가 아내나 나, 자신을 위해 와인을 따르면서 마침내 우리는 깨달을 것이다. 그가 나보다 더 나 자신에 가까웠음을. 오래전 침대에서 그가 내가 되고 내가 그가 되었을 때, 그는 내 형제이자 친구, 아버지, 아들, 남편, 연인, 나 자신이었고, 삶의 모든 갈래길이 제 역할을 다한 오랜 후에도 영원히 그리 남을 것이기에.

우리가 자신을 내던진 그해 여름의 몇 주 동안 우리의 삶은 현실에 맞닿아 있지 않고 강 건너 다른 세계에 있었다. 시간이 멈추고 하늘이 땅에 닿아 태어났을 때부터 우리 것이던 신성한 걸 내어 주는 그곳에. 우리는 서로 다른 곳을 보았다. 모든 것에 대해 이야기했지만 정작 중요한 것은 이야기하지 않았다. 하지만 우리는 언제나 알고 있었다. 지금 아무 말도 하지 않음으로써 확인되었을 뿐. 우리는 한때 별을 찾았다. 나와 당신. 일생에 한 번만 주어지는 일이다.

지난해 여름 마침내 그가 왔다. 로마에서 프랑스 망통으로 가는 길에 단 하룻밤 묵어 가려는 것이었다. 그는 나무가 줄지어 선

차도로 택시를 타고 도착했다. 20년 전 택시에서 내린 그 지점이었다. 노트북과 커다란 운동가방 같은 더플백, 선물로 보이는 큼직한 상자를 가지고 내렸다.

"어머니 드리려고." 그가 나와 시선이 마주치자 말했다.

"뭐가 들었는지 말해야 할걸요." 내가 짐 내려놓는 것을 도와주며 말했다. "어머닌 누구든 다 의심하거든요."

그는 무슨 말인지 이해하고 갑자기 슬픈 기색이 되었다.

"예전 방으로요?" 내가 물었다.

"예전 방으로." 이미 이메일로 이야기했는데도 우리는 다시 확인했다.

"그럼 예전 방으로 가죠."

그와 2층으로 올라간다는 사실이 별로 반갑지 않았는데 다행히 만프레디와 마팔다가 택시 소리를 듣자마자 부엌에서 달려 나왔다. 무척 반가운 듯 껴안고 입 맞추는 두 사람을 보며 그가 우리 집에 발을 들여놓는 순간 느껴질 것 같던 불편함이 조금 희석되었다. 두 사람의 과도한 환영이 한 시간 정도 지속되기를 바랐다. 우리가 커피를 마시며 마침내 20년이 흘렀다는 그 피할 수 없는 말을 해야 하는 순간을 막아 주기를.

대신 우리는 그의 짐을 현관에 놓고 만프레디가 2층으로 올려다 주기를 바라면서 집 주위를 잠깐 산책하기로 했다. "보고 싶어 못 견딜 거예요." 정원과 난간, 바다의 전망을 말하는 것이었다. 우리는 수영장 뒤쪽을 지나 거실로 돌아올 생각이었다. 거실에는 오래전 그 피아노가 프렌치 창 옆에 자리하고 있었다. 그리고 마침내 현관으로 돌아오면 그의 짐이 2층으로 옮겨졌을 것이다. 그가 마지막으로 방문한 이후 아무것도 변한 게 없음을 깨닫기를 바랐다. 천국이 아직 그대로 있고 해변으로 통하는 기울어진 문은 여전히 삐걱거리며 비미니와 안키세스, 우리 아버지를 제외하고 이곳은 그가 떠날 때 그대로라는 것을. 이렇게 내 환영 인사를 전할 생각이었다. 하지만 다른 한편으로는 이제 따라잡으려고 해도 소용없다는 것을 그가 알기를 바랐다. 우리는 서로가 없이 너무도 오랜 길을 여행했고 이제 서로에게는 공통의 기반이 없다고. 어쩌면 그가 상실감, 슬픔을 느끼기를 바랐는지도 모른다. 하지만 결국, 타협으로써, 내가 그를 하나도 잊어버리지 않았음을 보여 주는 것이 가장 쉬운 방법이라는 생각이 들었다. 나는 20년 전 그에게 보여 주었을 때처럼 여전히 황폐하고 텅 빈 공터로 안내하겠다는 움직임을 취했다. 하지만 내 제안이 끝나기도 전에 그가 "이미 가 봐서 알지."라고 대답했다. 그만의 방식으로 그 역시 잊지 않았다고 말하는 것이었다.

"분명 당신은 은행에 들르고 싶겠죠?"

그가 웃음을 터뜨렸다. "아마 내 계좌가 그대로 있을 거야."

"시간이 있으면, 그리고 당신이 괜찮다면 종탑까지 데려가 줄게요. 거긴 안 가 봤잖아요."

"'죽여주는 전망대' 말인가?"

나는 미소를 지었다. 그는 종탑의 이름을 기억하고 있었다.

거대한 푸른 바다가 내려다보이는 파티오를 돌면서 그는 만이 내려다보이는 난간에 기댔다. 나는 그 옆에 멈추었다.

아래로 그의 바위가 보였다. 그가 밤마다 앉아 있던 곳, 그와 비미니가 오후 내내 느긋한 시간을 보내던 곳.

"비미니가 살아 있다면 서른 살일 거야." 그가 입을 열었다.

"알아요."

"비미니는 나한테 매일 편지를 썼어. 하루도 빠지지 않고 매일." 그는 두 사람만의 자리였던 곳을 빤히 쳐다보았다. 두 사람이 손을 잡고 해안 아래까지 내려가던 모습이 떠올랐다. "그런데 어느 날부터 편지가 멈췄어. 그게 무슨 뜻인지 난 알았지. 그냥 알 수 있었어. 난 아직도 비미니의 편지를 다 갖고 있어."

나는 애석한 눈빛으로 그를 쳐다보았다.

"네 편지도 가지고 있어." 그가 곧바로 덧붙였다. 하지만 내가 듣고 싶어 하는 말인지 확신이 없는 듯 모호했다.

이제 내 차례였다. "나도 당신의 편지를 다 갖고 있어요. 다른 것도. 보여 줄게요. 나중에요."

그는 내가 그의 셔츠를 말한다는 걸 알고 있을까, 아니면 지나치게 겸허하고 조심스러워서 안다고 말하지 못하는 걸까? 그는 다시 앞바다로 시선을 돌렸다.

그가 온 날은 날씨가 완벽했다. 구름 한 점, 잔물결 하나, 바람 한 점 없었다.

"내가 이곳을 얼마나 사랑했는지 잊고 있었어. 하지만 내가 기억하는 그대로야. 정오에는 천국이지."

나는 그가 말하게 놔두었다. 그의 눈빛이 앞바다로 표류하는 모습을 보는 게 좋았다. 어쩌면 그도 나와 얼굴을 마주하는 건 피하고 싶은지도 모른다.

"안키세스는?" 마침내 그가 물었다.

"암으로 죽었어요. 가엾은 사람. 항상 안키세스가 늙었다고 생각했는데 죽었을 때 쉰 살도 안 된 나이였어요."

"그도 이곳을 사랑했지. 그의 접목법과 과수원."

"안키세스는 우리 할아버지 방에서 눈을 감았어요."

또다시 침묵이 맴돌았다. '예전 내 방'이라고 덧붙이려다가 마음을 바꾸었다.

"돌아와서 기뻐요?"

하지만 그는 나보다도 빠르게 내 질문을 꿰뚫어 보았다.

"*너는 내가 돌아와서 기뻐?*"

나는 무장해제되는 것을 느끼며 그를 바라보았다. 두렵지는 않았다. 쉽게 얼굴을 붉히면서도 부끄러워하지 않는 사람들처럼 이 감정을 억누르지 말고 그냥 이 감정이 흔들리도록 내버려 둬야 한다는 사실을 알고 있었다.

"그렇다는 걸 당신도 알잖아요. 어쩌면 허용되는 것 이상으로 기쁠 거예요."

"나도 그래."

그 말이 모든 것을 말해 주었다.

"가요. 아버지의 재를 묻은 곳을 보여 줄게요."

우리는 뒤쪽 계단으로 내려가 예전에 아침 식탁이 놓이던 정원으로 갔다. "여긴 아버지의 자리였어요. 난 아버지 유령의 자리라고 부르죠. 기억할지 모르겠는데 내 자리는 저쪽이었어요." 내 테이블이 있던 수영장 옆을 가리켰다.

"내 자리도 있었던가?" 그가 절반쯤 웃음을 지으며 물었다.

"당신 자리는 항상 있을 거예요."

수영장과 정원, 집, 테니스 코트, 이 모든 곳, 바다마저도 전부 그의 자리였으며 언제나 그럴 것이라 말하고 싶었다. 하지만 2층 그의 방 프렌치 창을 가리켰다. 당신의 눈은 언제나 저기 있어요. 커튼에 가려진 채로 요즘은 쓰는 사람 없는 2층 내 방에서 내려다보죠. 미풍이 불어 커튼이 펄럭이면 나는 여기에서 올려다보거나 발코니에 서서 생각하죠. 당신이 저기에 있다고, 당신의 세계에서 내 세계를 내다보고 있다고 생각해요. 어느 날 밤 바위에서 당신이 "난 여기에서 행복했어."라고 말했을 때처럼. 아무리 멀리 떨어져 있어도 이 창문을 보는 순간 수영복과 급하게 걸친 셔츠, 난간에 올린 팔이 생각나요. 그곳에서 당신은 20년 전 오늘, 그날의 첫 번째 담배에 불을 붙이죠. 이 집이 있는 한 이곳은 당신의 유령 자리가 될 거예요. 내 자리도. 이렇게 말하고 싶었다.

우리는 그곳에 잠깐 서 있었다. 언젠가 내가 아버지와 올리버에 대해 이야기를 나눈 곳이었다. 이제는 그와 내가 아버지 이야기를 하고 있었다. 내일 나는 이 순간을 생각하면서 해 질 녘에 두 사람의 망령이 끝없이 이야기하도록 내버려 둘 것이다.

"아버지는 이런 일이 생기기를 바랐을 거예요. 특히 이렇게 멋진 여름날에."

"분명 그랬을 거야. 나머지 재는 어디에 묻었지?"

"여기저기요. 허드슨, 에게해, 사해. 하지만 내가 아버지를 만나러 오는 곳은 여기예요."

그는 아무 말도 하지 않았다. 할 말이 없었다.

"가요. 마음이 바뀌기 전에 산자코모 종탑에 데려다 줄게요." 마침내 내가 말했다. "점심까지 아직 시간 있어요. 길 기억해요?"

"기억해."

"기억하는군요." 그의 말을 따라 했다.

그는 나를 보고 미소 지었다. 기운이 났다. 그가 나를 놀리고 있다는 것을 알아서인지도 모른다.

20년 전은 어제이고 어제는 좀 더 이른 오늘 아침일 뿐이다. 아침이 오려면 까마득했다.

"나도 너와 같아. 나도 전부 다 기억해."

나는 잠시 멈추었다. 당신이 전부 다 기억한다면, 정말로 나와 같다면 내일 떠나기 전에, 택시 문을 닫기 전에, 이미 모두에게 작별 인사를 하고 이 삶에 더 이상 할 말이 남아 있지 않을 때, 장난으로도 좋고 나중에 불현듯 생각나서라도 좋아요, 나에게는 큰 의미가 있을 테니까, 나를 돌아보고 얼굴을 보고 나를 당신의 이름으로 불러 줘요.

콜 미 바이 유어 네임

2판 3쇄 발행 | 2024년 12월 9일

지은이 | 안드레 애치먼
옮긴이 | 정지현
펴낸이 | 이정헌
편집 | 이정헌
교정 | 노경수

펴낸곳 | 도서출판 잔
출판등록 | 2017년 3월 22일 · 제409-251002017000113호
주소 | 경기도 김포시 김포한강3로 432 502호
팩스 | 070-7611-2413
전자우편 | zhanpublishing@gmail.com
웹사이트 | www.zhanpublishing.com

표지 그림 | 이고은 | www.leegoeun.com
디자인 | DNDD | www.dndd.com
인쇄 | 공간코퍼레이션

ISBN 979-11-90234-01-6 03840

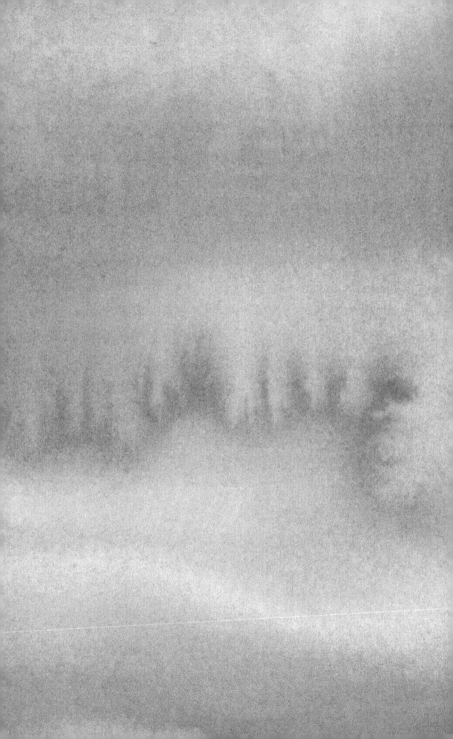